ハヤカワ文庫 SF

〈SF1987〉

真紅の戦場
最強戦士の誕生

ジェイ・アラン
嶋田洋一訳

早川書房

7478

MARINES

Crimson Worlds: Book 1

by

Jay Allan

Translated by
Yooichi Shimada
First published 2015 in Japan by
HAYAKAWA PUBLISHING, INC.
This book is published in Japan by
arrangement with
ETHAN ELLENBERG LITERARY AGENCY
through THE ENGLISH AGENCY (JAPAN) LTD.

海兵隊員を理解している者は二種類しかいない。
海兵隊員とその敵だ。
それ以外の者の意見はすべて又聞きにすぎない。
——ウィリアム・ソーンソン米陸軍大将

真紅の戦場　最強戦士の誕生

1

エリダヌス座エプシロン星第四惑星（εエリダニⅣ）軌道上
ＡＳ《ガダルカナル》艦内
第三射出ベイ

「射出九十秒前。最終ロックダウン手順を開始します」

攻撃コンピューターの機械的な声が、ヘルメットの中で耳を聾《ろう》するほど反響した。強襲揚陸機の鋼鉄のフレームに、装甲服のロッキング・ボルトがはまる、金属と金属の接触音と同じくらい大きい。おれの身体は完全に固定され——ボルトと装甲服の自重にはさまれて、たとえ命がかかっていても、一センチも動くことはできないだろう。

おれは昔から閉所恐怖症ぎみで、身動きもできないままフレームにはめこまれた状態が神経にこたえはじめていた。単に閉じこめられている以上に息苦しく、正直なところ、死ぬほど震え上がっていた。射出ベィの中は寒く、皮膚に触れる装甲服の金属部分は不快なほど冷たかったが、額にはうっすらと汗がにじんでいた。射出手順に意識を集中し、ほかのことを必死に頭から追い出そうとする。訓練で叩きこまれたことではあるが、敵惑星の高層大気圏に突入し、着陸を試みる機内にボルトで固定されていると、これは非常に困難だ。とりわけ、それが初体験の場合には。

はじめて攻撃に参加するときは、誰もが同じように感じるはずだ。やがて来る射出の瞬間を待ち受ける。訓練で何十回とやってきたことだが、今回は本番だ。数千キロ下では本物の敵が、自分を殺そうと待ち構えている。そんな思いを頭から締め出し、射出に備えるのだ。これは仕事で、自分は訓練を積んだプロなのだから。

ただ、実際には――射出時に集中している必要はなかった。何か別のことに気を取られていたほうがずっと楽だろう。着陸までは艦のコンピューターがすべてを制御している。おれにできるのは、立ったまま頭の中で秒読みを続け、下で何が待ち受けているのかと思い悩むことだけだった。

「射出六十秒前。装甲服の動力回路を起動します」

甲高い音とともに背中の核発電ユニットが作動し、装甲服の回路に電力を供給しはじめた。ヴァイザー上部に緑のライトが点灯し、全システムが正常に機能していることを示す。

もちろん、この表示そのものはたいして重要ではない――情報は装甲服のマイクロプロセッサーと艦の戦闘コンピューターのあいだで、つねにやりとりされている。

何かあったとしても、射出一分前にできることはなかった。装甲服は攻撃前にすべて全面チェックされ、百パーセント合格しないと射出できない。このチェック手順をすり抜けるのは、少なくとも理論的には不可能とされていた。実際にはチェック漏れはときどきあって、そうなると重大な問題が生じる。ここまで差し迫った時点で不具合を発見されても、もう装着者には手も足も出ない。機能不全の装甲服から六十秒で乗員を解放することなどできないし、歩兵一人の装備が不調だからといって、強襲作戦が延期されるはずもなかった。結局はじっと身動きせず、戦死の確率がどれくらい跳ね上がったかを考えるしかない。

装甲服が起動すると、閉所恐怖症は多少ましになった。身動きできないのは同じだが、二トン以上の死重に周囲を固められているという感覚が消えるのだ。神経信号センサーがサーヴォ機構に直結しているので、装甲服は自分の身体のように動かすことが可能だ。着陸して揚陸機から切り離されると、あとは自由に動くことができる。歩く、走る、ジャンプする、どんなことでも――普段どおりに身体を動かせば、装甲服が追随する。もちろん生身の肉体よりもはるかに強靭ですばやく、慣れてしまえば時速八十キロで走り、垂直に十メートル跳躍することもできるようになる。両腕で五百キロ以上の重量を持ち上げられるし、生身の人間を熟しすぎた果実のように叩きつぶすこともできる。気をつけていないと、部屋の中を歩いただけで、自分自身が致命的な障害を負ってしまうほどだ。
《ガダルカナル》の制動噴射で、身体が装甲服の前面に強く押しつけられた。軌道からの降下は、艦が最適射出姿勢をとるために急な機動をおこなうので、かなり荒っぽくなることがある。十秒ほど急減速が続いたあと、自由落下状態になった。訓練では強い条件付けがなされたし、薬剤も服用し、射出前の標準措置として三十六時間の点滴も受けている。気分が悪くなることなどないはずなのだが、それでも射出ポイントに接近すると、喉の奥に胃液が迫り上がってきた。

艦のエンジンの低い咆哮が消えると、射出ベイの内部は不気味なまでの静寂に包まれた。かすかにうなるような音がするのは、たぶん天井の照明だろう。数人が静かにつぶやいている声も聞こえる。よく知っている祈りの文句が聞き分けられたような気がした。

射出ベイの内部は隅々まで戦闘配置照明で照らし出されている。海軍の水兵は射出五分前に全員が退去し、残っているのは出撃準備を整えたおれたち——米国海兵隊第一師団第三連隊第一大隊A中隊第二小隊——だけだった。

射出ベイは艦のほかの部分から隔離されているが、それでも空気中には機械装置の燃えるにおいが濃密に漂っていた。《ガダルカナル》は接近中、少なくとも一発を被弾していた。深刻な被害はなく、水兵たちも楽観しているが、においだけはどうしようもなかった。

「射出三十秒前。生命補助機能を海兵隊装甲服に移管します」

ヴァイザーが自動的に下がって閉じ、地球標準大気に合わせた《ガダルカナル》の船内空気が、戦闘行動中に警戒心と耐久力を最大化するよう調整された、酸素の豊富な気体に換気された。装甲服は百パーセントの機能を引き出され、深宇宙空間でもおれを生かしつづけることができる。

装甲服が密閉され、耐爆シールドがヴァイザーを覆うと、射出ベイ内の音は何も聞こえなくなった。もちろん訓練を受けているので、ヴァイザーが閉じた五秒後にはベイ内が減圧され、気圧が射出ポイントの外部と同じになることはわかっていた。減圧の五秒後には、大気圏突入時の高熱を遮断するため、装甲服が特殊な泡に包まれる。あとはハッチが開くのを待つだけだ。

TX－11ゴードン大気圏強襲揚陸機はモジュール式の装甲板を取り付けられる設計で、開放型の揚陸機としても、密閉型の着陸船としても使用できる。ただ、装甲板は速度と機動性を大きく犠牲にすると同時に、その性能も、小銃弾には有効だが、強襲着陸時の最大の脅威である地対空ミサイルなどには効果がない。むしろ装甲板などはずし、機動力を強化して対処するほうが効果的なのだ。

「射出十秒前。幸運を祈る！」

それまでの冷たく機械的な攻撃コンピューターの音声が、艦長の肉声に変わった。伝統的に、艦長は最終射出告知をみずからおこない、強襲部隊の幸運を祈ることになっている。

おれは頭の中で秒読みを開始した。五、四、三——歯を食いしばって射出の衝撃に備える——二、一……

全身の骨がばらばらになりそうな衝撃だった。カタパルトが射出レール上の揚陸機を加速し、ε《エプシロン》エリダニⅣ、通称〈カーソンの世界〉の高層大気圏に放り出す。ハッチを出て自機の推進器に点火するまでに、速度は時速千二百キロに達していた。生身の人間なら射出時のGで死んでいただろうが、装甲服を装備したおれは、二、三秒のあいだ息ができなくなっただけだった。

耐爆シールドが下りているので相変わらず外は見えないが、ヘルメット・モニターが自動的にオンになり、各種の情報が表示された——高度、速度、装甲服の表面温度、心拍数、そのほか十数項目の、意味があるのかないのかよくわからない情報が並んでいる。左手の人差し指の下にある小さなボタンを押すと、フェイスプレートに部隊配置ディスプレイがあらわれた。五十個の小さな緑の光点が、十グループに分かれて表示される——小隊は十隻の揚陸機に分乗しているのだ。陣形は完璧に見えた（二等兵であるおれにとって本当に重要なのは、自分と射撃班長の位置だけだが）。第一小隊と第三小隊が二十秒後と四十秒後に射出され、中隊長と重武装班がそれに続くことはわかっている。予定どおり射出されなかったと考える理由はないが、展開位置はおれの部隊配置ディスプレイの範囲からはずれているので、確実なことはわからないし、おれが知る必要もなかった。

ゴードンは使い捨ての五人乗り準軌道航空機で、敵惑星に強襲歩兵部隊を迅速に着陸させることを目的としている。実際には〝航空機〟と呼べるような代物ではなく、前面に巨大な三角形の耐熱板を取り付けた、鋼鉄の枠組みにすぎなかった。印象は子供用の組み立て玩具で作ったものに少し似ている。そこに装甲服を装着した海兵隊員五名がボルトで止めてある。

大気が濃くなるにつれて飛行は乱暴になり、揚陸機は噴射をくり返して降下角度を調整した。前面耐熱板はあるが、装甲服の表面温度は上がりつづけ、熱を遮断する泡も次々に破裂しはじめた。それでも作戦パラメーターの設定値はじゅうぶんに下まわっているので、降下中に燃えつきることはないと、おれは楽観していた。被弾すればもちろん別だが。

司令リンクが音を立ててつながった。

「高度十キロ、耐爆シールドを収納し、着陸に備えろ」

少尉の声は落ち着いていた——おれの声はどうかわからないが、幸い、誰かに指示を出す必要はない。

左の親指の下にある小さなレバーを押し、耐爆シールドを収納する。大きくカチッと音がして、ヘルメットの前の金属カバーが上にスライドし、前方が見えるようになった。視界の大部分はウィル・トムソンのヘルメットの後頭部だ。二等兵（で、分隊唯一の新兵）なので、おれは副分隊長の揚陸機の最後部を割り当てられていた。ウィルは同じ分隊の一等兵――伝統的に新兵のお守り役――で、そのためおれのすぐ前にいる。

おれはまだ揚陸機に固定されていて、周囲を見まわすこともできなかった。着陸地点はちょうど夜明けで、何か見えたとしても、早朝の光の中で視界はかなり限られていた。周辺視野にかろうじて、揚陸機の上に設置された防御用レーザー砲塔（底部にも一基設置されている）が旋回し、右方の何かを射撃するのが見えた。爆発は見えなかったが、被弾しなかったので、レーザーが標的を破壊したのだろう。

艦隊司令部から、着陸時の地上戦闘は最小限との予測が伝えられた。敵は軌道プラットフォームをいくつか性急に設置したが、それはおれたちが射出ベイに入るずっと以前に、海軍によって破壊されていた。地域制空権はすでにこちらが握っていて、着陸地点が血の海になる心配はなかった。

艦隊司令部によれば、問題になりそうな敵地上施設は存在せず、地対空戦力は携帯型ロケット・ランチャーか、せいぜい軽車輛が一、二台――ゴードン搭載の防御兵器でどうにでもなるレベルだった。もちろん、艦隊要員は揚陸機にボルトで固定されているわけではなく、その意味ではおれたちの不安のほうが多少大きかった。少なくともおれはそうだ。直後にレーザー砲塔が左に旋回し、二、三秒のあいだに続けて二発発射したときも、気分はよくならなかった。標的が二つあったのか、最初の一発をはずしたのかは、搭載戦術コンピューターにしかわからない。

目を上げて状況モニターを見る。高度は六キロ弱。ロケット・ランチャーでこれだけの攻撃を受けるには、やや高すぎるようだ。訓練マニュアルでは携帯用地対空ミサイルの有効射程は三キロ前後とされている。理論上の最大射程距離はもっと大きいが、地対空ミサイル車輛が何台かいると考えたほうがいいだろう。数が多くなければ、たいした脅威ではない——ゴードンの対ミサイル防御は最新鋭だ。加えて、地対空ミサイルは発射のたびに移動する必要があった。《ガダルカナル》は今も着陸地点をモニターしているので、発射位置を特定したら、制圧攻撃を加える。

揚陸機がまたしてもロケットを噴射し、急に左に針路を変えた。ほかの機は見えないが、すばやく指でボタンを操作すると、部隊配置ディスプレイがふたたび表示された。陣形は崩れていない。高度は三・五キロメートルで、さらに急激に降下している。司令リンクがふたたび音を立てた。

「着地まで四分。着陸手順は予定どおり。作戦計画に変更なし……くり返す、作戦計画に変更なし」

惑星強襲作戦の手順は、海兵隊員の最初の一人が射出ベイに入る前に細かく計画されているが、変数があまりにも多いため、臨機応変な変更が不可欠だ。揚陸機がコースをはずれたら、あるいは地上からの攻撃が予想以上に激しかったら、それに応じて戦闘計画も変更される。小隊長はつねに中隊司令部と連絡を取っていて、中隊長は《ガダルカナル》の戦略支援部と密接に連携している。変更要請があれば計画は再検討され、新たな指示が分隊長の個人ＡＩにダウンロードされる。小隊長とのブリーフィングのあと、分隊長は変更された命令を分隊各員に通達する。

着陸が予定どおり進んでいるのは、作戦が計画どおりということだ。〈カーソンの世界〉の住人は、唯一の大陸の南西部に点在する、小さな鉱山町にばらばらに住んでいる。中央アジア合同体《CAC》が三ヵ月ほど前に侵攻軍を送りこみ、開拓地域を掌握した。惑星に駐留する部隊はなく、地元民兵組織はＣＡＣの侵攻に対し、抵抗するすべがなかった。

情報機関の報告によると、民兵と鉱夫たちはＣＡＣ正規軍にかなりの損害を与え、戦力を保持したまま山岳地帯に潜伏しているらしい。艦隊司令部はその情報をもとに、増援の到着を待たず、一個大隊で即座に反撃すると決定したようだ。

「着陸二分前。武器システムを起動しろ」

右手の人差し指と中指でレバーを操作する。続けざまに、ガシャンガシャンと音がして、背中の弾倉から擲弾《グレネード》が五発、左手の擲弾筒《てきだんとう》に装填された。ＡＩに任せてもいいのだが、おれは自分の指で操作するのが好みだった。

「第二分隊、武器をチェック。報告しろ」

司令リンクの声が変化した。分隊長のハリス軍曹だ。分隊の面々が次々に報告した。

「ジェンキンズ、チェック」「クライナー、チェック」……

おれは目を上げて状況モニターを見た。緑の武器制御ランプが二つとも点灯して、戦闘コンピューターが診断を完了したことを示している。擲弾筒と自動小銃には弾薬が装塡され、いつでも発射が可能だ。新兵なので武器はこの二種類だけだが、装甲服には少なくともあと二種類の武器が追加できる。

「トムソン、チェック」「ケイン、チェック」残るはおれだけだ。喉がからからだったが、なんとか声を押し出した。

第二分隊は準備が完了した。おれの司令リンクには聞こえてこないが、分隊長が司令回線で少尉に状況を報告したのはわかっている。武器の起動は着陸前の最後の作業だ。ほかの三分隊の状況は伝わってこないが、うちの分隊の両射撃班はどちらも準備ができていた。

司令リンクから少尉の声が響いた。

「着陸一分前。分隊長は着陸と同時に戦闘計画を実行せよ。幸運を祈る！」

機体に固定されたままでも地面が見えてきた。着陸地点は木々のまばらなごつごつした山岳地帯で、いちばん近い入植地まで十キロほどある。おれたちは山岳地帯に潜伏している地元の民兵に連絡をつけ、共同行動を取る予定だった。連絡がついたら状況を評価し、司令部からの前進の判断を待って、入植地に進軍する。A中隊のほかの小隊もここから北東に二十キロ以内の弧の上に着陸し、各地点から同じ目標をめざす。B中隊と重武装班は五十キロ南から進軍する。すべてが計画どおりに進めば、CACの部隊を包囲攻撃できるはずだった。たとえ失敗しても、艦にはC中隊が待機していて、いつでも射出可能だ。

揚陸機の制動噴射で、おれの身体はふたたび装甲服の前面に押しつけられた。地面に接近したため、急減速したのだ。機体は地上三十メートルで事実上静止し、前進している感覚がいきなりなくなった。下面の着陸用ジェットが作動し、揚陸機はゆっくりと降下して、静かな衝撃とともに着地する。金属的な擦過音がして固定ボルトがはずれ、おれは揚陸機から解放された。

「射撃班B、上陸だ。ほら、移動しろ！」司令リンクから聞こえてきたがらがら声はおれの直属の上官、ジェスラー伍長だった。分隊は二つの射撃班に分かれていて、ジェスラーが指揮する射撃班Bはおれがいるほうの半分、構成員はこの同じ揚陸機に乗っている五名だ。

おれは急いでハーネスをはずし、荒れた岩がちの地面に跳び降りた。〈カーソンの世界〉の地面は赤みがかった岩で、金属、とくに鉄の含有量が多いことを示していた。棘だらけの植物の茂みもわずかに見えるが、地面は大部分が剝き出しだった。

目を上げて戦略ディスプレイを見ると、半径二キロ以内には敵がいないことがわかる。経験豊富な海兵隊員なら着地前にやっておくことで、今回のおれは運がよかった――着陸地点は敵防衛線からずっと離れていて、着陸時に敵と遭遇することはなかった。

おれはまだ心底怯えきっていたが、すべきことをかろうじて思い出した。分隊は百メートル間隔で散兵線を形成し、最新の報告にあった民兵の活動地点をめざして北東に進軍した。正しい位置に着陸していれば（状況モニターをチェックできれば、そのとおりだと確認できるだろうが）、第一分隊は散兵線上をおれたちの位置から見て北西に、第三分隊は一キロほど後方に展開していることがわかったはずだ。

おれはゆっくりした速歩で指定された位置に向かった。分隊の面々も同様だが、クライナーだけはゴードンの貨物ハッチに重火器を取りにいっていた。彼女が巨大なM－411ロケット・ランチャーを肩に担いだとき、ちょうどおれがその横を通過した。普通の人間には三百キロの武器を担ぎ上げるなど不可能だが、装甲服を身につけた海兵隊員にとってはなんの造作もない。

揚陸機自体はひどい状態だった。地上に降下するだけの、使い捨ての機体なのだ。耐熱シールドは四分の三が消滅し、残った部分も穴だらけで、黒く煤けている。ただ、骨格の基本構造は、数カ所で折れたり曲がったりしているものの無事だった。噴射装置も無傷に見えるが、燃料をほぼ全部使いきっていることは訓練で習っていた。揚陸機の上部レーザー砲塔はまだ機能していて、周囲の一定範囲をミサイル攻撃から防御している。

すべてが順調に行けば、二度とこの揚陸機を見ることはないはずだ。一方、作戦が失敗に終わった場合、対ミサイル防御と弾薬と糧食を備えたゴードンが再集結ポイントに指定されている。もちろん、再集結命令が出た場合、味方の多くはもう死んでいるだろうが。

駆け足で指定場所に向かっていると、右手にウィル・トムソンの姿が見えた。おれの位置は最後尾から二番めで、分隊右側面につくウィルと並列することになる。ウィルの黒ずんだ装甲服には、部分的に焦げた耐熱泡の残り滓が点々とついていた。さまざまな装備や能力が詰めこまれているにしては、モデル7の装甲服は驚くほど細身にできている。やや恰幅のいい中世の甲冑といった印象だ。

目を上げて作戦時計を見る。表示は〇〇・二一・〇五だった。混乱を避けるため、作戦スケジュールの管理はすべてこの作戦時間でおこなわれる。始点は最初の揚陸機の着陸時だ。艦内ではすべて地球標準時が使われるが、各惑星にはそれぞれ独自の計時システムがある。作戦時間は一個小隊から全軍まで、作戦に参加している全部隊が共有することになる。

地域ディスプレイに目をやると、目標地点まで半キロのところをゆっくりと進んでいた。予定よりも一分近く早い。装甲服の増力効果を忘れていて、ゆっくり走っているつもりでも、実際には時速四十キロで前進していたのだ。速度を落とそうと思ったとき、ジェスラー伍長の大声が司令リンクから響いた。「ケイン、頭を吹っ飛ばされたくなかったら、姿勢を低くしろ！」

「イェッサー！」堂々と答えたかったが、声はたぶん少し震えていたはずだ。足取りをゆるめ、意識して姿勢を低くする。ディスプレイ上に敵は表示されていなかったが、とにかく訓練中に叩きこまれたのは、不注意が海兵隊員の死に直結するという事実だった。予定よりも早く前進する理由はない。速く走って頭が高くなれば、周囲千メートル以内の敵にとってはいい標的だ。

はじめて参加する戦闘が今回の作戦だったのは幸運だった。まず地元民兵と接触し合流するので、通常の強襲作戦のときよりも、敵との距離がかなり大きいのだ。そのため、戦闘行動に入る前に、準備時間が長く取れる。さらには敵も最近この惑星に侵攻したばかりなので、塹壕が設置されている心配がない。あったとしても簡易なものだけだろう。

着陸地点から約二キロ北東に離れた目標地点に到着したのは、予定の四十五秒前だった。すばやく散兵線を見わたすと、分隊のほぼ全員がすでにそれぞれの目標地点に到着しているらしい。地形はごつごつしているが、見晴らしはかなりよかった。前方の地面は岩がちで、ところどころに黄緑色のキノコが固まって生えている。〈カーソンの世界〉の草に相当するのだろう。情報によればこのあたりに民兵集団がいるはずで、連絡を取ることになっている。

「第二分隊、微速前進。拡大レベルを3に上げ、民兵の姿が見えたらすぐに報告しろ」

分隊長のハリス軍曹の声が司令リンクから響いた。

微速前進はごく普通の、時速五キロほどの速度になる。おれは慎重な動きを心がけながら北東に向かった。右手の親指を三度押し下げ、映像拡大システムを起動してレベル3に合わせる。視覚が鋭くなり、拡張された。レベル3は人間サイズの対象を発見するのにちょうどいい。理論的には細部がぼやけることになるが、装甲服のコンピューターが補正するので、通常はレベル10くらいまで上げないと映像の劣化に気づかない。

前進していくと、ひねこびた灰褐色の木々がまばらに生えている地域に入った。木々の周囲には棘のある灌木の茂みも見える。わずかな木々のあいだを十五分ほど進むと、一帯が焼き払われた場所に出た。地面は黒ずみ、わずかに残った木は焼け焦げ、粉砕されていた。かなり激しい戦闘があったとひと目でわかる。ジェスラー伍長と分隊長に報告しなくては。だが、もたもたしているあいだに、ウィル・トムソンに先を越された。

「トムソンより報告。座標四五・〇五の一一に戦闘の痕跡を発見。一帯は焼け焦げて……かなり大がかりな戦闘があった模様。焼夷弾攻撃のようなものがあったと思われます。スキャン中……結果を解析中」わずかに間があって、報告は続いた。「温度は常温、スペクトル分析もネガティヴ……丸一日以上経過しているようです」

ウィルの報告は分隊周波数で流され、全隊員が状況を把握した。しばらくすると（たぶん少尉に報告していたのだろう）ハリス軍曹が分隊の全員に念を押した。

「第二分隊各員、右翼側方でなんらかの戦闘があったようだ。しっかり目を見開いて、何かあったらすぐに報告しろ」

その後二十分のあいだ、おれたちの担当地域には何もなかったが、第一分隊がさらに三ヵ所の焼け跡を発見した。どうやら敵はこのあたりで掃討作戦を展開し、山岳地帯に展開する民兵を狩り出そうとしたようだ。ただ、どの焼け跡にも死傷者の痕跡はなかった。CACの兵士の仕事もいい加減なものだと思ったとき、ちょうど小高い場所にいたおれの視界ぎりぎりのところに、六体から八体の死体らしいものが見えた。周囲の草地は黒く焦げている。

今度はためらわなかった。「ケインより報告。前方に死体が見えます」声は興奮でうわずっていた。首のうしろを汗が流れ落ちるのがわかった。

軍曹は即座に応答した。「よし、ケイン、落ち着いて、詳しく報告するんだ。さあ！」

おれはごくりと唾を呑みこんだ。「六体から八体、距離千メートル。一帯は焼け焦げています。エネルギー反応なし、敵の形跡なし」一拍おいて付け加える。「見にいったほうがいいですか、軍曹？」

これは今のところ最大の発見で、ウィルが調べにいくことになっても、おれは驚かなかったろう。だが、軍とはそういうところではない。おれは新兵だし、強襲作戦に参加したのもはじめてだったが、海兵隊員である以上、一人前の行動が期待される。戦闘指揮官にしてみれば、おれが強襲部隊に配属されたのは、退役した古参兵から成るインストラクターたちが一人前だと認めたからだ。

「分隊停止。ケイン、先行して一帯を偵察しろ。トムソンは援護にまわれ」

おれはゆっくりと前進した。敵の存在を示す人工的なエネルギー出力がないか、ディスプレイに目を凝らす。エネルギー出力なし。ちらりと肩越しに見ると、ウィルが約四十メートルの距離を隔ててついてきていた。おれの右手、やや後方だ。

死体に接近しても温度表示に変化はなかった。そこで何があったにせよ、丸一日以上前のことだ。一帯は明らかに焼夷弾か、高熱爆発にやられていた――草はすべて燃えつき、周囲の細い木々は粉々になっている。おれは前進しながら、できるかぎり落ち着いた声で状況を報告した。実際には神経が張り詰め、ほとんど息もできないくらいだったが。

死体は少し高くなった場所に散乱していた。全部で七体、三体は民兵の軍服を着て、残りは平服だ。全員が重い防弾着を身につけ、金属のヘルメットをかぶっている。どの顔も表情は恐怖に歪み、口と鼻孔には乾いた血がこびりついていた。

頭がようやく結論に到達したとき、戦略ディスプレイの警告灯がおれの推測を裏づけた。毒ガスだ。

「ケインより報告……死体は七体。毒ガスにやられたようです。センサーによると……」

戦略ディスプレイを見上げて確認する。「……キラクス‐3神経ガスの痕跡があります。現在の濃度は〇・〇三二ppm……危険値ではありますが、即死レベルではありません」

敵は地元民兵に毒ガスを使用したのだ。ゲリラ戦の結果、CACがそんな手段に訴えるほどの損害が出たということだろう。神経ガスは残虐な兵器で、通常は有効な対抗手段を持たない第二戦列隊に使用するが、それもよほど戦況が切羽詰まった場合に限られる。慣例上、毒ガスを使用した側は、戦況が不利になっても助命を求めることができない。なぜそんな極端な手段を、あまり重要とも思えない〈カーソンの世界〉のような惑星で採用したのだろう？　その答えがわかるには数年を要した。

しばらくは沈黙が続き——分隊長が上官の判断を求めたに違いない——ようやく司令リンクから声が流れた。

「よし、第二分隊、前進を再開。化学戦手順に全面移行する」

最後の命令で何か変化があるわけではない。〈カーソンの世界〉の大気はじゅうぶんに呼吸可能だが、装甲服は完全な気密状態だった。通常作戦手順では、フィルターを通して外気を取りこむのは十二時間後、その場合も一日分の空気は予備に残しておく。化学戦手順になると、空気残量が四時間分になるまで内部供給・循環空気を使用する。戦闘手順の多くは安全マージンをきわめて大きく取っていた。装甲服の空気浄化システムは強力で、キラクス－3も含め、既知の生物兵器や化学兵器に使われるほとんどの物質をフィルターで除去できる。それでもなお、新兵器や予期しない兵器によって部隊が瞬時に一掃されてしまうよりは、慎重すぎるほど慎重になったほうがいいということだ。

次の二キロを進むのに九十分かけた。まだ敵影はなかったが、さらに二グループの死体が見つかった。はじめのグループは四体で、明らかに毒ガスにやられていた。

次のグループは十一体で、かなり広い範囲に散らばっていた。全員がガスマスクを装備していて、ライフルや手榴弾で倒されている。敵兵の死体はなかったが、ＣＡＣの装備の破片がいくつもあり、ここでの戦闘で敵に死傷者が出たことを示していた。

詳細な分析の結果、戦闘が起きたのは十八時間以内だと判明した。残された痕跡から、敵が入植地のほうに引き上げていったのがわかる。撃退されたのか、単に任務を終えて撤退したのかははっきりしなかった。

おれたちは前進を続けたが、小競り合いの最後の現場から十五分ほど進んだところで停止命令が出た。第一分隊が地元民兵と接触したのだ。

民兵には艦隊から暗号化パルス通信で基本戦略が伝えてあったが、傍受を警戒して、邂逅の時刻や場所は特定していなかった。連絡があったらすぐに動けるようにしておけという指示だけで、民兵たちは間違いなくその態勢を整えていた。

到着時刻はほぼ予定どおりだった。部隊に配属されてすぐに学んだことのひとつに、軍曹たちにとって何よりも我慢ならないことは、部下が何もすることがないままのんびりしている状況だというのがある。幸い、ハリス軍曹は暇なとき部下にやらせることを山ほど用意していた。武器のチェックと再チェック、装甲服のシステム診断、周辺地域の詳細な分析――大気、エネルギー反応、残存化学物質――などなど。

やがてとうとう命令が届いた。おれたちの分隊は東進し、ウォレンヴィル入植地を占拠する。攻撃を側面から支援するのは第三分隊の射撃班のひとつだ。ウォレンヴィルは〈カーソンの世界〉の全人口が暮らす十いくつかの町の中で、いちばん小規模なところだった。

地元民兵によると町の守備は手薄で、抵抗は最小限だろうということだった。ゲリラ活動はもっと北方に集中していて、敵戦力も主力はそちらに振り向けられているという。

おれたちの攻撃は一種の陽動だった。先頭を切って目標を占拠し、なんらかの反撃があれば、これを撃退する（いちばん心配なのは〝なんらかの〟の部分だった）。敵がおれたちに対処するため主力を南下させたら、うちの小隊の残りと第一小隊が連携し、民兵の大部隊も加えて、手薄になった北方に総攻撃をかける。第三小隊は東と南を押さえて、敵の退路を断つ作戦だ。

最初の八キロを二時間かけて進んだ。小高い丘の手前で軍曹が停止を指示し、小隊の偵察員ウィルソンに、丘の上から見えるものを報告するよう命じた。ウィルソンはなだらかな斜面をすばやく登っていき、頂上の直前でしゃがみこんだ。偵察用装甲服はおれたちのとは外観が異なり……細身で軽くできている。

「ウィルソンより報告。目標がよく見えます。いちばん近い構築物まで千八百メートル。建物は二十から二十五あり、プレハブのプラスティスチール製のようです。ここから町までは完全な平地で、遮蔽物が何もありません。町の周囲には塹壕が掘ってあるようです。敵の姿はありません」

遮蔽物なしか。くそ。つまり開けた場所を二キロ近く、たぶん敵の砲火を浴びながら進まなくてはならないということだ。

「よし、おまえら、頂上から三十メートル間隔で一列に並べ。交互跳進で前進――最初は偶数、次に奇数だ。五十メートルごとに地面に伏せ、そのあと前進を再開する。援護側は思いきり撃ちまくれ。九十秒後に攻撃開始」

いよいよ本番だ。この瞬間を想像して何週間も前からぴりぴりし、射出ベイに入ったときは心底怯えきっていたが、ついに戦闘に突入するとわかると、なぜか気分が落ち着いた。訓練の成果でなければ、運命に対する静かな諦めの境地だろう。血中に大量放出されたアドレナリンの影響かもしれない（自然の反応だけでなく、装甲服が注入する興奮剤の作用もある）。何にせよ、急に頭が数週間ぶりに冴えわたった。このために訓練を受けてきたのだ。準備はできている。

おれは列の九人めで、先に偶数班が前進するあいだ、援護射撃に当たる。丘の陰の地面にぴったりと身を伏せ――頭はたぶん頂上よりも五十センチほど下になっていた。

「援護射撃、開始！」

おれは丘の頂上より高く腕を上げ、自動小銃を目の前の地面に固定した。設定はバースト射撃で、引金を引くと一秒間に十二発が、四発ずつ連続で発射された。銃弾はかすかに輝くプラズマの尾を引いて飛んでいく。超音速弾が空気をイオン化させるせいだ。

M‐36自動小銃は最先端の弾体射出銃だった。装甲服の装着を前提に設計され、電磁力を利用して、弾丸をすさまじい速度で発射する。炸薬を必要としない弾丸はきわめて小さく、弾倉ひとつに五百発を装塡できた。サイズは小さいが、硬く高速なオスミウム＝イリジウム弾は威力が大きく、装甲服の敵に対しても効果がある。

二キロという距離はじゅうぶんに射程内で、町の西端全体が弾丸に掘り返された。跳ね上げられた土埃と岩の破片のあいだに、まだ敵の姿は見えない。だが、銃撃の目的は敵に頭を下げさせておくことだった。敵兵に弾丸が命中したとしても、それは僥倖にすぎない。

「よし、偶数班、前進！　奇数班、援護射撃を続けろ！」

分隊の半数が丘の頂上を越えて駆けだした。おれは撃ちつづけ、腰から弾倉を取って交換するとき以外、引金を引きつづけた。前進する兵士たちは即座に塹壕から銃撃を受けたが、こちらの援護射撃のせいで敵の攻撃は散発的で、狙いも定まらなかった。

「偶数班、停止して地面に伏せろ！　援護射撃開始！」

前進していた半数が足を止めて身を伏せ、塹壕に向かって射撃を開始した。

「奇数班、前進！　七十五メートルだ」

おれは銃撃をやめ、丘の頂上を越えた。前進距離は五十メートルずつだが、初回だけは二十五メートルよけいに進んで、偶数班より先行する必要があった。時間にすれば二十秒足らず延びただけだが、司令リンクの指示に従って身を伏せたときには、一時間も走りつづけたような気分だった。地面に伏せて大きく息をつく。撃たれなかったことが信じられなかった。

「奇数班、援護射撃！　偶数班、五十メートル前進！」

こんなふうに前進を続け、塹壕までの距離を半分に詰めた。まだ犠牲者は出ていない。偶数班が地面に伏せ、おれたちに前進命令が出る。おれはすばやく立ち上がり、前進を再開した。十メートルも進まないうちに、敵の塹壕の中で新たな武器が作動した。すさまじい銃声がとどろき、仲間二人が数秒のうちに相次いで倒れた。

「奇数班、伏せろ！　その場を動くな！　全員応射！」

おれは地面に身を投げると同時に、自動小銃を突き上げた。くそ！　敵は重火器を用意していた。座学で習った火器の種類を思い出す——シャデン‐7重機関銃、ＣＡＣの攻撃部隊における基本的な歩兵支援兵器だ。細かい点までは覚えていないが、毎分三千発以上の発射が可能だったと思う。

ふたたび軍曹の声がした。「ファーガソン、状況を報告しろ」

名指しだったが、確実に二人が撃たれたはずだ。あとになって、もう一人はジェンキンズだとわかった。軍曹のモニターには、すでに彼が死亡したことが表示されていた。

すぐに応答があったが、その声はわずかに震えていた。「脚に一発食らいました、軍曹。だいじょうぶですけど、歩くのは無理です」

装甲服は負傷の影響を最小限にとどめてくれる――負傷したあと、少しでも長く生きていれば、本格的な治療を受けられるチャンスもそれだけ大きくなる。外傷管理機能が働いてショックを抑制する薬剤を注射し、痛みを最小化し、代謝を低下させて出血を抑えるのだ。装甲服の外には包帯などを入れた応急治療キットが備えつけられ、海兵隊員本人が簡単な治療をすることも可能だが、装甲服を装着した状態では、できることは多くない。

「そこを動くな、ファーガソン。頭を下げてろ。すぐに回収に向かう」

もっと大規模な作戦だったら衛生兵が同行していただろう。だが、一中隊が百平方キロを超える範囲に展開する今回のような作戦では、支援要員の使いようがない。負傷者は装甲服の外傷管理機能に身を任せ、仲間が戦闘に勝つことを祈るしかなかった。

「第二分隊、その場にとどまれ」少尉の声がした。「偶数班、銃撃を継続。奇数班、擲弾攻撃。標的は塹壕の、保存タンク手前の部分。各自三発を発射しろ。予備班は側面から敵重火器を攻撃――第二分隊の右手五百メートルまで前進しろ」

測距儀で確認すると、目測どおり、標的エリアまで千百メートルだった。左手親指の下の小さなボタンを押して、その距離を射撃システムにセットする。そのまま腕を標的方向に向け、擲弾を三発、すばやく続けざまに発射した。

数秒後、百ミリトンの高性能爆薬を詰めた九発の擲弾によって、標的エリアの地面が五秒にわたり空中に吹き上げられた。

塹壕からの自動小銃の銃撃が、少なくとも一時的にやんだ。銃が衝撃で故障したのか、射手が倒れたのかはわからない。

「奇数班、援護射撃しろ。偶数班は五十メートル前進」

交互跳進を再開しても敵からの攻撃は散発的だったが、二百メートル進んだところでふたたび重火器が火を噴き、おれたちは塹壕まで八百メートルの位置に釘づけになった。今回は警戒していたので、おれにわかるかぎり、被弾した者はいなかった。

そのころには側面攻撃班が右手の小さな丘の上にあらわれ、塹壕に向かいはじめた。敵にもう少し戦力があれば側面にも部隊を配置し、迎え撃つことができただろう。だが、実際には、そちらに配置された兵士は一人だけだった。入植地の端の小さな建物の陰から撃ってくる。その兵士の銃撃開始から三十秒後、幸運にも敵の一メートルほどうしろに破片手榴弾が届いた。オスミウム＝イリジウムの破片が五個か六個、敵の身体にめりこむ。そのうちの一個が首と胴体をきれいに切断し、側面攻撃の唯一の障害が取り除かれた。

縦射に対する防御を失った敵は塹壕から撤退するしかなく、三体の戦死者と重火器をあとに残していった。その数秒後、分隊の半数の援護射撃を受けながら、おれの班が塹壕を占領した。

側面攻撃班は撤退する敵兵三人を追撃し、近くの建物の陰に逃げこもうとした一人を倒した。残る二人は一種の倉庫らしい、コンクリート製の小さな建物に飛びこんだ。

ハリス軍曹の大声が司令リンクから響いた。

「全員、撃ち方やめ。クライナー、あの建物を破壊しろ」

CACの敗残兵から反撃はなく、あとは簡単だった。クライナーは塹壕内を十メートルほど進み、建物がよく見える位置を取った。位置を決めると塹壕の壁に身体を押しつけ、短距離ロケット弾を選択する（通常弾を使うには近すぎるし、徹甲弾では建物自体を貫通してしまう）。

「クリア！」クライナーが叫び、引金を引いた。彼女の背後に一メートルほど、ロケット弾の噴射炎が噴き出した。直後に建物のあった場所が炎と煙とコンクリート片でいっぱいになった。

数秒後、軍曹の声が聞こえた。

「側面攻撃班は北に前進。射撃班A、東に前進。建物の陰に隠れながら交互跳進し、つねに最低二人が援護射撃に当たれ。射撃班Bは塹壕内に待機だ」

この命令は少し慎重すぎるようだが、厳密に教本どおりだ。まだ生きている敵は町に一人もいないことは、誰もが確信していた。だが、その推測に誰かの命を賭けるわけにはいかない。

建物をすべて調べるのに、三十分ほどかかった。思ったとおり、町は無人だった。情報部の報告では、住民は全員が中央避難エリアに移ったという。どうやら情報は正しかったようだ。

戦闘で死亡した六人のCAC兵士の記章から、全員が同じ分隊に所属していたらしいとわかる。だとすると、敵は邂逅前に半分強の戦力を失っていたことになる（CACの分隊は十三人構成だ）。すでに民兵が倒していたのだろう。

そのあと四時間かけて、東と北に伸びる道路が町から出るあたりを要塞化した。装甲服のおかげで、一人ひとりが重機のようなものなのだ。さらに二、三時間で、町の東と北の全面に塹壕を掘った。

CACの重機関銃は移動させ、北側の塹壕と東側の塹壕が接する地点に本格的な陣地を構築した。弾薬は大量にあった――ある建物に装備品を詰めこんだ木箱がいくつも並んでいたのだ。

夜までにはどんな攻撃にも対処する準備が整った。周囲五キロに探査装置を設置したので、奇襲は不可能だ。交替で数時間の睡眠を取ることさえできた。反撃の準備は完了したが、その機会は訪れなかった。

あとになって断片的な情報を組み合わせてみると、こういうことだったらしい。計画は完璧に成功だった。敵は一個小隊に二台の軽支援車輛をつけて、町の奪還をめざした。おれたちを足止めし、本隊の攻撃目標である北側の守備を決定的に弱体化させるためだ。

こちらの強襲部隊は暗くなるまで待ち、敵が南に進路を変える時間を与えることになっていた。ところが、不運なことに、民兵部隊のひとつが敵のパトロール隊と接触し、指揮官がパニックになって、五時間も早く戦端を開いてしまった。

側面支援がないまま、民兵は最初から不利な戦いを強いられた。味方の本隊は、民兵がばらばらに引き裂かれるのを指をくわえて見ているか、予定よりもはるかに早く戦闘に入るしかなかった。もちろん選択の余地はない。

町の奪還に向かった部隊が到着するよりも先に北のほうで本格的な戦闘が始まったと知った敵司令官は、主要防衛線を強化するため、町に向かった部隊を呼び戻した。おれたちが町から出撃した場合の足止めとして少人数を残し、あとはすべて民兵との戦闘に振り向けたのだ。

町を攻撃してくるはずの部隊が引き返したとは知らないまま、おれたちは一晩じゅう防御態勢を取りつづけた。進軍命令が出たのは、すべてが終わったときだった。

戦闘は夜を徹して続き、夜明けの一時間前、敵戦線が二カ所で破れた。あとは掃討するだけだ。

北に向かうとき遭遇した少数の敵は、降伏を試みた。民兵に毒ガスを使っているので認められるとは思わなかったろうが、とにかく降伏の意志を示した。少なくとも、民兵の手に落ちた者たちよりは幸運だったはずだ。あとで聞いた話が事実だとすればだが……たぶん事実だろう。

〈カーソンの世界〉の再占領は完了した。作戦はよくできていて、民兵指揮官の一人がパニックを起こさなければ完璧だったろう。だが、それも実戦ではよくあることで、なんの変更もなくそのまま遂行される作戦計画というものはほとんど存在しない。

戦闘後、問題の民兵指揮官を糾弾しろと大尉が少し騒いだが、大したことにはならなかった。戦闘に負けていればまた話は違い、もっときびしい訊問があったのだろうが、惑星を取り戻した以上、勝ったんだからいいじゃないかという雰囲気だった。

もちろん、隊員の感情はまた別だ。中隊は戦力の二十パーセント近くを失い、死傷者のほとんどは町の北方で起きた激戦の犠牲者だった。そのうちのどれくらいが誰かのへまの結果なのか？　それは知りようがなかった。

うちの分隊の犠牲は戦死者一名、負傷者一名だった。ファーガソンは左脚をきれいに貫通する一発をもらっただけで、次の作戦にはもう復帰しているだろう。

それ以外の分隊の——というか、小隊の——全員は、守備隊として六週間、惑星に駐留した。この種の任務はたいていひどく退屈だというが、今回は違っていた。ずっと大忙しだったのだ。地上守備設備を再建・拡張し、塹壕を強化し、あちこちに掩蔽壕《えんぺいごう》を構築する。

一週間後、輸送機に地対空防衛システムを満載して到着した工兵小隊のために、徹底した地ならしをおこなったのだ。地対空兵器は入植地だけでなく、味方が恒久的な要塞を建設した、大規模な鉱山の入口らしい場所付近にも設置された。

増援が到着するころには誰もが疲労困憊し、《ガダルカナル》のシャトルが到着する朝、おれたちは列を作ってそれを待ち受けた。搭乗命令を待ちながら、おれは新たな守備隊が降りてきて整列するのを眺めた。海兵隊員だ。強襲部隊ではないが、海兵隊員には違いない。その数は多かった。おれのいる場所から全員は見えないが、少なくとも一ダースのシャトルが着陸し、三百人程度が着陸場の中央に整列していた。全部で七、八百人はいるだろう。

訓練された戦闘員の、大隊規模の守備隊？　たいして重要でもない小さな鉱山惑星ひとつに、ずいぶん大げさじゃないか？　もちろん、決めるのは上層部で、おれの意見など求められない。当時のおれに今と同じ知識があれば、当然だと思っただろう。だが、あのときは何も知らなかったのだ。ひとつ確かなのは――もしもＣＡＣがふたたびこの惑星を奪おうとしたら、前回とは比べものにならない大軍団を必要とするということだった。

数分後、おれたちは三機の輸送用シャトルに乗りこみ、《ガダルカナル》に戻った。六週間前、ここに降下したときに比べると、乗り心地ははるかに快適で、贅沢なほどだった。シャトルは一機で一個小隊と負傷者と医療要員を運べるよう設計されているので、二十八人しか乗らないと、実に広々としていた。

ドッキング後は射出ベイにとどまり、医師の診察を受ける。中隊の、ほかの新兵二人の顔もあった。最初は五人いたのだが、一人は戦死し、一人は脊髄を切断されかけた状態で搬送されていた。新兵三人の診察は最後で、三時間ほど余裕があった。六週間ほど戦場にいたおれたちに艦長はあまりきびしいことを言わず、ある程度は自由にさせてくれた。おれは小隊の狙撃兵のヴァーグレンとチェスをしたが、彼は本当に腕がよく、すぐに負けてしまった。

入隊直後はかなりよそよそしかった同僚たちも、ずいぶん打ち解けてきた。この四ヵ月で二語くらいしか話していなかった者たちが、近づいてきて体調を尋ねたり、作戦の成功を祝福したりしてきた。第一分隊の二等兵数人にポーカーに誘われ、待ち時間のあいだに十五クレジットほど稼いだ。

診察のあとはまっすぐ兵舎に戻った。艦内時間で真夜中だったが、メッセージが届いていた。礼装軍服着用で、ただちに射出ベイに出頭せよとのことだ。

鼓動が速くなった。何かやらかしたか？　トラブルとしか思えなかった。どきどきしながら紺の軍服の上着に袖を通し、急いで射出ベイに向かう。

ベイの外の通路を歩いていると、照明が消えた。少なくとも二対の手が背後からおれの身体をつかみ、誰かが頭から袋をかぶせた。おれはベイの中を引きずられ、デッキに投げ出された。誰かが袋を取り去り、照明が点灯した。

小隊の全員がおれのまわりを取り囲んでいた。ハリス軍曹が小さな容器を手に、おれの上にのしかかるように立っている。誰も口をきかない。軍曹は身を乗り出し、容器の中身をおれの額に垂らした。最初はなんだかわからなかったが、すぐに血液だと気づいた。動物の血だろう。実はそうではなかったのだが、それがわかったのはずっとあとになってからだ。全員がにやにやしはじめた。

軍曹が片手を伸ばし、おれを立ち上がらせた。起き上がると、額から血が流れ落ちた。唇にまで垂れてきたのでぬぐおうとしたが、寸前で思いとどまった。わかりかけてきたのだ。この儀式には意味がある——洗礼なのだと。おれは戦闘で自分の価値を示した。彼らの一員になったのだ。長く孤独な年月の末に、おれは居場所を見出したのだった。

2

西側連合
米国ニューヨーク市
マンハッタン保護区

海兵隊はおれを救ってくれた。

おれは二二三二年、レノックス・ヒル＝ファーガス病院で、エリック・ダニエル・ケインとして生を享けた。父のジョン・ケインはメタダイン・システム社のプロジェクト・マネジャーで、うちの一家はマンハッタンのミッドタウン保護区にある、会社所有のアパートメントが並んだブロックに住んでいた。裕福ではないが貧乏でもなく、二十三世紀アメリカ市民の平均よりは上の生活だった。

ニューヨークは国内三番めの大都市で、人口は百万を超えるが、それでも昔に比べれば数分の一以下だ。保護区の北、七十七丁目のゲートの向こうには、なかば見捨てられた北方地区があり、その先はブロンクスの暗黒地帯だった。そこでは何世紀も前からある工場で日用品が生産され、すっかり老朽化したアパートメントで最下層の労働者が暮らしている。夜になると(日中もだが)、一帯はギャングに支配される。違法薬物を取引し、保護区の武装城塞の外に住む見捨てられた人々を餌食にしている連中だ。

十丁目のゲートから南は立入禁止の緩衝地帯で、さらに五百メートル南に進むと、いまだに放射能が残るクレーターがあった。人類史上最悪のテロの名残だ。

この二つの近郊無人地帯のあいだには、清潔で秩序ある、法と正義の支配する都市があった。保護区に住むのは近代的なハイテク社会を運営する教育ある労働者で、過去の世代はもっと高い生活水準と大きな自由を享受していたという声はあるものの、それはあくまでも抑えたささやきにすぎなかった。当然、そんな事実は学校では教えてくれない。おれたちが習うのは、アメリカと西側連合は人類がこれまでに到達した文明の頂点にいるということだった。疑問を抱く者がいたとしても、ゲートの向こうをひと目見れば、現状に感謝し、口を閉じることしかできなかった。

マンハッタンは混み合っていたが、それなりにじゅうぶんな食料があり、自由時間に人々の目をそらしておくためのさまざまな気晴らしがあった。二十三世紀版の〝パンと見世物〟だが、当時はそんなふうに考えたことはなかった。法は厳格で、私信は検閲され、指導者の叡智を疑うことなく受け入れるよう条件づけられているとしても、その見返りとして（それなりの）食料と娯楽が手に入り、保護区の壁の外に住む不運な人々が直面する、苛酷な現実から保護してもらえるのだ。

保護区の北東のはずれはA地区と呼ばれ、政治家階級とその同盟者である大物企業家たちが住んでいる。マンハッタンの住民のほとんどは、内壁で仕切られたA地区に足を踏み入れることなどない。おれは入ったことがあるが、それは子供時代には想像もしなかった、特殊な状況においてのことだった。断言するが、政治家と大企業家たちのような生活をしているアメリカ人は、ほかのどこにもいない。

おれの両親は、政治家階級以外ではきわめて稀なことをなしとげた——子供を三人作ったのだ。アメリカはどこでもきびしい産児制限を実施しているが、混み合ったマンハッタンではなおさらで、法的な上限は二人——それもきわめて能力の高い労働者に限ってのことだ。

両親は現実的な方法でこの制限を回避した。おれが生まれた三年後、母が双子の女の子を産んだのだ。ベスとジルを。強制妊娠中絶が標準手続きだが、母の健康保険で認められていた一回の出生前検診で、胎児が双子であることがなぜか見落とされた。だから妹たちがどちらも元気に生まれてきたときは、ちょっとした騒ぎになった。

父は大手の政府契約企業で責任ある地位にいたので、この出生を合法と認める証書が発行された。その意味では幸運だった——もっと教育のない貧乏な家庭だったら、出生後の人工流産が適用されていても不思議はない。

　おれの子供時代は、中流階級としてはごく普通だった。父は長時間働いていたが、おかげで七十平方メートルの住居を、安全で居心地のいい保護区内に確保できていた。一家は何不自由なく暮らせ、幸せで、子供時代の思い出は楽しいものばかりだ。そんな幸せな生活がいきなり断ち切られたのは、おれの八歳の誕生日のあとだった。

　四歳になった妹たちがG－11スーパーウイルスに感染したのだ。これは統一戦争時代に開発された生物兵器で、〝ペスト〟と通称される疾病の原因となる。本来のペストよりも致死率ははるかに高く、治療も困難だ。戦後、ウイルス兵器が使用されなくなると罹患率は劇的に低下したが、それでもまだ全世界的に、健康上の深刻な脅威になっている。医療技術と治療法の進歩によって、致死率は当初の百パーセントから五十パーセント程度まで下がったが、根治療法はまだ発見されていなかった。生き延びた場合も、臓器や器官に重篤《じゅうとく》な後遺症が残ることが多い。

　妹たちは若く強靭で、どちらも生き延びることができた。ただ、ベスは完全に回復したものの、ジルの肝臓はウイルスに破壊されてしまった。生きつづけるには肝臓移植か、再生治療しかない。臓器再生技術は前世紀に完成し、その成功率は事実上百パーセントだったが、とてつもなく費用がかかった。とてもわが家の健康保険でまかなえる範囲ではない。実際、妹の医療優先順位はきわめて低く、肝臓移植さえ問題外だった。政府の評価では、妹の命はそれを救うのに必要な資源に見合わないのだ。ジルが死んでも、両親にはまだ二人の子供がいるのだから。

だが、両親はあきらめなかった。保護区の外なら、闇市場で安価な肝臓移植も可能だ。違法で危険だが、ジルの命を救うにはそれしかなく、両親はほとんどためらいもしなかった。

闇市場での移植でも費用はかなりかかり、両親は売れるものをすべて売り、借りられるだけのクレジットを借りた。母は仕事に復帰しようとさえした。父と結婚するまではプラザ・ホテルの副料理長だったのだ。だが、失業率が五十パーセントを超える状態で、政府がひとつの家族に二つの収入源を認めることはほとんどなかった。結婚した時点で、母は労働許可を失っていた。

両親はどんな父親と母親でもすることをした——懸命に資金をかき集めたのだ。父は仕事の割り当ての増加を申請した。通常ならまず認められないのだが、たまたま新しいゲティスバーグ級戦艦の巨大なガイダンス・システム構築作業が入っていたため、一日四時間の残業が認められた。母はホテル時代の経験を生かし、無許可で違法なケータリング・サービスを始めた。いったいどうやったのか、いまだに詳しいことはわからないのだが、両親はどうにか肝臓移植に必要な資金を調達するのに成功した。闇市場のつねで、料金は全額前払いだ。

手術はひそかに、病院ではなく貯蔵庫でおこなわれた。とても理想的とはいえない条件だったが、移植は成功した。適合度の低い臓器が拒絶反応を起こさないよう、その後も大量の投薬が続いた。その結果、免疫系に恒久的な損傷が生じたが、それでもジルは生き延び、やはり闇市場で調達した薬品によって、どうにか普通の生活ができるようになった。すべてがうまくいったと思ったまさにそのとき、世界が崩壊した。詳しいことはわからないが、当局が違法な手術や母の隠れたアルバイトなど……すべてをつかんでしまったのだ。

当時は第二次辺境戦争の終末期で、政府はなんとか歳入を確保しようと躍起になっていた。両親は巨額の罰金と引き替えに、処罰を免れるチャンスを与えられた。だが、最後の小銭まで手術代に支払ってしまった両親には、罰金を支払うことなど不可能だった。

捜査員が家に来たときのことはぼんやりと覚えている。父はおれと妹たちを子供部屋に入れ、迎えにくるまで外に出ないよう言い聞かせた。すべては両親が娘の命を救おうと必死になったせいだという事情は、考慮されなかった。二人は違法行為に手を染めた。捜査員にとっては、それがすべてだ。

捜査員がいなくなると父が部屋に入ってきて、もう寝なさいと言った。おれはまだ九歳にもなっていなかったが、父が怯えているのを感じ取った。父が何かを恐れているのを見たのははじめてだった。ひどいことが起きているらしいとは思ったが、おれは何も言わなかった――おやすみなさいと言って、ベッドに入っただけだ。父は「おやすみ」と言い、明かりを消して出ていった。となりの部屋から母の泣き声が聞こえた。一晩じゅう、両親の話し合う声や、歩きまわる足音や、何よりも母のすすり泣く声が聞こえていた。

次の日、六人の武装した執行官がやってきて、両親の財産をすべて没収した。アパートメントの居住権も含めて。父は仕事を首になり（いい仕事だったので、すぐに別の有資格者に売却できた）、居住許可は撤回された。

一家はミッドタウン保護区から追い出された。肩を寄せ合う五人の前で七十七丁目のゲートがゆっくりと開く光景は、決して忘れないだろう。最後に振り返ると、父がおれの肩に腕をまわし、ゲートの北のひび割れた舗装道路の上に連れ出した。

かつては多くの人々が暮らしていたマンハッタン北部だが、今はほとんど見捨てられていた。壁の北側直近二キロは〝大破壊〟によって完全に破壊されていた。暴徒やギャングが保護区に忍び寄るのを防ぐための措置だ。崩れかけの古い道路のまわりに壊れた石材が散乱しているのは、不気味な光景だった――昔は何千という人々が住んでいた建物の残骸なのだ。放棄された地下鉄のトンネルが崩れ、地面が深く陥没している場所も何カ所かあった。場所によっては腐った褐色の水がたまり、まるで悪夢に出てくる運河が北に向かって伸びているかのようだった。

地上三十メートルを斜めに北西に横切っているのは、巨大な鋼鉄の柱に支えられた透明なプラスティック・チューブだった。マンハッタン保護区とマンハッタン島北西端のフォート・トライオン配送センターを結ぶ磁気列車チューブだ。フォート・トライオンはほかの大都市とのあいだを行き来する弾丸列車のターミナル駅であり、主要貨物駅でもあった。磁気列車は二十四時間態勢で旅客と貨物を運びつづけている。

だが、おれたちが向かうのは北東だ。父の友人のつてで、サウス・ブロンクスの日用品工場の仕事を紹介してもらえたのだ。非公式に〝悪魔の運動場〟と呼ばれているあたりだった。

保護区の北には磁気列車以外に大量輸送手段は存在せず、ブロンクスに入るにはハーレム川を渡る橋まで五、六キロ歩くしかなかった。途中いくつか、人の住んでいる建物が固まっている場所があった。保護区近郊の小集落といったところだ。それ以外の建物はどれも破壊されているか、自然に崩壊していた。橋自体は古いが頑丈そうで、マンハッタン側にはゲートと小さな監視塔が設置され、警官隊が常駐していた。保護区内を巡回している警官よりもはるかに重武装だ。父が警官に書類を見せ、簡単な所持品検査のあと、おれたちは橋を渡ることを許された。

ブロンクス側にゲートはなく、橋のすぐ近くは更地になっているが、百メートルも進むと、砲弾の燃えがらや瓦礫だらけの空き地のあいだに、古いが人の住んでいるアパートメントが目につきはじめた。

時刻は午後早く、何かの用事で出歩いている人々も見かけるが、数はごく少なく、保護区の人混みとは対照的だった。広い通りにはいくつもの店舗が軒を連ね、ほとんどはさまざまな品物を並べて売っているが、中にひとつ、小さな診療所があった。その戸口からは長い列が三十メートルほど続いている。

何もかもが古くて汚くて、道路にはあちこちに穴があいていた。かすかに感じるにおいには、明らかに古い下水道から漏れてくるにおいが混じっていた。

おれたち一家が住む部屋は、ヤンキー・スタジアムの廃墟から五ブロック離れた、築三百年の老朽化しきった五階建ての建物にあった。小さなロビーには天井からワイヤーで照明器具がひとつだけ吊り下げられ、すでに一世紀は動いていないように思えるエレベーターの残骸があった。古くてぎしぎしきしむ階段があるのは三階までで、四階と五階に行くには木の梯子を使うようになっている。両親はそれまでおれたちの前では虚勢を張っていたが、この新居を見て、母はすすり泣きはじめた。父は無言で母に手を貸し、梯子を登らせたあと、妹二人をいっしょに抱え上げた。おれは父が戻ってくる前に自力で梯子を登った。父は手を伸ばし、引っ張り上げてくれた。

時代遅れのプラスティスチール工場の技術システム管理という仕事は、父の能力からするとばかばかしいほど役不足だったが、それでも仕事があるだけ幸運だった。複数の違法行為に関与した両親はどんな種類の公的支援も受けられないので、仕事がなかったら飢えるしかなかった。父は最低賃金で十二時間交替の仕事をしながら文句ひとつ言わなかったが、笑みを見せることも二度となかった。

近隣一帯はドラッグ・ギャングの抗争の戦場で、まさに悪夢だった。警察は八十年も前に、保護区の外の治安維持から手を引いていた。あとはギャングのやりたい放題だ。両親はすぐさま、生き延びるためには地元のギャングのボスに金を払い、保護してもらう必要があることを学習した。二つの組織が縄張り争いをしていたら、念のため、両方に金を払う。

警察が手を引く以前から、都市機能はほとんど停止していた。大量輸送機関は運行しておらず、まともな病院もなく、街灯はひとつも点灯しない。街路は障害物だらけで車輛は走行できないし、場所によっては歩くのさえ困難だった。一種の送電網のようなものは存在し、毎日四時間くらいは電気が使えたが、一週間以上停電することもあった。うちでは電気ヒーターを使っていて、冬場に二日も電気が止まるとヒーターを充電できず、身を寄せ合って寒さを防ぐしかなくなった。水は確保できていたが、お湯が使えるのはヒーターが動いているときだけだった。濁った未処理の水はフィルターを通すのだが、それでもかすかに油のにおいがした。

近所の住民は、ほとんどが半端仕事か危険な仕事に従事する下層民で、保護区の住民に比べると、人生に対する期待がかなり低かった。追放者も多少はいた。父と同じような熟練技術者で、なんらかの理由から保護区を追い出され、慣れない世界で懸命に生きていた。

あとはギャングたちだ。希望というものが持てない近所の人々に、ギャングはいくらかましな生活を約束した……少なくとも、虐げられるのではなく、虐げる側になることを。実際には、ギャングの人生は暴力的で、たいていは短く、当局に捕まると即座に処刑されるが、それでも志望者に事欠くことはなかった。

ギャングは組織同士でも争っていて、うちの近所でも二つの組織が抗争を繰り広げていた――〈赤〉と〈群狼〉だ。〈赤〉は大きいが、〈群狼〉は頭が切れてよく統率され、どちらも決定的な優位に立てないまま、抗争は膠着状態に陥っていた。住民はたまったものではない。両方から金を要求されるし、小競り合いに巻きこまれることもある。

おれたち一家はこの新たな現実の中で三年を過ごし、以前は想像もできなかった状況に身を置いた人間がたいていそうなるように、現実に適応した。保護区での贅沢な生活を徐々に忘れ、新しい環境に耐えていくことを学んだのだ。

それでも母はどうしてもありのままの現実を受け入れることができず、自分の中に閉じこもりがちになり、とうとう何も話さなくなった。父は生活を少しでも快適にしようと努力した。仕事、後悔、怒り……それが父を苛《さいな》んでいることはわかっていたが、父はそれを家族に見せようとせず、あきらめようともしなかった。

父は教育のある人間で、たぶんいちばんこたえたのは、保護区の外に学校がなく、おれと妹たちが這い上がる希望が見出せないことだったろう。父は長時間の仕事をこなしながらもなんとか時間を作り、三人の子供たちに毎日勉強を教えてくれた。どうやったのか小さな太陽光インフォパッドまで買ってくれ、おれは毎日屋上に忍び出て、できるときはネットにつないでいた。そんな生活が三年間続き、それがおれの日常になっていった。

ある日、おれはいつものように屋上に登っていた。どこか白日夢のようで、読んでいるテキストにもあまり注意が向いていなかった。ぼろぼろの、今にも倒壊しそうな建物の広がりをぼんやり眺めていると、それが聞こえた。短い叫び声、何かが壊れる音、それに続いて、血も凍るような悲鳴。

おれは跳ね起きて、建物内に戻る落とし戸に駆け寄った。ロープで作った取っ手をつかみ、引き開ける。銃声と、さらに悲鳴が聞こえた。梯子を下る。自分の息づかいの音が聞こえ、パニックのあまり両手の感覚がなくなった。ふたたび銃声。もう悲鳴は聞こえず、乱闘の音と、ドアの閉まる音がした。急ぐあまり力が入りすぎ、腐りかけた横木が二つに折れた。おれは梯子から転げ落ち、最上階の踊り場に半分ほどの高さから落下した。インフォパッドが手から離れ、床にぶつかって壊れた。

一分ほどぼうっとしていたが、はっとして立ち上がろうとし、足首をひねってしまったことに気づいた。落下したことで命拾いしたのかもしれない。なんとか下に降りていったときには、すべてが終わっていた。

おれは痛めた足をかばいながら四階に向かった。一歩ごとに鋭い痛みが走ったが、恐怖とアドレナリンの影響で、苦になることはなかった。心臓の音が耳の奥に雷鳴のように響くなか、いいほうの足で梯子から床に降り、アパートメントに駆けこむ。ドアは蹴破られ、傾いて、蝶番《ちょうつがい》ひとつだけでドア枠に引っかかっていた。まるで今にも抜けそうな子供の歯のようだ。部屋の中には悪夢の光景が広がっていた。

床も壁も血だらけで、家具は倒れてあちこちに散乱し、ずたずたになった絨毯の全面に割れ物の破片が散らばっていた。

母はキッチンにいた。カウンターのそばの床に倒れている。あたり一面血だらけで、母が死んでいるのは確実だが、どこを撃たれたのかわからないほどだった。手を触れるどころか直視することもできず、おれは顔をそむけた。母の姿を見たのはそのときが最後だ。

よろめきながら居間に向かうと、父の姿があった。アパートメントに駆けこんだときは見落としていたのだ。ひっくり返ったデスクの陰から、まっすぐにおれを見つめている。生命の消えた目を大きく見開き、頭に二つの弾痕があった。

すべてがぼやけていて、どのくらいのあいだアパートメントにいたのかはっきりしない。数分かもしれないし、もっとずっと長かったかもしれない。今になっても、どうしても思い出せないのだ。

必死になって妹たちを探すと、寝室の、マットレスの残骸の下に埋もれているのが見つかった。その陰に隠れようとしたのだろう。少なくとも十発は撃たれている。血に染まったウレタンがそこらじゅうに飛び散っていた。

三十秒か、五分か、一時間か――本当に覚えていないのだ――が経過し、おれはアパートメントから逃げ出した。何も持っていかなかったし、わずかな家財が盗まれたのかどうかも確認しなかった。ただ玄関を出て、梯子と階段を下り、街路に飛び出したのだ。天気のいい日で、陽光がまぶしかった。くらくらしながら建物の裏の暗がりに這いこみ、がっくりと膝をついて前屈みになり、胃の中身をすべて吐き出した。

何日か――あるいは何週間か――あたりをうろついていたはずだ。なんでもいいからとにかく食べ物を漁り、夜になるとどこかに身を隠した。アパートメントには戻らず、あの建物に近づきさえしなかった。

最初はすぐに死んでしまうだろうと思ったが、正直なところ、どうでもよかった。その場に横たわり、すべてが終わるまでそうしていようかと何度も思った。それともどこかの建物の屋上に登って、一瞬で終わりにするか。だが、何かがおれを生きつづけさせた。希望があったとか、生きる理由があったとかいうのではない。

それでも時間が経つうちに、おれは路上生活に習熟していった。比較的安全な場所もいくつか見つけた……街の下には放棄されたトンネルや地下道が迷路のように広がっている。盗みも覚えた。最初は生きるためだったが、やがてとくに理由もなく、怒りに任せて下層民を餌食にするようになった。

そのうちに〈群狼〉とつながりができ、それから五年間、おれはあらゆる種類の犯罪に手を染めた。この期間については多くを語らないほうがよさそうなので、自分が世界に対して腹を立て、その住人に報復する権利があると思っていたとだけ言っておこう。他人とは利用し搾取《さくしゅ》するためのもの、畑の作物のようなものだと思っていて、そんな生活が長く続いた。

ギャングの生活は粗野だが、ある種の贅沢さがあった。清潔で秩序のある保護区の生活とは似ても似つかないが、好き勝手に建物を占拠し、手当たり次第にものを盗んでは、その建物に貯めこんだ。文句を言う相手は殺してしまう。単純な生活だった。

何度か保護区に戻ったこともあった。ドラッグの配送のためで、一度は盗みにも入った。ゲートは通らず、広大な地下通路網を利用するのだ。古い地下道、送電トンネル、地下鉄、下水道などインフラ設備が、多くは放棄されたまま、都市全体を網の目のように覆い、通行可能ないくつものルートを示した地図が作られている。

地下迷宮はおれたちのものだが、保護区に侵入するのはやはり危険な行為だった。何度めかのドラッグの配送で、おれはとうとう捕まってしまった。地下鉄のトンネルで、大きなアパートメントの地下にある放棄された駅に出て、駅から建物の地下室まで続く、手掘りの通路から出たときのことだった。

通路からの出口は大型機械で隠してあったが、誰かに発見されていたらしい。地下室内に出たとたん、ドアが開き、暴徒鎮圧装備に身を固めた警官隊がなだれこんできた。応戦したが、相手は防弾服だし、武器の性能も上だ。勝負がつくのに一分もかからなかった。こちらは七人で、四人が負傷した。残る三人は電撃警棒で殴られ、気がついたときには手錠をかけられ、壁にもたれかかっていた。

壁際には四つの死体が並んでいた。どれも、もともとある傷痕のほかに、額に穴があいていた。ギャングに医療優先順位の適用はないので、警官も負傷者を搬送するような手間はかけない。それでもときどき逮捕者を生かしておくことはあった。気に入らない相手を見境なく殺しているという、実情にきわめて近いイメージを払拭するためだ。

おれは外に引きずり出され、待っていた護送車の後部ドアから中に押しこまれた。中は座席もない広い空間で、左右に長い金属製の手すりがあり、おれは右側の手すりに、仲間二人は反対側に手錠でつながれた。

護送車は別の場所でさらに四人の囚人を乗せ、中央拘置所に向かった。拘置手続きセンターは三十四丁目の行政地区に建つ、百階くらいある建物内にあった。護送車に窓はなく、その建物は見えなかったが、父のライセンスの更新で行政地区に来たとき一度見たことがあった。

乱暴に護送車から引きずり出され、予審待合室に続く通路を進む。通路はまっ白なプラスティスチール製で、広い部屋で終わっていた。その部屋からは十本の通路が分岐し、それぞれが監房ブロックに続いていた。

監房は未決囚でいっぱいで、床にすわる余地さえなく、しかもひどい悪臭だった。吐き気を抑えるだけで精いっぱいだ。そこには実にさまざまな人間がいた。おれのようなギャングの一員や重犯罪者らしい者たちもいるが、ほとんどはごく普通の市民に見えた。たぶんちょっとした違法行為でしょっぴかれたのだろう。犯罪者タイプの連中はふてぶてしく腹を立てているが、それ以外はショックを受けているようだった。泣いている者もいるし、そうでなくてもこわばった表情だ。

軽い罪を犯しただけの一般市民は、当然、本物の犯罪者たちの慰《なぐさ》みものになった。おれも外ではそんなことをしてきたが、もうすっかり嫌になっていた。ギャングとして下層民をいたぶってきたが、監房ではそんなもの見たくなかったし、もちろん参加したくもなかった。監房には女が一人いて、二人の犯罪者からひどい目に遭わされていた。さんざんに叩かれ、服を剝ぎ取られ、床に裸ですわらされ、なぶりものにされている。二人は女を壁に押しつけてレイプし、そのあとほかの男たちに輪姦させた。女は悲鳴を上げて看守に助けを求めたが、看守たちはしばらくその声を無視し、やがて笑いながら監房の前を通り過ぎ、静かにしろと女を叱りつけた。

女はどこにでもいる保護区の市民に見えた。会社員か何かだろう。もちろん本物の犯罪者ではなさそうだ。そんな人間を、どうしておれたちみたいなけだものと同じ監房に入れるんだ?

怒りに駆られてふと思っただけだし、たぶんその女を助けてやれない罪悪感みたいなものもあったろう。あとで考えてみれば、あの監房に入れること自体が彼女のしたことに対する罰だったのだろう。裁判でどんな刑罰を科すよりも、苦痛と恐怖をはっきりと刻みつけることができる。

看守にせよ、裁判にせよ、あの建物の中で起きることは——正義とは無関係だった。その目的は服従であり、秩序の維持だ。法の適正手続きによる正当な量刑などより、恐怖のほうが、はるかに効率がいい。マンハッタンでの生活の記憶は子供時代のものだけだが、思い返してみると、政府職員の相手をする両親はいつも緊張しきっていた。警官を見れば人々は急いで道をあけたし、アパートメントにあらわれた捜査員を見る母の目に浮かんだ恐怖の色も、はっきりと覚えている。

おれはその監房に四日間いて、一面の壁の前に作られた溝に排泄し、ひとつしかない蛇口から垂れてくる臭くて濁った水で喉を潤《うるお》した。

やがてとうとう呼び出された先は、床が斜めになった、排水溝のある狭い部屋だった。そこで裸にされ、ホースで勢いよく水をかけられ、黄色い囚人服を着せられて法廷に連れ出された。

法廷は狭くて簡素で、一段高いところに判事席があり、硬質プラスティックの椅子が一列だけ置いてあった。武装した廷吏二名が壁を背にして判事の左右を固め、おれは中央の椅子にすわらされた。おれを連行してきた看守がすぐ背後に立った。

弁護人も証人もおらず、釈明の機会も与えられないまま、検事が罪状を読み上げた。一度口をはさもうとしたら、看守にゴム棍棒で首のうしろを殴られ、黙っていろと言われた。検事の論告が終わると、判事がすぐさま判決を言いわたした。

「有罪。ガスによる死刑を宣告する。刑はただちに執行するものとする」

おれは椅子から立ち上がって抗議しようとしたが、後頭部をゴム棍棒で一撃され、目の前が暗くなった。どのくらい気絶していたのかわからない。気がつくと小さな白い部屋で、冷たい金属の椅子に拘束されていた。正面にガラス窓のようなものがあり、その向こうは鉄の扉で閉ざされていた。のっぺりした壁の天井と床の間際に、通気孔らしいものが見える。

両の手首と足首はくたびれた布のストラップで椅子に縛られていた。おれは焦って、大声でわめきだした。だが、部屋は完全な防音になっているらしい。力いっぱいストラップを引っ張ったが、びくともしない。もがいていると額に汗が浮かび、顔を流れ落ちるのを感じた。

数分後、ドアがかすかな音を立てて開いた。染みひとつない灰色と黒の軍服を着た長身の男が入ってきて、しばらく無言で立ったまま、まるで心を読もうとするかのようにじっとおれを見つめた。

男が口を開いた。「やあ、エリック。元気かと聞きたいところだが、尋ねるまでもないな。わたしはジョン・アーヴィング大尉だ。ジャックでいい。ここで毒ガスを吸って死ぬ以外の選択肢について話がしたいんだが、興味があるかどうか知りたい」

五年のあいだギャングとして生き、あの拘置所の恐怖と茶番劇の裁判を経験したせいで……おれは警察やそれに類するものにすっかり嫌気がさしていた。

「さっさとやれ、屑野郎。処刑されれば、もうくそ警官どもを見なくてすむ」

男は一瞬おもしろがるような笑みを浮かべ、短く温かい笑い声を上げた。「わたしは警官ではないんだ、エリック。海兵隊員だよ。きみも海兵隊員になる気はないか？」

3

西側連合
米国ニューヨーク、ブルックリン
海兵隊オリエンテーション・配備センター

訓練はおれの予想とはまるで違っていた。最初は思ったとおりだったが、そのあと急速に、思いもよらない方向に変化したのだ。

おれは新しい友達をジャック大尉と呼ぶことにした。なれなれしいし、いささか敬意に欠けるが。あのあと大尉にはさらに何分か悪態をついたものの、怒らせることはできなかった。いっしょに行くほうが毒ガスよりはましな選択に思えたので、もちろんおれは謎めいた招待を受け入れた。このみじめな国のために戦う気などさらさらなかったが、選択肢は限られており、それに従ったのだ。

大尉は警官を呼んで、ストラップをはずしてやれと言った。相手は渋い顔だったが、ためらうそぶりを見せると、大尉の鋭い視線が飛んだ。警官はあわてておれに近づき、ストラップをはずして後退した。おれはその様子を楽しい驚きとともに眺めていた。警官というのはごろつきのようなものだが、この男は明らかに、ジャック大尉に対して怯えていた。そんな痛快な場面はもう長いあいだ見たことがなかった。

この四日間、おれは手錠をかけられ、閉じこめられ、周囲の人間に対する深刻な脅威という扱いを受けてきた。だから大尉がおれに背を向けて、「ついてこい」と言ったときはびっくりした。

「ここから出たとたん、あんたに襲いかかって逃げるかもしれないとは考えないのか?」

大尉は振り向かなかったが、答える声にはおもしろがるような調子が感じられた。

「そうなったらそのときだ」

もちろん当時はわからなかったが、ジャック大尉は一瞬でおれを殺すことができた。けんかには自信があったが、海兵隊で数年を過ごすあいだに、大尉が汗ひとつかかずに、さまざまな方法でおれを圧倒できることを思い知らされた。

エレベーターで地上に降り、ロビーを通って街路に出る。大尉はすぐ外に反重力コプターを待たせていた。流線形の灰色の乗り物で、側面に米国海兵隊のロゴが描かれている。開いたドアから乗りこむと、質素だがすわり心地のいいシートに腰をおろした。ジャック大尉が操縦士に大声で命令を伝えると、シュッと音がしてドアが閉まり、機体が上昇した。

反重力コプターに乗るのははじめてだった。おれは小さな窓に張りつき、マンハッタンの街路が下方に遠ざかるのを眺めた。右旋回してダウンタウンに向かい、一、二分後には南壁の上を飛び越えた。

右手には瓦礫だらけのクレーターが見えた。ニューヨーク市民五十万人の命を奪った史上最悪のテロ攻撃から百五十年近くが過ぎたが、今でもクレーターの縁に立っただけで、危険なほど多量の放射線を浴びることになる。

保護区の南側のなかば見捨てられた地区は北側とよく似ていたが、旧金融街だけは別で、今も高層ビルが林立していた。いくつかは崩壊したものの、多くはまだ昔日の栄光をとどめている。金融街全体の放射線量は健康に危険なレベルのままだが、そこで暮らしている人々もわずかながら存在した。そこらじゅうに水のたまった濠があり——北側に比べて地下鉄路線が密集していたことがわかる。

コプターが左旋回すると、いきなり保護区が見えた。高さ一キロのタワー・ビルが陽光にきらめいている。その光景は美しく、実際には死にかけた遺跡だというのに、豊かさと活力が感じられた。おれはその後ずっと保護区を見ることはなく、ふたたび目にしたときはすっかり別人になり、ニューヨークはもうおれの故郷ではなくなっていた。

コプターは空を突っ切り、ブルックリンの街路の上をすばやく通過した。眼下には古くて状態の悪い建物が何列も連なっている。ブルックリンはブロンクスを多少ましにした場所に見えた。すべてが崩壊しかけているわけではなく、街路には人々の姿があり、大通りを走る数台のトラックも見かける。ブルックリンはまだ、多少の都市機能を残しているようだった。もちろん保護区には及びもつかないが。

コプターは広い空間のまん中に造られた巨大な建物に向かっていた。外周はプラスティクリートの高い壁に囲まれ、警護されたゲートがいくつかある。建物本体は台形だった。ピラミッドの頂上を上から三分の一あたりで切り落とした形だ。

コプターはその屋上に着陸し、おれたちはエレベーターで数階層降下した。やがてジャック大尉が沈黙を破った。

「疲れたろう。オリエンテーションは明日の〇五〇〇時からだ。休息できる部屋に案内しよう」

連れていかれたのは窓のない小部屋で、くすんだ灰色の壁に、簡易寝台がひとつだけ置いてあった。大尉が出ていくとドアが閉まり、中から開ける方法は見あたらなかった。また監房のようなものだが、前のよりははるかに居心地がいい。

疲れていたが、興奮してもいた。肉体はアドレナリンと疲労と荒々しい感情のごった煮状態だ。怒り、恐怖、混乱。死の寸前まで行って、最後の瞬間に助けられた。あまりにも非現実的で、頭がついていかない。今後のことは何もわからないが、ジャック大尉がいなかったら、今ごろは死んでいただろう。それでも西側連合のために愛国心を鼓舞する気にはなれないが。やがてとうとう疲労に負け、おれは眠りこんだ。なんだか知らないが何かを始めるために起こされるまで、一度も目を覚まさなかった。

基礎訓練は誰もが思うとおりのものをやや上まわったが、キャンプに入る前の日々は、生涯でもっとも忙しく、消耗するものだった。

最初は徹底的な健康診断だった。とにかく項目が多い。おれはつつかれ、探られ、肉体のあらゆる場所に器具を突っこまれた。サンプルを採取され、さらにサンプルを採取された。血液、DNA、脊髄液、尿、便、皮膚、唾液、精液、骨髄、全身各所の組織。あらゆる種類の撮像装置とスキャン装置にかけられ、それが終わると大量のセンサーを取りつけられて、過去に経験がないほど激しい運動をさせられた。

調べられたのは肉体だけではない。身体のあとは精神と感情の検査だった。端末の前にすわらされ、何時間も次々と試験が続いた。論理的反応の評価もあれば、単に知識を問うだけのものもある。まったく目的のわからないものや、「人類がどちらかひとつを持てるとしたら、無尽蔵のエネルギー源とどんな病気も治せる薬と、どちらが価値が高いか?」といった奇妙な質問もあった。

そのあと一連の心理検査がおこなわれ、なかにはひどく奇妙なものもあった。通常の面接で始まり、子供時代のこと、信仰、そのほかあらゆる種類の事象に関する考えを尋ねられ、本当にひどいことをしてきたギャング時代について、いささか不快な話もさせられた。

相手は気にしていないようだった。十代で人を殺した過去は、海兵隊員のキャリアには有利に働くらしい。

さまざまな刺激を与えながらの試験もあった。薬を投与され、幅広い、一見すると無関係なことがらについていろいろと質問された。裸にされ、凍りつくような部屋で椅子に縛られて、政府に対する考えからなぜスイート・ポテトが嫌いなのかまで、二時間にわたって訊問されもした。スイート・ポテトなんて最後に見たのがいつだったかも思い出せないが、おれはそれが嫌いな理由を白状させられた。

最後に将校がやってきて、試験の結果、おれは海兵隊員の資質に欠けるので、ただちに司法センターに送り返され、判決どおりの刑が執行されると告知した。将校はそれだけ言うと無言で立ち去り、おれは二十分にわたって反応を観察されたあと、今のも試験だったと告げられた。

傷つき疲れきってわけがわからないまま部屋に連れ戻され、眠っていいと言われた。おれは二十時間眠りつづけた。空腹のあまり目を覚まし、起き上がって、誰かが来るまでドアを叩きつづけようと決意したとき、ドアがスライドして開き、ジャック大尉が入ってきた。

「休息はじゅうぶんらしいな」大尉は嫌らしい笑みを浮かべた。おれが何か悪態をつこうとしているのに気づいたのだろう。機先を制してこう続ける。「おちつけ、エリック。全員が同じ目に遭って……そこをくぐり抜けてきているんだ」

当時はなかばからかうような、なかば同情するような口調をとらえられなかったが、今思い返せばはっきりとわかる。もちろん、海兵隊員になるときは全員同じだ。同じように徴募され、訓練を受け、そこを通過すれば、二等兵として最初の戦闘に参加する。おれもそうだし、ほかのみんなもそうだ。

最初に説明されたときは、奇妙に感じたものだった。当時は軍事史の教育など受けていなかったが、ちょっと考えれば、上級将校は政治家の子弟か何か、特権階級の出だと思ったはずだ。地球の軍隊はどこもそうだった。だが、宇宙の軍隊はそうではない。その後、おれはさまざまな事情を学ぶことになったが、あのときは何がどうなっているのかさっぱりだった。

「それで、次はどうなるか教えてくれるのか？　できれば朝食がいいんだが」

実際、おれは食事のことしか考えられなかった。もう何日も、何も食べていなかったのだ。

大尉は微笑し、小さな笑い声を漏らした。

「訓練はおまえのこれまでの生涯で最大の苦難になるだろうが、飢えて死ぬことだけはない。行こうか」片手でドアを示す。「キャンプに移るのは今夜だ。そのときは満腹でいる権利がおまえにはある」

大尉のあとからドアをくぐり、明るく照明された通路を歩いていく。前の日もよろめきながら通ったはずだが、まるで記憶になかった。壁は染みひとつなく、床は輝くばかりに磨き上げられていた。海兵隊の特徴のひとつ——すべてが清潔なのだ。保護区の公共地区よりも清潔で、外の薄汚れた街路とは比較にもならない。

おれの部屋のドアとそっくりのドアが十数個並ぶ通路を歩いていく——その向こうにもやはり小部屋があり、さまざまな医学的虐待を受けてぼろぼろになった新兵候補者たちが眠っているに違いない。少し歩くと広い食堂に出た。十人から十二人がけくらいの、大きなテーブルが三十台ほど並んでいる。席は四分の一ほど埋まっていて、目覚めたばかりのおれの脳は朝食を欲していたが、実際には昼食時間が終わりかけているようだった。

満腹云々《うんぬん》というジャック大尉の話は、嘘ではなかった。二十三世紀のアメリカは、事実上あらゆるものが、ある程度パック化された世界だった。もちろん保護区ではほかよりもいいものが流通するが、食料、衣服、医薬品などはさまざまに管理され、つねに不足がちだった。だから今、処刑を逃れる唯一の手段として強制徴募された犯罪者であるおれにとって、何も言われずに好きなだけ食べられるというのは、はじめての経験だった。

腰をおろして盛り上げた食料をがっつくおれに対し、ジャック大尉はサラダか何かを食べながら、なんとかおれの注意を引き、この先のことを説明しようとした。

「食べ終えたら補給係将校のところに、軍服と装備を受け取りにいく。そのあと二度ほどオリエンテーションがあり、たっぷり夕食を詰めこんだあと、ニュー・ヒューストンに移送される」

おれは空腹を満たしたあとも食べられるだけ食べ、補給係将校のもとに赴いた。数分後、はじめての軍服に袖を通した。ジャック大尉のばりっとした軍服とは似ても似つかない、灰色の訓練服の上下だ。その後一年間、おれが着たのはその訓練服だけだった。

支給されたのは替えも含めて軍服三着、ソックス、ブーツ、洗顔セット、ベッドシーツ、タオル、それらを入れるダッフルバッグだった。個人データ・ユニットも受け取ったが、機能は制限されていて、アクセスできるのは規則集と軍事史概要だけだった。

オリエンテーションはとくに問題もなかったが、退屈で、ビデオ視聴中に一、二回居眠りをしてしまったと思う。ひとつだけはっきり覚えているのは、それまで誰も教えてくれなかったのだが、訓練期間が六年間だということだった。六年間！

地球の陸軍の訓練期間はわずか三カ月だ。もちろん宇宙での戦闘には高度な技術が必要だろうが、六年だと？　なぜそんなに時間がかかるんだ？

つまり新兵としてはじめて勤務に就くのが二十三歳で、退役できるのは三十三歳以後ということになる。十七歳のガキにとっては永遠にも等しい時間だ。とはいえ、選択の余地などなかった。それがいやなら頭に一発撃ちこまれるか、もっと正確に言えば、肺いっぱいに毒ガスを吸いこむかだ。

オリエンテーションが終わると食堂に戻り、列車に乗るまで一時間の猶予があった。おれはかなりがんばったが、昼食時の量には及ばなかった。ジャック大尉は少し失望したと思う。

食器を片づけ、五分ですばやくシャワーを浴びるよう言われ、そのあと講堂まで歩いて、そこで最後にジャック大尉に別れを告げた。大尉のうしろ姿を見送ると、急に孤独感が押し寄せてきた。ほんの数日の付き合いだったが、ずっといっしょにいてくれたのだ。周囲のすべてが見知らぬものに思える。環境の変化はあまりに急激だった。この先どうなるのか見当もつかない。ほんの数日前まで、おれはブロンクスの〈群狼〉のギャングで、貧乏な労働者を脅して生きていた。そのあと一瞬、死がそばをかすめ、今は海兵隊員になろうとしている。宇宙で戦うだと？　心の焦点が合わせられない。おれはショック状態だった。

ニュー・ヒューストンに向かう磁気列車は乗り心地がよく、高速だった。市内を出ると速度は時速五百キロにもなり、五時間もかからずにニュー・ヒューストンに到着した。

車輛内は同じような徴募兵でいっぱいだった。全員が同じ灰色の訓練服姿だ。顔ぶれは雑多で、もちろんおれもそんな一人だった。男が多いが、女も二割ほどいる。誰もが一人で引きこもり、会話はほとんどなかった。どうしてここに居合わせることになったのかは知らないが、みんなおれと同じように茫然としていた。

残念ながら、移動中はほぼずっと暗かった。おれはニューヨークを出たことがなく、景色を見てみたかったのだが。することもなかったので、おれはほとんどの時間を眠ってすごし、十五分後に到着するというアナウンスで目を覚ました。列車は速度を落とし、巨大なプラスティクリートの壁を抜け、二つの保安タワーの前を通過して、長く広いプラットフォームの横で停止した。

「ようし、ガキども！　下車するぞ。急げ！」

気がつくと軍曹が車輛の戸口に立ち、威嚇するようなおもしろがるような口調で叫んでいた。全員が立ち上がり、車輛の前方に向かって移動を開始する。おれも半数の仲間たち同様、手を伸ばしてダッフルバッグをつかんだ。

「荷物を忘れるな、ガキども！　ポーターはみんな出払ってるからな！　さっさと動けよ。全員、三分以内にプラットフォームに下りるんだ！」

おれたちは混み合った車内からプラットフォームに出た。右往左往していると軍曹も出てきて、大声で怒鳴りながら、なんとかおれたちを整列させた。そのまま建物内に行進し、顔と名前をチェックされ、数時間のオリエンテーションのあと、広い講堂に先導された。すわって一分もすると、壇上に一人の男があらわれた。長身で筋肉質、豊かな黒髪にわずかに白いものが混じっている。服装はおれたちやここで見かけた者たちと異なり、灰色の訓練服ではなかった。染みひとつない紺色の軍服、磨き上げられた銀のボタン、両肩にはプラチナの星がひとつずつ輝いている。きれいに折り目のついた白いズボンをぴかぴかの黒いブーツにたくしこみ、腰には柄に複雑な彫刻を施した短剣を帯びていた。

「やあ、ようこそキャンプ・プラーへ。わたしはウェスリー・ストラマー准将だ。見てのとおり、諸君を歓迎するため、紺の礼装軍服を着てきている。よく見ておきたまえ。たぶん卒業するまで、こんな軍服を見ることは二度とないはずだ。卒業までたどり着けるのは、ここにいる諸君の半数以下だろう」

准将は言葉の意味が浸透するのを待ち、ふたたび口を開いた。

「卒業できなかった者は、もといた場所に戻されることになる。ほとんどの場合、それは望ましい事態ではないはずだ。もちろん、これは訓練中に死ななければの話だ。そうなる者も出てくると思う。もしかすると、かなりの人数で」

ふたたび言葉を切り、おれたちに考えさせる。声は落ち着いていて、穏やかとさえいえそうだが、大声を上げなくても全員が話に集中していた。針が落ちる音さえ聞こえそうなくらいだった。

「無事に卒業した者は、歴史上最精鋭の戦闘部隊に勤務することになる。既知宇宙のどこであれ、必要とされる場所に赴き、最高の武勇をもって作戦を遂行するのだ。諸君が最初の戦闘に参加したら、過去の犯罪行為はすべて帳消しになる」

希望が持てそうな言葉はそれがはじめてだった。鞭ばかりではなく、ニンジンも見せておこうというわけだ。

「だが、まず、訓練を完遂しなくてはならない。われわれの訓練教程は過去のどんな兵士も経験したことがないもので、それを完了した暁《あかつき》には、諸君はかつて存在したことがないほどの完璧な殺人マシンになっているだろう。その前に、治療可能な欠陥はすべて矯正しておく。また、本来の人体の設計に多少の改良も加える。それが終わったとき、諸君の視力と聴力は一般人よりもよくなり、反射神経も改善されているだろう。

治療が終了したら、六カ月間の基礎訓練に入る。体力に自信のある者もいるだろうが、はっきりと言っておく。諸君はこの基礎訓練で、本当に肉体を鍛えるとはどういうことかを思い知るだろう。医学的治療で命を落とす者はいないだろうが、基礎訓練では死者が出る。真剣に考えることだ」

准将が訓練中の死亡に言及するのは二度めだった。たぶんこれが最後ではないだろう。

「じゅうぶんに体力がついたら、個別の補充教育プログラムを受けてもらう。正直なところ、諸君は無知で無教育で——海兵隊勤務にはまったくふさわしくない。そこを矯正するわけだ。海兵隊の二等兵には、義務教育後の六年分に相当する教育が必要だ。それを怠け者の一般人の三分の一の時間でこなしてもらう。

そのあとは殺しの訓練だ。諸君の背景はわかっている。人の殺し方なら知っているという者も多いだろうが、断言しよう。諸君はアマチュアだ。われわれはそれをプロに鍛え上げる。敵の心臓に恐怖を刻みつける、沈着冷静な殺人マシンに。

抵抗もできない労働者を何人か暴行して殺したから、自分はタフだと思っているのか？あるいは、強面《こわもて》のギャングの一員だったから？」

准将は嘲るような笑い声を上げた。うわべの丁寧さが破れたのは、そのときがはじめてだった。

「わたしはこの手で七十五人の男女を殺したし、わたしの指揮下の部隊が殺した数なら五万人以上だ。その全員が、抵抗し、撃ち返してくる相手だった。訓練のときはくれぐれも慎重になったほうがいい。教官は全員が古参兵で、将来の諸君が行くはずの場所に行き、生きて戻ってきた者たちだからだ。

もちろん、戦闘を生き延びる心配をする前に、訓練を無事に終了する必要がある。卒業するには、持てる力を出しつくさなくてはならないだろう。脱落したら、忘れるな──やってきた場所に連れ戻されることになる。半数近くの者たちにとって、それは死を意味する。残りのほとんどの者にとっては、みじめな肥だめに逆戻りということだ。そこで生きられるのは数週間から数年といったところだろう。

われわれは贖罪《しょくざい》の機会を与えるが、その代償は安くない。諸君の精神と肉体と魂と、搾り出せるかぎりの最大限の努力が代償だ。失敗したら、死体は血まみれのまま訓練場に放置する。あるいはわたしがみずから命令書に署名しておまえたちを蹴り出し、処刑人に引きわたす」

准将は話すのをやめ、系統的に講堂内を見わたした。全員の目が准将を見つめている。そこまで聴衆の注目を集めたのは、話の内容だけではなく、その話し方だった。あれほどの存在感と自信に満ちた人物を、おれは見たことがなかった。大声を上げるわけでも、荒々しい言葉を使うわけでもない。それなのに、これまでに聞いたどんな言葉より不吉で威圧的に響くのだ。

おれは荒っぽい対立ばかりの世界に住んでいた。ギャングのあいだでは、栄養補給バー一本をめぐる争いさえ乱暴な口論になり、暴力沙汰になることも珍しくない。ストラマー准将はダイニング・パーティで話をするような穏やかで丁寧な口調を崩さなかったが、怠け者の新人をガス室に逆送する命令書に署名するのを、一瞬たりとも躊躇しないだろうと確信できた。

「よろしい、言いたいことは伝わったと思う。紺の礼装軍服は目に焼きつけたかな。ここで諸君が無料で敬意を示されるのは、これが最後だ。以後はすべて自力で勝ち取らなくてはならない。ベストを尽くし、教官の言葉に耳を傾けたまえ。そうすれば卒業のとき、ふたたびわたしと会うことができるだろう」

准将は踵《きびす》を返して演壇を降りた。静まり返った講堂内にブーツの足音だけが大きく響く。その姿が見えなくなると同時に一人の大尉が登壇し、兵舎の割り当てと仮の小隊長との面会予定を告げ、解散を命じた。

おれは列の中を抜けて自分の寝台に向かったが、そのあいだずっと考えつづけていた。准将はおれに強い印象を残した。あんな人間はほかに見たことがない。父は好きだったが、あれは優しい人間で、世界がそういう相手にどんなことをするかはよくわかっていた。

ギャングのところにいたときは正反対の人間たちも見てきた。堕落して獣じみた、悪辣な連中だ。おれもその仲間で、あの時期にはずいぶんひどいこともしたが、自分が完全に同類の一人だと感じたことは一度もなかった。必要もないのに機会さえあれば暴力を振るう感覚が、どうしても理解できなかったのだ。

おれが知っている権力者はほとんどが腐敗した、執念深い悪党だった。当然、人望などというものはない。人望の代わりになるのが、力を背景にした恐怖だった。

だが、ストラマーは違った。おれはあの男のことを知りたい、その生き方を理解したいと思った。もっと簡潔な話し方も、きびしい話し方もできたのだろうが、その態度は公正に思えた。少なくとも、公正な態度にもっとも近いものだ。当時はまったく経験がないのでわからなかったが、あのときの気持ちや感覚というのは、おれにはじめて芽生えた他人に対する敬意だった。

訓練は信じられないような体験で、おれは想像以上に多くのことを学んだ。最初は健診断だった。入隊時の検診の結果はすべて伝わっていたが、検査項目はまだたくさんあった。海兵隊が健康な隊員を求めているのは間違いない。その基準を達成するためには、どんな手間も惜しまない感じだった。

おれの肉体は問題が少なかった。子供のころ、うちの家族の医療優先順位は高くなかったが、それでも三、四回は医者に診てもらったことがあった。当然だが、保護区を出たあとはまともな医療など無縁だった。それでもおれは基本的に健康で、一連の検査を十日で終えることができた。同期生の中には三週間か、それ以上かかった者もいた。

ギャングになる前にくじいた足首はきちんと治っておらず、医師たちは外科的に一度骨を折って、正しく接ぎなおした。それ以外は長年の栄養不足に起因するささいな不具合と、ちょっとした遺伝的な異常をいくつか修正しただけだった。

改良された部分は明白だった。視覚の強化によって視力が上がっただけでなく、ごく弱い光でものが見えるようになった。聴力は鋭敏になり、自分が活動的で精力的になったのを感じた。反射神経はこれまでになくよくなり、足は速くなり、跳躍力も増した。基礎訓練開始から二週間ほどして切り傷を負ったときは、傷の治りが速くなっていることに気づいた。以前の二倍の速度で治っていくのだ。

その基礎訓練だが、経験したこともないくらいきびしいという准将の言葉に嘘はなかった。肉体を鍛え上げるのはもちろん、おれたちをテストし、耐久力の限界まで追いこむという目的もあるのだ。

キャンプ・プラーはニュー・ヒューストンの郊外、都市の残骸を囲む隔離地区のすぐ近くにあった。念のため言っておくと、テキサス南部は地獄のように暑い。湿度もすごい。加えて、訓練期間は真夏に設定されていた。

耐えきれずに落伍する者がたくさんいた。そうなれば墓場行きを運命づけられている者がほとんどだというのに。拷問のような訓練は、不適格者を排除するだけが目的ではなかった。とても克服できそうにないと思えた苛酷な訓練を生き延びたことで、それまで誰も持っていなかった、自信というやつが芽生えたのだ。

だが、教室での座学が始まると、おれの自信はまた吹っ飛びそうになった。学校での勉強不足を補うため、ある程度の補習は全員に必要だったが、おれは八歳のときから一度も学校に行っていないので、その時間がとても長かったのだ。それでも最初の学力調整が終わると勉強にも慣れ、教育訓練が終わるころには、父ほど専門的ではなかったが、父と同じくらいの教育を身につけていた。

訓練場に叩きつけられているあいだは何も考えられなかったが、座学が半分ほど終わったあたりから、おれは自分の生き方や態度が変化しはじめていることに気づいた。どれほど想像力を働かせても、熱心な海兵隊員とはまだとてもいえなかったが、その方向に日々努力を重ね、自分で考えるかぎり、そっちに進んでいるのは間違いなかった。ほかに選択の余地がなかったからだが。

おれは未来を見据えるようになり、卒業すること、さらにその先のことまで考えるようになった。地球を離れ、慣れ親しんだすべてを、もしかすると永久に捨て去ることになるのはわかっていた。奇妙な世界で戦い、たぶんそんな世界のひとつで死ぬことになる。それでもおれは、今までなかった見方で将来を見つめるようになっていた。

時間とともに成績は上がっていった。最初の年は落伍せずについていくだけで精いっぱいだったが、二年めの終わりには同期生の中で十位につけていた。

やがて戦闘訓練が始まった。格闘技と軍事史もあったが、もっとも重要なのは戦略だった。最初は講義と見学だったが、すぐにぶっつづけの戦闘ゲームになった。熱く乾いた大地を行軍し、殺し合いの状況をさまざまにシミュレーションするのだ。

おれたちは交替で分隊長を務めたが、上官役は本物の軍曹や士官たちだった。やっているのは指揮官ではなく兵隊になるための訓練で、それには経験豊富な上官の指揮のもとで戦う訓練も含まれていた。

小集団戦略を修了すると、装甲服での戦闘訓練になった。装甲服というのは、これまでに製造された中でもっとも精巧かつ複雑な兵器だった。それを使いこなす――自分が死なないようにする――には、徹底した訓練が不可欠だ。装甲服の動力源の超小型核反応炉は背中に配置され、大型の背嚢のように見える。装甲服がこれほど強力なのは、この反応炉のおかげだった。そこで発生するエネルギーは重い装甲服を自在に動かすだけでなく、強力な武器システムにも供給される。現行のマークV歩兵動力装甲服は四種類の武器を装備でき、海兵隊員は作戦に合わせて火器を自由に換装できた。

通常戦闘における歩兵の主力武器はGD‐211電磁ライフルだ。小さな弾丸を超高速で撃ち出し、そのエネルギーをきわめて効率よく標的に伝える。射程距離の非常に長い、強力な弾体射出兵器だった。

真空中や真空に近い状態での戦闘には、各種のレーザー兵器やエネルギー兵器があった。大気が存在しない条件ではきわめて有効だが、大気中ではエネルギーが拡散してしまい、役に立たない。

ほかにも擲弾筒《てきだんとう》や火炎放射器をはじめ、さまざまな種類の特殊武器システムが用意されていた。それにもちろんでかいやつ——核兵器がある。装甲服には数種類の核兵器発射システムが搭載できた。弾頭は最大二十キロトンだ。

もちろん、たいていの相手なら殴るだけで殺害できる。装甲服は装着者の肉体能力を大幅に引き上げるので、壁を駆け登れるし、二十メートルの垂直跳びも可能だ。慣れた海兵隊員ならジャンプして発砲し、障害物の向こうの敵を倒すこともできる。

誰もがこの装甲服で銃をぶっ放しながら駆けまわりたいと思ったが、最初の一カ月はひたすら歩行訓練が続いた。戦闘ゲームと戦略ゲームでも数人の負傷者が出たが、それはたいてい、ちょっとした事故の結果だった。おれたちの多くは生き延びられないだろうという准将の予言が現実になったのは、装甲服を使った訓練が始まってからだ。

装甲服を装着した最初の日だけで五人の仲間を失った。インストラクターの指示に従わず、急いでいろいろなことをやろうとした結果だった。おれは危険性にじゅうぶん注意を払って装甲服訓練を開始し、いきなり走ったりジャンプしたりしようとした者たちの末路を見て、ますます用心深くなった。

ジャンプ自体は難しくない。問題は着地だった。軟着陸するのが難しいのだ。装甲服にはさまざまな防護機能が備わっているが、十五メートルの高さから落下したら、やはり肉体はぐしゃぐしゃになる。息ひとつ乱さずに安全に着地できるようになるには、かなりの訓練が必要だった。実戦では、敵に銃撃されながらやることになる。ジャンプで怪我をしなくなっても、戦場でつまずいたり転んだりしたら、たちまち死ぬことになるだろう。

装甲服に慣れると、今度はそれを装着したままの戦闘ゲームがくり返された。最終イベントは、塹壕に立てこもる敵を相手にした、全員参加の模擬戦だった。半数が攻撃側、残る半数が守備側だ。一戦が終わると攻守を入れ替え、二戦めをおこなう。攻撃側の目標損耗率は五十パーセントだった。どこかで実戦になったときは、もっとましな数字が出せるといいのだが。座学で習ったところでは、第二次辺境戦争の攻撃側の平均死亡率は十八・二パーセントだった。これもかなりの高率だが、五十パーセント以上に比べればはるかにましだ。

四年めの終わりに、おれたちはキャンプ・プラーを出て輸送船に乗りこみ、軌道上転移施設に運ばれた。そこで《オリンピア》という船に乗り換え、ソル・ワープゲート#2を通ってファン・マーネンの星に向かった。その星系の第二惑星に基地があるのだ。

強襲着陸と宇宙戦の訓練だった。太陽系はパリ条約によって非軍事化されているので、保守と補給のみをおこなう基地以外はすべて、ほかの星系に置かれている。

おれたちの多くにとって、航程はきびしかった。宇宙に出たことがあるやつは一人もおらず、ゼロGでの長時間の加速は消化器系にこたえた。無重力環境でなかば消化された軍用食を掃除するのは、訓練の中でも最悪の部類だったといえる。それでもやり方は何通りもあり、最後にはかなりうまくなった。

昔の海軍の水兵が書いた手記を読むと、新人もいずれ波に慣れ、船酔いは二週間ほどで治まったそうだ。まあ、宇宙では二週間よりも長くかかるが、原則は同じだった。三度めのジャンプを終えてファン・マーネン星系に到達するころには、ほぼ全員が通常の宇宙飛行には適応していた。軌道投入の際の荒っぽい機動に適応する機会はまた別にあったが、そのお楽しみは数カ月後までおあずけだった。

その後の二年間、訓練はほぼそれまでのくり返しで、ただ、難度が上がり、危険な状況で実施されるようになった。訓練は主にファン・マーネンⅡでおこなわれたが、陽光に灼かれる第一惑星や、表面温度が絶対温度四十度まで下がる第七惑星の衛星での訓練もあった。

おれたちはすべての武器を持たされ、六年めには〝特殊兵器〟を使っていた。核弾頭を使った訓練は危険だし、的に届かないといった事態はなんとしても避けたい。

地球を離れて以後、落伍者はいなかった——それまでに全員淘汰されていたようだ。だが、死傷者は出た。最後の二年間で百二人が死に、最初千十一人いた同期生のうち、卒業できたのは三百八十二人だった。

おれたちは卒業のため、地球に戻った。到着すると二週間の休暇が与えられ、連合内のどこにでも移送してやると言われた。行きたい場所はなかったし、ニューヨークを訪れたいとも思わなかったので、ニュー・ヒューストンに行くことにした。ほとんどの同期生がそうしていた。海兵隊は徴募する新人を、特定のつながりや家族を持たない者たちから選んでいるようだ。

卒業式はキャンプ・プラーの閲兵場でおこなわれた。ストラマー准将の言葉に嘘はなかった。紺の礼装軍服姿をたくさん見ただけでなく——おれたち自身にもそれが支給されたのだ。ただ、准将の姿はなかった。前線では多数の小競り合いがあり、准将はある地区で指揮を執っていた。

六年間の猛訓練を終えた満足感はひとしおだった。それ以前の生活は奇妙な夢のようで、もうはっきり思い出すこともできない。今のおれの生活はここにあるのだ。

同期生たちとはずっといっしょだったので、今後も見慣れた顔と勤務することになると思っていたが、新兵は基本的にばらばらにされ、さまざまな部隊に配属された。連合の支配宙域のあちこちに分散させられ、おれは配属された小隊の唯一の新兵だった。

卒業の一週間後に輸送船に乗ったおれは、二カ月後には揚陸機に固定されて、〈カーソンの世界〉の上層大気圏に射出されていた。それが長い旅の始まりだった。

4

くじら座タウ星第三惑星（τケティⅢ）
アキレス作戦中

「ケイン、部隊を精製所まで後退させろ。急げ。中隊全体、後退だ」

バリック軍曹の声が響いた。すばらしい。つまり将校は全員やられたわけだ。

おれは各射撃班長に一連の指示を出し、百メートル間隔で交互に援護しながら後退しろと命じた。煙と混乱の中ではっきりとはわからないが、中隊は少なくとも戦力の半分を失ったようだ。

現在はアキレス作戦でτ《タウ》ケティⅢに侵攻中だった。おれたちは公式名称など使わず、〝殺戮小屋〟と呼んでいたが。

おれにとっては〈カーソンの世界〉侵攻から七番めの作戦で、最近の三作戦では副分隊長を務めた。数日前には、敵の破片手榴弾がおれを分隊長に押し上げた。トムソン軍曹は一命をとりとめたが、両脚を吹っ飛ばされたため、もう分隊を率いることはできなかった。

そのころには、おれたちが十五カ月にわたって戦ってきた宣戦布告なき戦争は公式のものになっていた。第三次辺境戦争が本格的に始まり、今のところこっちはかなり分が悪かった。二度の大きな陸戦に敗れ、六つの鉱山入植地を失い、海軍はアルゴル・ワープゲートで大敗北を喫した。敵艦隊の活動で、数十の入植地が支援も補給もないまま孤立している。

おれの分隊も苦戦していた。ウィルソンはアルタイルV急襲の際に戦死した。クライナーは白鳥座61番星付近のしけた小惑星で戦死——彼女は脚を撃たれただけだったが、減圧と低温で、何もしてやれないうちに死んでいた。ジェスラー、アンドルーズ、ウォートン、スタンソンは負傷して入院中だ。〈カーソンの世界〉の作戦に参加した中で、まだ分隊に残っていてτケティⅢに着陸したのは、おれとウィル・トムソンだけだった。そして今はもうおれだけだ。

τケティⅢの作戦は、流れをこっちに引き寄せ、戦いの趨勢を変える転換点になるはずだった。それなのに、今では敗戦のきっかけになりそうなほどだ。

この惑星はカリフ国最大の、最重要入植地だった。アキレス作戦は史上もっとも野心的な惑星強襲作戦といえた。最初に着陸する四個強襲大隊に加え、海兵隊の通常部隊、英国特殊部隊、近傍星系から集められた民兵部隊、ロシア連邦のコマンド二隊が支援にまわって——総勢二万五千名近い陣容だ。艦隊司令部は動員できる艦をすべて動員し、さらに民間船三十六隻を徴用して艦隊に加えた。

作戦は初手からつまずいた。

大艦隊は惑星周回軌道と地上の施設を押さえたが、その際、かなりの損害を受けた。そしておれたちの出番——二千名を超える強襲攻撃の第一波だ。

出発して五分後には、事前の爆撃が報告ほどの効果を上げていないことが明らかになった。敵はいくつもの要塞を深いトンネルで結んでいて、そのほとんどが無傷だった。

おれたちを出迎えたのは、軌道上からの攻撃を生き延びた超頑丈な地下サイロから斉射される、地対空ミサイルの嵐だった。着陸時には激しい抵抗が想定されており、空はデブリやデコイやあらゆる種類の電子対策《ECM》でいっぱいだったが、それでも揚陸機の十五パーセントが撃墜された。

最初の計画ではおれたちが一帯を確保し、大型兵器を降ろすための仮設着陸場を設置するはずだった。だが、着陸と同時に別命が届き——掩蔽壕《えんぺいごう》をひとつひとつ攻撃して、ミサイル発射施設を先につぶすことになった。

考え方は間違っていない——五人乗りの敏捷な揚陸機の十五パーセントが落とされるなら、大型輸送機や戦車運搬機は全滅だ。だが、この命令は、一連の索敵撃滅作戦を非常に分の悪い状況でおこなうことを意味する。歩兵が、いくら装甲歩兵でも、戦車や迫撃砲を装備した敵を攻撃するのだ。誰でも戦いはきびしいと感じるだろう。実際、おれたちもそう感じた。とてもきびしいと。

さらに悪いことに、味方の部隊がミサイル施設を攻撃すると、敵はこちらを攻撃し、増援が来る前に橋頭堡《きょうとうほ》を叩きつぶしにかかった。戦闘は三日間、休みなく続いた。きわどい戦いだったが、どうにかじゅうぶんな数のミサイル施設を破壊し、将軍は第二段階への移行を決断した。そのころには、地上に降りた部隊の戦力は半減していた。

この初期段階では、制空権が決定的に重要だった。初日は惑星全体で、こちらが総合的に優勢な航空戦力を保っていた。大気圏戦闘機が軌道上の艦隊空母から発進し、三日にわたって地上部隊を航空支援し、敵空軍を殲滅《せんめつ》した。

司令部中枢は制空権を握ったと確信していたが、大型輸送機の第一波が着陸しようとすると、敵は隠し球をぶつけてきた。地下基地に多数の航空戦力を隠していて、護衛が手薄になっていた輸送機に総攻撃をかけてきたのだ。敵機の多くは近距離空対空ミサイルを搭載できるよう改造された時代遅れの貨物輸送機だった。戦闘機がいれば相手にもならないが、まっすぐ着陸地点に降りるだけの、防御用レーザーしか装備していない輸送機にとって、結果は惨劇だった――第一波のうち、地表に到達できたのは半数以下、兵士三千名と八十輛の戦車が失われ、揚陸機も相当数の被害を受け、残る戦力を地上に降下させるのが大幅に遅れることになった。

艦隊司令部は迅速に反応し、シーア提督は大気圏戦闘機を全機緊急発進させた。輸送機を救うのは間に合わなかったものの、基地に戻ろうとする敵航空機は追撃できた。火力にも機動力にも劣り、燃料も残り少なかった敵航空部隊はたちまち一掃された。

空戦は激しかったが、敵はさらに全面攻撃をしかけてきて、こちらは生き残った揚陸機で援軍を受け入れながら懸命に持ちこたえなくてはならなかった。全戦線で敵に押しこまれそうになったとき、燃料と弾薬を補給した航空機の第一波が再来し、敵を足止めしてくれた。パイロットは称賛に値する。いくつもの作戦に続けざまに駆り出されているのに、地上からの対空砲火をものともせず、おれたちのケツを守ってくれたのだ。

惑星の日没時には、敵は最初の地点まで撤退していた。こちらの損害は大きく、とくに航空戦力は、それまでの戦闘で半数を失っていたのに加え、今回の六時間にわたる戦闘でも残存兵力の三分の一を失い、まだ飛んでいるのは三機に一機しかなかった。

うちの中隊は着陸場の建設と防衛が任務で、この時点での損害はまだしも軽微だった。おれが戦闘に参加したのも、敵が着陸場に迫ってきたその日の午後の一度きりだ。そのときも持ち場を守るのみで、おれの分隊は二名の負傷者を出しただけだった。その一人がウィル・トムソンで、おれは分隊長を引き継ぐことになった。

それでも激しい交戦で戦力が当初の二十五パーセントにまで落ちた部隊もあり、翌朝にはうちの中隊も前線にまわされた。おれたちはひどく破壊されたなかを行軍した。地面は穴だらけ、瓦礫だらけで、装甲服を装着していてもかなり歩きにくかった。それでも系統的に瓦礫と残骸のあいだを縫って進み、指示された場所に予定どおり到着した。

おれの分隊は二百メートルにわたるジグザグの塹壕に配備された。本来の防衛部隊の生存者は二名だけだ。おれは分隊に支給された自動火器を塹壕の中心に設置し、ロケット・ランチャーは必要に応じて使えるよう予備にまわして、警戒と待機に入った。

そこは前日の激戦地で、周囲を見るとかなり激しく砲撃されているのがわかった。塹壕自体も数ヵ所で崩壊し、応急修理はされていたが、土留めを入れる余裕まではなかったようだ。装甲服なら重機並みに土を掘り返せるが、土が崩れてくるのはどうしようもないし、間断なく砲撃されていればなおさらだった。

死者と負傷者はすべて回収されたらしいが、前方の平原を拡大して眺めると、少なくとも二十人の敵の死体や肉体の破片が散乱していた。

おれには作戦を中止して撤退を開始するのが賢明に思えたが、それは完全な後知恵だし、上層部がおれに意見を尋ねたりするはずもなかった。とはいえ、地上戦力の三十パーセントと大気圏戦闘機の三分の二を失い、手に入れたのは半径十六キロの橋頭堡だけだ。

くり返すが、上層部がおれに意見を尋ねることはない……もちろん、地上にいるほかの誰の意見も。だからおれたちは二日のあいだ着陸場外縁の塹壕に立てこもり、すっかり消耗した艦隊は侵攻部隊の兵士を地上に降ろしつづけた。そのあいだはとても静かだった。

敵もこちらと同じくらい疲弊していて、着陸を阻止することもできないまま、ばらばらになって疲れきった部隊を再編成していた。散発的な小競り合いはあったが、新たな死傷者が出ることはなかった。

おれはたぶん作戦開始時よりも指揮する部下の数が多い、ごくわずかな指揮官の一人だった。そもそも作戦開始時には指揮官でさえなかったわけだが。うちの中隊はこの時点でまだそれほどひどい損害を受けていなかったが、全体に下士官の数が減りすぎていて、フレッチャー大尉は中隊を再編成した。彼女はできればベテラン下士官にすべての分隊を指揮させたかったはずだ。放っておけば一等兵が指揮する分隊がいくつかできていただろう。結局おれは五人構成の射撃班二つではなく、四人構成の班を三つ任された。おれを含めて十三人の分隊になる。

おれは指揮下の三班になんとか経験のあるやつを配属させようと努力したが、伍長をもう一人確保できただけだった。あとの二班は一等兵が班長になる。第二班は伍長昇進が目前のハリスに任せ、おれはいちばん若い班長の第三班に同行することにした。

おれたちがいる位置からは小さな町の廃墟が見えた。町というより、居住区が付属した工業複合施設という印象だ。軌道上から爆撃され、こっちも地上からくり返し砲撃を加えたので、かなりひどいことになっている。もちろん完全に更地にしてしまうことも可能だが、こっちの目的は破壊ではなく、占領だ。だから攻撃も限定的だった。

その工業複合施設が当面の目的地だということはわかっていたから、この光景は気に入らなかった。距離は三キロほどで、途中に遮蔽物はほぼ何もない。こちらの位置は町から見るとやや高いが、身を隠せるような稜線はなかった。以前は地球から持ちこんだらしいひねこびた草に覆われていた地面が、今ではすっかり焼き払われ、砲撃であちこちにクレーターができていた。

「各部隊の状況報告を表示」

おれの下士官用装甲服には拡張AIが搭載され、音声で指示ができる——兵士用のボタンとレバーの操作からは格段の進歩だ。

「要求されたデータを表示します」

AIの声は落ち着きがあり、やや機械的な印象だった。よくわからないが、かすかな訛りが感じられる。調査研究チームがコスト・パフォーマンスと心理的影響の理想的な組合わせを追求した成果なのは間違いない。少なくとも、そういう方向で考えているはずだ。

デフォルトの投影位置は目の高さのやや上で、ヴァイザー越しの視界をデータが遮ることはない。ただ、おれは視線を上に向けるといつも頭痛がするので、システム設定を変更し、下のほうに表示させていた。視線を上げるのではなく、下げることになる。

増員されたおれの分隊の面々を、AIが青いホログラムのシンボルにして次々に表示していく。全員、良好らしい。装甲服に軽微な損傷のある者が二人いたが、たいしたことはなかった。どのみち、今はどうにもできない。一人少し熱が高い者がいるが、ひどくなるようなら装甲服が薬を投与するはずだ。武器はすべて点検され、弾薬も装填され、異状はなかった。

ほかの部隊が動きだし、おれたちのそばで位置についた。もう間もなくだ。大隊全部が、少なくともその生き残り全員が、隊列を整えていた。おれのAIは自分の部隊以外の情報をほとんど表示しないが、見たところ十キロの長さの前線に三百の部隊が投入され、軽戦車六輌が支援に当たっているようだった。

塹壕に配備されて二日めの夜が訪れる直前、点呼が終わったとき、その時点で大隊を率いているジュニアス大尉の声が司令リンクから響いた。

「各分隊長は攻撃開始に備えろ」

一分ほど沈黙があり——たぶん大尉も上官からの指示を受けていたのだろう——ふたたび声が響いた。

「目標地点にすばやく激しい砲撃を加えたあと、われわれが前進する。先行するのはケイン、ウォレン、スタントン、おまえたちの分隊だ——迅速にやれ。地面の砲撃痕にいったん身を隠すが、できるだけ早くケツを上げろ！　すぐうしろから支援部隊が続いている。おまえたちがぐずぐずしていると、あとがつかえてしまう」

大尉は十分ほど各分隊長に指示を出し、少なくとも五回、スピード最優先で目標地点に向かえと強調した。それが終わるとおれは数分間、もう千回めにもなるが、前方の大地を見つめた。暗くなってきたのでヴァイザーをつついて倍率を十倍にし、そのあと各班長に指示を出した。

約一時間後に砲撃が始まった。軌道から爆撃するには敵との距離が近すぎたが、砲兵中隊がいくつか地上に配備されていたし、強襲中隊にも迫撃砲がある。それがいっせいに砲撃を開始したのだ。

夜空がたちまち明るく染まり、目標の前線全体に砲弾が降り注いだ。敵部隊がいることはわかっていたし、大砲もそれなりにあるはずだが、反撃はなかった。

五分ほど攻撃を続けたあと、砲兵中隊は砲撃を焼夷弾と煙幕弾に切り替え、同時におれたちに突撃命令が下った。

前方には炎と煙が渦巻いていた。夜の闇と煙が視界をふさぎ、焼夷弾が熱をまきちらして、赤外線照準を妨害する。

「進め！」おれは命令を叫び、自分の声が冷静で落ち着いていることに驚きを覚えながら、塹壕の上に飛び出した。「五百メートル前進して遮蔽物の陰に隠れろ。ジグザグに進むのを忘れるな――直進はだめだ！　姿勢を低くして進め」

命令し終えると、自分が五百メートル前進することに集中した。不規則なパターンで走りながら、低い姿勢でできるだけ足を速める。地面は見た目よりも少し凹凸がきつかったが、装甲服があるのでなんということはない。二分もかからずに最初の停止位置に到着した。

　反撃も始まったが、狙って撃っているわけではないようだ。とりあえず今のところ、砲撃が効果を上げていた。それでも部隊の状況をすばやくディスプレイで確認すると、味方が二名倒れていた。データはどちらもフラットラインを示しているが、まだ死んでいるとはかぎらなかった。装甲服が損傷し、生命徴候を感知できないだけかもしれない。もしかしたらだが。

　前進していくとかなり大きなクレーターがあり、おれはそこをめざした。不安なくらい近くで敵の迫撃砲弾が炸裂し、頭からクレーターの中に飛びこむ。深さは三メートルくらい、大きな水面が広がり、底にはたっぷり泥水がたまっていた。

「第一班と第三班、五百メートル前進して物陰に隠れろ。第二班、九十秒待機したあと、五百メートル前進」

　おれの声はまだ岩のようにしっかりしていた。命令する側に立つとある種のたわごとが抑制されるのは、驚くばかりだ。

　おれたちは前進を続け、千五百メートルまで接近すると射撃を開始した。こちらの狙いもやはり定まらなかったし、敵は建物の陰に身を隠しているが、とにかくできるかぎり圧力をかけたかった。

町のまわりには浅い塹壕が掘ってあったが、こちらの砲撃に手ひどくやられ、到着したときには守備兵二名が残っているだけだった。味方の二班がそれを銃撃でばらばらに引き裂いた。

部下が全員塹壕に入ると、おれはすばやく点呼を取り、一人も欠けていないのを知って驚いた。味方の状況を一瞥すると、スタントン分隊がおれの右側にいて、何かの倉庫らしい小さな建物が散在するほうに向かっていた。断言はできないが、うちよりも犠牲は多かったようだ。

行く手にはパイプとチューブの森が立ちはだかっていた——精錬所か何かだろう。見通しはあまり利かない。あちこちに火明かりはあるが、おかげで赤外線スキャナーが使えないのだ。装甲服のAIが赤外線と可視光のデータを組み合わせ、コンピューター処理した拡張映像を提供する。たいしたものではないが、肉眼だけに頼るよりずっとましだった。

敵の姿は見えないが、だからいないということにはならない。約二百メートル先に一種の管理棟のような建物があった。第一班にそこの制圧を指示する。分隊の残りは動かずに援護射撃しながら、敵の動きがないかスキャンを続けた。

第一班が塹壕を出て、管理棟に向かう。散発的な銃撃はあったがたいしたことはなく、二分後、建物は無人だと報告があった。

「第二班、第一班の左手の貯蔵タンクまで前進。第三班、おれに続け！」

すぐうしろに別の部隊が迫っている。おれは塹壕を飛び出し、垂直のパイプが並んでいるほうに走った。身を隠すにはちょうどいいし、施設の奥まで見通せるはずだ。攻撃はわずかで、目的地にたどり着く直前まで、敵の姿を見かけることもなかった。最初の敵には、おれのほうが半秒ほど先んじて気づいた。おれの射界を横切って走り、撤退した部隊とは完全に別行動を取っていたようだ。おれはフルオートで電磁ライフルを発射し、少なくとも十発を命中させた。敵はこちらに擲弾筒《てきだんとう》を向けた。

銃撃は敵のブロンズ色の装甲服を引き裂いて上半身をずたずたにしたが、擲弾の最初の二発はすでに発射されていた。おれは物陰に飛びこむかわりに一瞬足を止め、銃弾が標的をとらえたのを確認した。擲弾がすぐ左に着弾し、身体が吹き飛ばされるのを感じる。

破片が装甲服に当たり、鈍い音を立てるのがわかった。訓練の成果で、地面に叩きつけられる前にもう目の前の損傷ディスプレイを見て、青い数字を確認していた。よし……装甲服の貫通はなし。怪我はなく、すべて正常に機能しているようだ。運がよかった。愚かだが、幸運だったのは間違いない。標的に当たったかどうか見ていないで身を投げれば、衝撃は完全に避けられていただろう。

おれは銃撃された場所から三メートル離れて、なんの遮蔽物もない地面にうつぶせになっていた。二メートル弱のところに小さなクレーターがあり、いい退避場所になりそうだ。身をくねらせて間に合わせの遮蔽物の陰に転がりこみ、周囲三百六十度をスキャンして現状を把握した。

擲弾はおれが立っていた近くのパイプを破壊していた。破れ目から毒々しい緑色の蒸気がもくもくとあふれ出て、おれと味方の視界を奪う。

「第三班、状況と位置を報告しろ！」

四人全員から順次応答があった。負傷者はなく、位置についている。とりあえずはよかった。敵の銃火の中にのこのこ出ていった阿呆はおれだけだったらしい。第三班に待機を命じ、分隊の残りをチェックする。

「第二班、報告しろ！」

第二班は貯蔵タンクの前で数人の守備兵に遭遇していた。全員排除したが、アンダーソンが撃たれた。傷は深くないが、彼女の装甲服は大きく損傷していて、ついてくるのは難しそうだ。おれはＡＩに指示して、損傷の診断結果を表示させた。これはだめだ。戦闘には耐えられない。大がかりな修理が必要だった。

「アンダーソン、応急手当所まで後退しろ。姿勢を低くして塹壕に戻るんだ。敵の攻撃は散発的だが、気を抜くな」

アンダーソンは一瞬だけためらった。まだ行動できると反論したかったのだろう。だが、戦闘中に上官に反論するなということは、頭に叩きこまれている。

「了解、ケイン伍長」落胆しているが、しっかりした口調だった。「後退します」

第一班の報告は簡潔だった。管理棟のまわりに展開し、施設手前の土手の陰から散発的で効率の悪い攻撃を受けている。小火器ではわずかに届かない距離だ。

味方は長さ百二十メートルの半円の弧を描いていた。弧は貯蔵タンクから管理棟の前を通り、おれの背後のパイプ区画に達する。おれはその線から十メートル先行して、もとは道路のまん中だった場所の、間に合わせの蛸壺《たこつぼ》に潜んでいた。

精錬所の損傷はひどかった。前方には壊れたタンクがいくつも並び、ひとつは激しく炎を上げて、まっ黒い煙を空に立ち昇らせている。

今はまだある程度の遮蔽物があるが、土手の手前には少なくとも千メートルにわたり、身を隠すものが何もない空間が広がっていた。敵に防衛する気があるなら――ただちに尻尾を巻いて逃げる気でなければ、そこは迎撃に最適の場所だ――きびしい戦いになるだろう。

第三班は分隊重火器《SHW》を、第二班は分隊支援火器《SAW》を装備している。おれのいる蛸壺からは第二班がよく見えた。タンクの上部には足場が設置されていて、その高さなら土手に対する攻撃も可能に思えた。

「ジャックス、ヒマーを連れて、タンクの上の足場に機関銃を運び上げろ。北東の端が見えるか？　ちょうどいい遮蔽物になりそうな重機がある。合図をしたら、あの土手に一斉射撃を加える。もう一人連れていって、おまえは反対側に陣取れ。適当な場所を見つけるんだ。第三分隊の位置をつねに確認しろ。一帯を徹底的に掃討する時間はないが、左右どちらの側面からも不意討ちは食いたくない。おれは右を警戒するから、おまえは左だ」

「了解、サー」簡潔な応答があった。ジャックスの声にためらいはない。いい兵隊だ。たぶんおれより優秀だろう。分隊に加わったのはおれの最初の任務の直後で、最初からなじんでいた。軍曹が撃たれたあとは先任だったおれが分隊を引き継いだが、おれがやられても、ジャックスなら同じくらいうまく分隊を指揮できるだろう。

第一班を管理棟から町はずれのほうに前進させる。背の低い構築物が並んでいて身を隠す場所に不自由はなく、九十秒後には全員が位置についた。第二班はそのまま、貯蔵タンクの上から援護射撃をさせる。おれたちが土手まで前進したら後続し、予備部隊として防御の穴を埋める。

おれは蛸壺を飛び出し、何もない道路の上を走って、倉庫か車庫のように見える建物の陰をめざした。到着すると、第三班にあとに続けと指示する。慎重に、つねに左側の建物の陰に身を隠しながら、十メートルずつ道路を進んでいった。建物はどれもひどく醜い、くすんだ灰色のプラスティスチール製だ——単調で、工業的で、なかば破壊されている。町全体が実用一辺倒の粗悪品で、今は炎を上げる残骸でもあった。

おれは少し神経質になっていた。制圧範囲をきちんと掃討できていないせいだ。全体のスキャンは当然やっているが、炎や噴出する化学物質のあいだに、何かを見落としている可能性はある。土手を攻撃しようとした瞬間、背後から奇襲されるのはごめんだった。

「ジャックス、建物の陰に隠れている敵がいないか気になる。おまえの班に十五分やる。もしあとで何かあらわれたら、おまえの責任だぞ」

「サー！」

くそ、ジャックスはいつもクールで、自制が利いているようだ。向こうもおれのことをそう思っているだろうかと考え、あの落ち着きぶりも、おれと同じで見せかけかもしれないと邪推した。

八名の兵士を工業複合施設の境界に沿って配置し、さらに三名に支援火力を担当させる。おれはほかの分隊指揮官たちと側面を守り、時間を合わせた。土手を狙える位置に各分隊の重機関銃を配置し、銃撃開始の三十秒後、ほかの部隊といっしょに突撃する手はずだ。秒読みが終わると同時にジャックスに合図し、銃撃を開始させる。遠くに甲高い重機関銃の発射音が聞こえ、土手の全面がいっきに掘り返された。大気との摩擦で超高温に熱せられ、黄赤色に輝く弾丸は、実際にはイリジウムと劣化ウラニウムの小さな塊だが、初速がきわめて大きく、とくに暗い中で見ると、まるで宇宙活劇ビデオの殺人光線のようだった。

ＡＩが五秒前を告げ、おれは力を集中した。四、三、二、一。

「分隊……突撃！」

全員が塹壕の縁を乗り越え、全力で土手に向かった。高く跳び上がりすぎて、敵の標的にならないように注意する。

機関銃弾が頭上を通過する音が右のほうに移動していく。致命的な弾丸に当たらないよう、思わず頭を下げそうになるのを、おれは必死に自制した。心配する必要はない。分隊員の訓練はじゅうぶんだし、機関銃手は味方が弾幕の下を前進していることをはっきりと理解している。あまり気分がよくないのは確かだが。

援護射撃はいい仕事をした。三挺の機関銃が土手の上を掃射し、敵はこっちを狙い撃つどころではなく、懸命に物陰に隠れなくてはならなかった。うちの分隊は土手の上に到着するまで、一人の負傷者も出さなかった。よそも同じくらい幸運だといいのだが。

その幸運の風向きが変わったのは、土手の上に出てからだった。敵の攻撃はまだ散発的だったが、一人が撃たれたのだ。ウェルズだった。弾丸は彼女の装甲服を貫通し、脚に重傷を負わせた。装甲服がすぐに手当てをして状態は安定したが、自力で歩くことはできない。おれは彼女に、物陰に身を隠し、救出を待てと命じた。

司令通信は混乱していた。最初は強襲大隊全体の指揮をとるグリーン少佐だった。彼女の声はしっかりと落ち着いていたが、疲労の色が隠せなかった。

「複合施設南側に敵の活動がある。装甲歩兵は前進。ケイン、ウォレン、スタントン――

町に入ったら、おまえたちの班は支援班としてわたしが指揮する」

やれやれ。つまりおれはジャックスの班と、火器による支援を失ったことになる。残るのはおれを含めて七名の歩兵だけだ。

次の通信は中隊指揮官のジャンニ少尉だった。

「右翼に敵がいる。森のほうから歩兵の大部隊が接近中」

おれはそっちに顔を向けた。最初は何も見えなかったが、やがて闇の中を前進してくる人影が見えてきた。ヴァイザーの倍率を二十倍に上げ、ＡＩに映像をできるだけ鮮明にしろと指示する。

確かに歩兵だった。装甲歩兵ではなく、単純な防弾着を装備しただけの部隊だ。たぶん民兵で、数百人がおれの右方から突撃してきていた。

そして死んでいく。こちらの銃が火を噴くたびに、ばたばたとなぎ倒されていく。肉体本来の力だけで運べる重量に限定された防弾着は、核反応炉を使った電磁ライフルから発射される超高速弾の敵ではない。弾丸は敵を引き裂いた。複数の弾丸を浴び、文字どおりばらばらに引き裂かれる場面さえ何度か目にした。

敵はもちろん応戦してきたが、こちらと違って核反応炉があるわけでもなく、装甲服を貫通するには、狙いすました完璧な一発が必要だった。それでもなお、何発かは標的をとらえたのではないかと思えた。

六名の部下を展開させて攻撃に対処させ、敵がこちらの射界に入るのを待つ。そのときバリック軍曹から撤退命令が出た。あろうことか、敵はジャンニ少尉を戦死させたようだ。

「よし、移動だ。撤退する。奇数班は五百メートル後退、偶数班は援護だ」

おれは二列めだったので、すばやく立ち上がり、接近してくる民兵に向けて遠距離から適当に発砲した。奇数班は命令どおり、急いで土手を下っていく。

「よし、偶数班、行くぞ。千メートル後退。急げ！」

おれはほかの二人とともに土手を駆け下りた。町のはずれまで来ると停止して、奇数班を援護する。

部隊をできるだけ早く複合施設まで撤退させたので、民兵からの激しい攻撃を受けることはなかった。だが、左右両側面の分隊は動きが遅れている。おれは町はずれに部下を並べて火線を築き、撤退を援護した。

左側の分隊はおれたちの直後に町にたどり着いたが、右側の分隊は土手に沿って激しく交戦中で、撤退に苦労しているようだ。引き返して民兵を側面から攻撃する許可を得ようとしたとき、再集合命令が発令された。

コード・ホワイトの再集合命令で、これは展開地域からただちに撤退しろという意味だ。訓練はしてきているが、実際にコード・ホワイトを経験するのははじめてだった。敗走ではない。敗走ではないが、かなり近いのは確かだ。

「よし、おまえたち、最優先で撤退の命令が出た。コード・ホワイトだ。町の中を抜けて、来たときと同じように、建物の陰に隠れながら後退しろ」

一列になって十メートルずつ、ヘビのようにうねうねと退却する。精錬所の中心部分を通るとき、敵の狙撃兵に撃たれてトネルを失った。画面には死亡と表示されたが、おれは部下を先に行かせ、這い戻って確認した。確かに死んでいる。

狙撃兵はまだ活動中だとわかっていたから、姿勢を低くして、建物の陰に隠れながら町はずれまで戻り、数時間前におれたちが攻撃した塹壕に飛びこんだ。ジャックスが部下の一人、ラッセルといっしょに待っていた。第二班で生きて戻ってきたのはこの二人だけで、重機関銃は捨ててくるしかなかった。

命令と部隊管理をおこなう戦闘コンピューターは、何度も通信網を組み立てなおしていた。負傷者を排除し、送信先を自動的に再構成するのだ。すでにかなりの将校がやられたらしく、おれまで主要司令チャンネルに組みこまれている。

「全司令要員に伝える。こちらはアキレス打撃部隊臨時司令官のワイト大佐だ。これより第一級撤退行動に移る。ウェスタ・ワープゲートから敵海軍が接近しており、艦隊は優勢な敵との接触を避け、退却する。三十分以内に部隊集結地に集合しろ。個別の集結地は司令部から各自のＡＩに直接ダウンロードする。時間内に部下を全員集結させろ。六十分後には最後のシャトルが離陸する。残された者は行方不明扱いだ」

ワイト大佐？　彼女の司令順位は六番めくらいだったはずだ。〝七番め〟と尋ねもしないのにAIが教えてくれる。上層部のほうもおれたち兵士と同じくらいやられているらしい。あとでわかったことだが、彼女が臨時司令官になったのは通信の不具合のせいだった。エヴェレスト大将は戦死し、シモンセン准将は負傷したが、それ以外のお偉方はぴんぴんしていたのだ。

大佐の指示は続いた。口調はしっかりしているが、緊張は隠しきれない。

「報告によれば、敵は全方位から圧力をかけてきている。敵地上軍は増援が来るのを知っているようだ。こちらは敵にかなりの損害を与え、すでに敵戦力はあまり残っていないが、撤退は戦いながらになるだろう。後衛を置いた場合、その部隊が時間までに追いつくのは不可能だ。ゆえに、全部隊で退路を切り開きながら、できるだけ急いで退却する。最善をつくして、家に帰ろう」

大佐の指示が終わると同時に、おれのAIが音を立て、再集結座標を取得するようながした。ホロ・ディスプレイが自動的に立ち上がり、座標を表示する。ふむ、二日前に着陸した場所の近くだ。わずかに残った部下を集め、塹壕を出て、数時間前に前進してきた戦場を引き返す。今度も運に恵まれ、敵からの攻撃はたいしてなかった。おれたちの右手——前線が百八十度反転したので、左手と言うべきか——の部隊が、攻撃の矢面に立っている。

おれは時計を睨みながら退却地点までの距離を考えた。なんとか間に合うが、無駄にする時間はない。最初の塹壕まで到達しても足を止めず、飛び越えて撤退を続けた。

地面は二日前よりもひどい状態で、首の深さまで水がたまってぬかるんだクレーターを横切るのに、装甲服があってさえ、かなりの時間を要した。増力機構があるので泥の中でも進めるが、一歩ごとに沈みこむのは避けられない。

二度ほど部下を停止させ、反転して、射程距離まで迫ってきた敵民兵を銃撃しなくてはならなかった。敵は二度とも激しい銃撃の前に逃げ散った。たいした時間を取られるわけではないが、今は一分が貴重だ。撤退期限は冗談ごとではなかった。本当に艦隊に危険が迫っているなら、強襲部隊の残存兵など、いつまでも待ってはいられない。冷徹な計算だ――戦艦に比べると海兵隊員は安いし、いくらでも替えがきく。予定時刻までは待つが……それ以上は一分も待たない。

部隊集結地まで一人の犠牲も出さずにたどり着けたのは驚きだった。強力な攻撃があると思っていたのだ。もし敵が本格的に攻撃してきていたら、おれたちは一人も惑星から出られなかったろう。実際には、撤退命令が出たのは、地上戦に勝利したちょうどそのときだった。撤退中に敵の攻撃がなかったのは、向こうにその戦力が残っていなかったからだ。作戦ミスから膨大な死傷者を出したとはいえ、アキレス作戦が失敗したのは惑星の制空権を保持できなかったからで、地上を制圧できなかったからではなかった。

再集結地はごった返していた。あらゆる方角から部隊が撤退してきて、使える船に片っ端から押しこまれている。おれたちが乗せられたのは戦車積載シャトルで、ハッチが閉まった数分後にはもう離陸していた。

乗り心地は最悪だった。歩兵を輸送するための船ではなく、とにかくつかまれるものにしがみつくしかない。船倉内は静まり返っていた。作戦が悲惨な結果に終わったことはみんなわかっていて、全体の戦局にどんな影響があるかまではわからないが、ろくなことにならないのは明らかだった。

実際、ろくなことにはならなかった。だが、あそこまでひどいと予想できた者は一人もいなかったと思う。

5

カシオペア座エータ星系（ηカシオペイアエ）途上
AS《ゲティスバーグ》艦内

おれはアキレス作戦から無傷で帰還した十四・七二パーセントの地上強襲部隊の一人だった。

正確に言うと、〝帰還した〟というのは少し違う。《ガダルカナル》はおれほど強運ではなかった。最初の接近時に機関部に被弾し、撤退命令が出たときは応急修理中だったのだ。出力が低下した状態で敵艦隊を振り切ることはできないため、基幹要員を除く全乗員を退避させ、生き残った地上部隊が脱出する時間を稼ぐための足止め役となった。聞いた話では、その最期はなかなか華々しかったようだ。敵巡洋艦二隻を撃破し、三隻めに損傷を与えたところで集中砲火を浴び、数十発のミサイルを撃ちこまれて爆発したという。

おれは《ガダルカナル》に三年間乗っていた。その艦がもう存在しないというのは、どこか非現実的だった。ベック艦長、ジョンソン機関長、よくいっしょにカードをやった小柄な技術屋……あいつの名前も思い出せない。みんな死んだ。

だが、そんな敗北はどこか遠く、頭ではわかるのだが、現実感がなかった。仲間の数はずいぶん少なくなった。うちの大隊は着陸時には五百三十二人いたが、今では七十四人しかいない。

少佐は戦死した。任務に就ける将校はカルヴィン少尉だけだったので、少尉が大隊の指揮を執った。一週間前、惑星表面に降下したとき指揮していた隊員の数よりも二十四人増えただけだったから可能になった措置だった。

フレッチャー大尉は負傷した。おれは着陸の翌日、軍曹に昇進していて、一時的に小隊の指揮を任された……全部で十八人の。昇進の一番の早道は、なんといっても撃たれないことだ。

おれたちは十いくつかのほかの部隊の生き残りといっしょに《ゲティスバーグ》に収容された。そこは異世界だった。《ガダルカナル》は中隊レベルの歩兵とその装備を輸送するよう設計された、高速強襲艦だった。六十名の乗員で、百四十名かそこらの地上部隊を輸送できた。

《ゲティスバーグ》は重侵攻艦で、満載すれば一個大隊の歩兵のほか、一個飛行中隊の大気圏戦闘機と、戦闘用車輛と、作戦行動を支えるじゅうぶんな量の補給品を運ぶことができる。全長は一キロを超え、総トン数は《ガダルカナル》の十倍だ。

それが今、乗っている歩兵はわずか百九十八名だった。三個強襲大隊の生き残り全員と、あとは大きく減った補給品に、戦闘機が二機——一機は《ゲティスバーグ》搭載機で、もう一機は別の艦の所属だ。

艦隊は深刻な被害を受けながら、どうにか致命傷は回避して脱出し、ワープゲートを通過すると再編成が開始された。資材が集められ、必要に応じて再配分される。

対応すべき脅威はたくさんあった。味方は敗走中で、敵もそれを知っている。こちらはアキレス作戦にすべてを投入して丸裸同然で、敵はこちらの弱点を突きにきている。

かなり悪い状況なのは明らかだった。だが、悪いどころか絶望的だとわかったのは、休息も補給もないままカシオペア座エータ星系に転移したときだった。この星系は重要拠点だ。五つのワープゲートが集中し、うち三つは連合軍の別の拠点星系に通じている。第二惑星コロンビアは基幹入植地で、そこには軍の基地もあった。第五惑星と第六惑星のそれぞれの衛星は、鉱物資源の宝庫だ。

消耗しきった残存部隊を再編成せずに急いで着陸しても、敵の攻撃は迫っている。すぐ目の前に。だから部隊は四十八時間かけて殺戮小屋での傷を癒した。まだ指揮の執れる少尉二名と軍曹六名が臨時作戦会議の席に着き、短期間で戦闘態勢を整える最適な方法を探った。

その結果、おれは二十三名の部下を割り当てられた。それを通常の射撃班四つと、普通なら中隊レベルの装備である携帯ミサイル・ランチャーを持たせた、三名から成る一班に分ける。

艦内の人員は定員の半分にも満たなかったので、ジムも訓練設備もがらがらだった。だから全員に倍量の訓練を課し、あちこちから不平の声が上がったものの、それでだれもが忙しくなり、よけいなことを——自分たちがいた場所や、これから行く場所のことを——考える時間はなくなった。

《ガダルカナル》もそうだったが、《ゲティスバーグ》の訓練区画も艦の外殻近くにあり、人工重力が地球標準に近かった。艦の内部に行くほど重力はゼロに近づき、中心部には倉庫と、生命維持システムが配置されている。

宇宙船の中というのは、たとえ定員の半分しか人がいなくても、ゆったりしているとはとてもいえない。だから全員を、できるだけ忙しくさせておいたほうがいい。この先の航程では、対加速シートに固定されてゆっくりと押しつぶされていくあいだ、考えることと息をすること以外に何もできない時間がたっぷりとある。だからシートに縛りつけられていないときくらい、大量の汗を流させ、敗北のことをくよくよ考えなくてもすむようにしてやりたかった。

η《エータ》カシオペイアエはτ《タウ》ケティからゲートを三つ越えたところに位置し、ゲートとゲートのあいだの航行に六週間、さらに最後のゲートを抜けたあと、星系内に到着して惑星コロンビアの周回軌道に乗るまでに十日を要した。

今回は攻撃ではなく、すでに掌握している惑星の守備の強化が目的なので、乱暴な強行着陸の必要はない。これはありがたかった。《ゲティスバーグ》にはもう、一機のゴードンも残っていなかったのだ。まだ使えるシャトル二機を使って、一度に約五十人を地上に降ろす。宇宙港は首都ウェストンの郊外にあった。

コロンビアは美しい惑星だ。表面のほとんどは海で、そこに無数の小さな群島が点在している。全人口の九十五パーセントが居住する唯一の大陸は小さな楕円形の陸塊で、南北の長さがちょうど五百キロ、東西は三百キロ足らずだった。温暖な惑星の北極圏に位置し、気候は申し分ない。

小列島は主に赤道地帯に集まっており、わずかな数の頑健な入植者が、コロンビア海からさまざまな貴重な産物を採取していた。そこに棲息する魚類からは有益な薬剤も抽出された。

宇宙船から下りて、撃たれる心配をせずに自分の足で地面を踏みしめるのはいい気分だった。この先、まず間違いなくこちらが攻撃目標にされるのがわかっているので、そんな気分にも水を差されたが。

これまでの戦闘はすべてこちらが攻撃側だった。おれたちは強襲大隊で——そのための訓練を受け、それこそが仕事だった。だが、今回は戦況から防御にまわるしかなく、塹壕を掘り、敵の揚陸機に向かってミサイルをぶちこむチャンスに恵まれた——攻撃中はそれがとても羨ましく思えるのだ。だが、こうして攻守ところを変え、場所も時間も相手次第の攻撃を待ち受ける側になると、もうそれがあまりいいものとは思えなくなった。主導権を握るのに慣れていて、それを一個か二個の蛸壺《たこつぼ》と交換するのが、いい取引という気がしなくなったのだ。

しかもこの惑星は味方から完全に孤立していた。守り抜くか、死ぬかしかない。攻撃時のおれたちは完全に制空権を握っていて、まずくなったら艦に撤退できた。アキレス作戦は大失敗だったが、それでも半数は脱出できたのだ。その三分の二は負傷していたが。

だが、《ゲティスバーグ》はおれたちを下ろすとすぐに系外に向かった。海軍は信頼できる防衛線を構築できなかった。今は無理だ。だから戦略としては、できるかぎりの人員を惑星に上陸させ、増援が到着するまでなんとか持ちこたえるというものになった。

全員が装甲服のまま集結した。それがいちばん楽に装備を運搬する方法だったからだ。ただ、ヴァイザーは跳ね上げ、武器システムは切ってある。どんな攻撃があるにせよ、奇襲される心配はなかった。ワープ・ポイントを監視する探査機と惑星周回軌道上のスパイ衛星が、侵攻してくる敵をいち早く見つけてくれる。

だと聞かされていた。《ゲティスバーグ》艦上でのブリーフィングで、守備隊司令官はエライアス・ホルム大佐授与された輝くメダルの列には、すでに二個のメダルが追加されていた。古参の海兵隊員で、これが二度めの戦争になる。第二次辺境戦争でめを獲得するチャンスを与えられるかもしれない。ホルムの経歴からすると、おれたちが三個隊の司令官など役不足だ。だが、ぼろぼろになって士気の落ちた部隊を鉄壁の防御に仕立てるには、その手腕が必要だった。

海兵隊の英雄の一人であるホルム大佐はいくつもの伝説や噂に彩られていて、誰もが身長二メートル半の、炎の息を吐く、水の上だって歩ける怪物を想像していた。だが、司令部ビルから出てきた大佐は、おれたちとたいして違わなかった。少し年上で、薄くなりかけた白髪まじりの褐色の髪を短く刈りこんでいる。身長は二メートルに少し欠け、引き締まった、筋肉質の身体をしている。快活そうだが悩み疲れた感じの顔の右側には、髪の生え際から下まで、薄い傷痕が見えた。

ヘラクレスのような偉丈夫を期待していたおれたちは少しがっかりしたが、それは大佐が足を止め、話しだすまでのことだった。本物のリーダーとはどんなものかを、その日、おれは思い知ることになった。大佐の声は温かく親しげだが、同時にきびしく命令的だった。

「コロンビアにようこそ」その口調は一語一語が自信にあふれ、聞いているだけで身が引き締まった。「きみたち全員がアキレス作戦の生き残りだということは承知している。あれだけの戦いのあとだから、本来なら長い休暇を楽しむべきところだろう。だが、戦況というのはしばしば期待を裏切る。そしてわれわれ海兵隊員は、自分たちがなすべきことをする。つねにだ」

言葉を切り、全員を見わたす。装甲服は身につけておらず、黒と灰色の標準的な軍服姿だ。清潔で、折り目もしっかりつき、両肩に簡素な大佐の肩章がついているだけ。黒いブーツはぴかぴかに磨き上げられ、ただ靴底のまわりにだけ、赤みがかった泥がこびりついていた。

「きみたち海兵隊員は全員が古参兵だ。たとえアキレスがはじめての戦場だったとしても、今はもうそう呼ばれる資格がある。だから現状がどうなっているのか、しっかり説明しておこう。きみたちと、きのう《ペリクレス》が運んできた人員とで、今ここには千二百四十二名の兵力が集まっている。その約半数が完全装備の海兵隊員で、ほかの前線攻撃要員もきみたちと同じくτケティにいた。要するに、現在ここは補給不足の状態で、しかも指揮系統はずたずただ。そのほかに千四十名の民兵もいる。じゅうぶんに訓練され、装備も整っている。コロンビアは除隊後に暮らすには人気の惑星だから、民兵にも退役海兵隊員が多い。これは幸運だ。戦車も六輛ある……旧型のパットン・マークⅥだ。

よし、つまりここには約二千三百名の兵力が存在する。期待した以上の数だ。わずか二百名のところに敵が急襲してくることを考えれば、なおさらだろう。もちろん、すべては敵の出方しだいだ。この星系は少々無理をしてでも手に入れる価値があるだろうが、短期間でどれだけの戦力を準備できるのか、着陸前に宇宙空間からどれだけの攻撃が可能なのか、こちらには知りようがない。

できるかぎりのものは徴用するし、アキレス帰りの者たちには多少の休息を与えるつもりだ。ただ、敵の攻撃までどれくらいの時間があるのかはわからない。そもそも攻撃されない可能性もある」——そうだろうとも——「が、狙われていると仮定して行動すべきだ。重要施設の周囲には防衛線を構築する……塹壕、陣地、多数の地下壕やトンネルを。多くはすでに準備できているが、敵が強行着陸を開始する瞬間まで、この作業は継続する」

〝多少の休息〟は、本当にわずかなものになりそうだった。

「各拠点には民兵と、支援の海兵隊部隊を配備する。装甲歩兵と戦車は全部集めて、四つの反攻部隊に編成する予定だ。重要拠点の地下に隠しておき、敵に最大の損害を与えられるタイミングで投入する。切り札というわけだ。自由に移動できる予備部隊で、敵に奇襲をかけ、敵の優位を切り崩す」

なんともすてきな作戦だった。装甲歩兵は海兵隊員全員の四分の一より少し多いくらいの数だが、火力換算では全戦力の半分を上まわるだろう。そのおれたちを緒戦でまったく使わないなら、防衛力は致命的に低下する。敵はまず確実に装甲歩兵を投入してくるだろう。ただ、うまくはまれば決定的な勝利のチャンスでもあった。敵がほかの部隊の攻撃にかかりきりなら、戦略的な奇襲は大きな効果を上げられる。

「アキレス作戦参加組は、きょう一日休息しろ。宿舎を割り当て、睡眠時間も延長する。よく休んでおけ。ここでは防衛線構築のため、一日十二時間を作業に充てている――この惑星の一日は地球標準で二十七・五時間だ――が、きみたちは八時間作業で、残り四時間は休息に充てていい。開始はあすからだ。将校と下士官は装甲服と備品を整理後、三十分後の一三〇〇時までに司令センターに出頭せよ」

下士官が六人ほど、大佐のあとをついていった。たくましい軍曹が大声を上げ、宿舎の説明を始める。おれは先任伍長に宿舎の割り当てを任せ、すでに部隊指揮官たちが集まっているところに歩いていった。

伍長の案内で、装甲服をしまっておけるメンテナンス小屋に入る。おれはAIに装着解除を指示した。装着を解除してもいいかと確認されたあと（機械に確認されるのは本当に腹立たしい）、サーヴァ機構が停止し、固定金具がスライドしてはずれる音が聞こえた。

冷たい外気はすばらしく、外に這い出ると、やはりいつものように、殻から這い出したカタツムリはこうもあろうという気分になった。荷物は装甲服の背中に縛りつけてあり、おれはそれを開いて軍服とブーツを取り出した。部屋の中は同じことをしている裸の海兵隊員でいっぱいだ。着替えがすむと荷物は宿舎に運ばれ、おれたちは皺だらけだが清潔な灰色の野戦服姿でブリーフィングに向かった。

大佐の話は着陸場で聞いたのとほぼ同じだったが、多少詳しい説明もあった。最初にきびしい情報として、敵の攻撃は確実で、たぶん二週間以内に到着するだろうとのことだった。かなりの大戦力で、正確な数字は不明だが、こちらが追いつめられた状況なのは間違いない。

第二に、ホルム大佐はきわめて勤勉だった。ほとんどの民間人を労働大隊に徴用し、防御の構築に当てている。大佐が考えている防衛線は、最初に話を聞いておれが想像したよりもはるかに完成度が高かった。τケティⅢのものに匹敵するほどで、その強化防衛線の有効性はばかにできない。とりわけ、ホルム大佐のような指揮官がいるならば。

補給のほうは理想的とは言いがたく、とくに装甲歩兵部隊がひどかった。装甲服の大火力は、装甲服自体がエネルギーを作り出すことで実現されている。だが、今は乏しい弾薬を節約する必要があった。大佐がおれたちを奇襲に使うのも、それが理由のひとつだ。弾薬を温存し、最大の効果が発揮できる場面で集中的に使用する。

最初のブリーフィングが終わると質疑応答があった。大佐はおれたちに意見を求め、驚いたことに、全員の名前を覚えているらしかった。顔を見れば誰だかわかるのだ。間違いなく、卓抜な指導者だった。ここ一日か二日のあいだに《ゲティスバーグ》のコンピューターの人事ファイルにアクセスし、士官と下士官全員の顔と名前を暗記したのだろう。

続く二時間かそこらは地図を見て部隊配置案を検討し、チャンスをどう利用するか、いくつかのシナリオを検討した。全体的な戦闘計画の策定に参画するのははじめてだ。驚いたことに、ホルム大佐はおれたちを計画策定に慣れさせようとするだけでなく、コメントや情報まで求めた。

解散後、おれは着陸場を横切って兵舎区画に向かった。おれの部隊は労働者用の宿舎のようなところに入っていた。部下の点呼を取ったところで、もう夕食の時間だった。すべてがチェックされた。兵士たちは落ち着いていた。実際、おれたちがブリーフィングに出ているあいだに、ほぼ全員が二時間ほど睡眠を取っていた。それでいい。部下たちには、できるときにできるだけ休息しておいてもらいたかった。《ゲティスバーグ》艦内でもかなりの休息時間はあったが、固い地面の上での休息は、やはり宇宙船内での休息とは異なる。変動する重力、加速／減速機動、狭苦しい寝台。艦内ではあまり休息にならないのだ。少なくとも、おれはそうだった。

食堂が開いたとき、もう眠っている者はいなかった。強襲着陸ではないので着陸前の点滴は不要だったが、上陸前に朝食はなく、ほぼ二十四時間ぶりの食事ということになる。もちろん、隠れて食った分は別だ。食事はなかったが、戦闘降下前と違い、何も食べるなという命令は出ていなかった。海兵隊員はたいていどこかに食べ物を隠している。おれはエネルギー・バーを二本隠し持っていた。隊員のほとんどは、おれよりずっとくすねるのがうまい。

食事が終わると兵舎に戻り、横になった。一時間ほど仮眠するだけのつもりだったが、おれは気絶するように眠りに落ち、気がついたら朝だった。じゅうぶんに休息したので、起きたときはずいぶんと気分がよくなっていた。

朝食のあと自分の部隊を集めて演習場に整列させ、作業の割り当てを受けた。装甲服があれば山を動かすこともできるが、正確な建設作業には向いていないので、通常軍服着用の命令が出ていた。

岩がちの大きな丘――小さな山というほどではない――のカーブしたラインが、首都を囲むように連なっている。ウェストンが攻撃目標になるのは間違いなかった。街に接近するコースはどこも尾根に沿って伸びている。ウェストンに向かう敵は、尾根から側面を突かれた場合、海を背にして戦わなくてはならない。

丘と海のあいだには幅広い平地があって、主に入植者の農地になっていた。道は事実上そこしかなく、首都に侵攻しようとする敵もそこを通るしかなかった。惑星の発電設備と通信インフラはすべてウェストンに集中している。惑星を支配したければ、首都を落とすしかない。

ホルム大佐はトンネルと地下壕の網の目を丘の地下に構築し、少なくとも千個中隊を隠せるようにしていた。残念ながら、現存するのは六百個中隊くらいだ。だからおれたちは地下掩蔽壕《えんぺいごう》の拡張に時間を割いたりせず、全体のカムフラージュに力を注いだ。敵が騙されて、守備隊は塹壕にいる民兵だけだと思ってくれれば、戦略的にきわめて有利な奇襲をかけることができる。

トンネルはできるだけ敵のスキャンにかからない深さに掘ってあったが、絶対安全な深度に掘るのは現実的ではない。そこで大佐は丘の側面に強化イリジウムを撒くよう命令した。これには放射性のイリジウム192がかなりの割合で含まれ、あとで大規模な除染が必要になるが、当面は敵のスキャンがこちらの位置を特定するのを妨害してくれる。

地球では稀少だが、イリジウムはコロンビアの主要な輸出品で、敵もそのことはよく知っている。うまくすれば疑われずにすむだろう。

備品や弾薬を掩蔽壕に運びこみ、すぐに使えるようにする。さらに拠点間に通信線を引いて、ほかの通信手段がすべて妨害されても、有線で連絡が取れるようにした。

十日後にはこの配備を実戦で試すことになった。第二ワープゲートを周回する監視衛星から、中継通信レーザーで警報が届いた。敵が出現したのだ。

宇宙戦はないはずだった。この星系に西側連合軍の軍艦は一隻もいない。惑星コロンビアには軌道防衛ステーションが一基と、X線レーザー衛星群が配備されている。システムはほぼ自動化されているが、少数の守備隊員がいて、すでに全滅を覚悟しているだろう。海軍の支援がなければ、惑星の限定的な防衛網で宇宙艦隊に対抗できるわけがない。

軌道要塞の兵器は、数は限られているが、移動プラットフォームのものより強力だ。敵がそれを破壊するには、ステーションの射程内に入らなくてはならない。圧倒されて破壊される前に、守備隊も多少の反撃はできるだろう。わずかな慰めだが、ないよりはましだ。侵攻してきた艦隊がベクトルを再設定して攻撃範囲に入るのに、二日かかった。ステーションとの交戦が始まるころには、おれも部下たちも掩蔽壕の奥深くに配置されていた。宇宙での戦闘の様子は司令通信を通じて、ＡＩが映像をヴァイザーに表示した。

軌道ステーションは基本的にミサイル発射施設で、多段ミサイルを装備している。その有効射程距離は艦載ミサイルよりもはるかに長く、ステーションが敵艦の攻撃範囲に入るずっと前から、ステーションは敵艦を防御射程内にとらえていた。二百発のミサイルすべてが発射され、うち十六発が標的に命中した。中央アジア合同体《CAC》の戦艦一隻が破壊され、ほかにも四隻の主力艦が大破した。

反撃はやや見劣りした。破損した艦のうち、応射できたのは一隻だけだったのだ。それでも三百発のミサイルが発射され、機動できないステーションにとって、結果は数学的に避けられないものだった。ステーション側の対抗手段はきわめて効率的で、敵ミサイルは短距離パルス・レーザーに撃墜され、防御ミサイルの弾幕に行く手を阻まれた。

九十パーセントは途中で撃破したが、それでも四十発が要塞に命中し、核の炎を燃え上がらせた。混乱の中、守備隊の一部はシャトルで脱出できたと思えたが、数カ月後、そうはいかなかったことを知らされた。

ミサイル被弾前、ステーションはレーザー衛星四十機を射出していた。爆発の衝撃によりX線レーザーを発射する使い捨て兵器で、当たりどころがよければ、一発で大型艦を破壊できる。爆発から発射までは三十ミリ秒しかかからない。

レーザー兵器に対しては効果的な対抗手段があり、たいていは魚雷に詰めた結晶化デブリ、通称〝エンジェルダスト〟を使用する。飛来するレーザー・エネルギーを反射して分散させるのだが、理論上はともかく、光速エネルギー兵器に対する物理的防御手段というのは、タイミングを合わせるのがきわめて難しい。CACの機動部隊は、結局、一発の魚雷も発射できないままだった。敵の支援艦六隻が蒸発し、旗艦の戦艦も三カ所に大穴をあけられて戦線を離脱した。

宇宙防衛線はじゅうぶんな成果を上げ、期待した以上の損害を敵に与えた。敵艦隊はかなりひどい状態になったが、地上にいるおれたちにはたいした意味はなかった。強襲揚陸機は射程外に温存されていて、まったくの無傷だ。こちらに機動部隊があれば、コロンビア軌道上で激戦をくり広げたところだが、おれたちはただじっとすわって、敵が地表を爆撃し、着陸の下準備をするのを眺めるしかなかった。

待つほどもなく、軌道上からの爆撃が始まった。惑星をできるだけ無傷で手に入れたいのか、緒戦での損害が大きすぎたのかはわからないが、爆撃は短時間で、比較的効果が小さかった。掩蔽壕は近い場所に直撃を受けたとき何度か揺れた程度だ。実害はなく、司令回線から聞こえるやりとりから、地表の塹壕でもわずかな死傷者が出ただけで、混乱はわずかだとわかった。

コロンビアには地上防衛施設といえるものがほとんどない。兵士以外、標的にできるものが少ないのだ。惑星全土を荒廃させるつもりがなければ、塹壕にこもっている兵士に、宇宙からの攻撃で大きな損害を与えるのは難しい。わずかな対空砲火を沈黙させたら、強襲着陸が始まる。

掩蔽壕に待機していると、強襲着陸前に射出ベィにすわっていた、過去九回の体験が頭をよぎった。今日は敵がその立場で、おれは待ち受ける側だ……今まで敵がそうしてきたように。

抵抗がほとんどないことはわかっていた。第一に、ここには強襲揚陸機に対する有効な武器システムがないに等しい。第二に、ホルム大佐は敵にこちらの戦力を過小評価させて地表に着陸させ、待ち伏せ攻撃をかけるつもりでいる。着陸時に激しく抵抗して、こちらの戦力を過大に見せるはずがなかった。

大佐は数基の短距離地対空ミサイル発射台を爆撃から守りきっていて、戦果のためというより見せつけのため、揚陸機に向けて何発か発射した。結果は上々で、九機を撃墜し、残りを分散させて着陸地点をばらばらにするのに成功した。

ＣＡＣの揚陸機はゴードンより大型で、一機に十八名の兵士が搭乗している。着陸前にすでに百五十名以上の死傷者を出したことになる。防空能力がほぼないという状況では、悪くない戦果だ。

戦略コンピューターは着陸兵力と総重量と軌道上の艦の数を大車輪で計算し、攻撃側の戦力を分析した。その概算結果は、おれの非公式の予想とだいたい合致した――敵戦力は一個旅団程度だ。

ＣＡＣの一個旅団は六千五百名規模、十個の戦略部隊といくつかの補助部隊から成る。戦略部隊は、ほぼこちらの大隊に相当する大きさだ。標準的な構成では、二個戦略部隊が完全装備の歩兵で、残りは通常の戦列隊だが、この構成は作戦に応じて柔軟に変化する。今回のような場合、攻撃部隊を強化している可能性はじゅうぶんにあった。

敵の着陸ゾーンの中心はウェストンから十キロほど離れた平野部で、味方の迫撃砲とロケット・ランチャーの射程内だった。ただちに攻撃が開始され、敵が前進のために隊列を整えているあいだに、かなりの数の死傷者を出した。だが、敵もすぐに応戦態勢を取り、反撃してくる。味方は塹壕内で、敵はさえぎるもののない地上だが、とにかく数が多かった。おれは地上から死傷者情報が入ってくるような指揮官レベルではなかったが、味方に損失が出はじめているのは明らかだった。

向こうはウェストンからはるかに離れた、こちらの射程範囲外に展開してもよかったはずだ。味方の防衛線はあまり遠くまではカバーしていない。だが、敵は犠牲を出しても時間を短縮するほうを重視し、ただちに攻撃にかかれる場所に部隊を展開した。CACの信条は犠牲が出ることに対しておれたちよりも寛容で、戦闘に勝利できるなら、死傷者が出てもあまり気にしない。

敵はすばやく隊列を整え、前進を開始した。たいていのCAC部隊より動きがいい。好ましい兆候ではなかった——よく訓練された部隊だ。味方の地上部隊は忙しくなるだろう。敵の進み方は教科書に忠実だった。開けた場所での行軍は、たちまち血まみれの惨状になる。だから標準戦略ではありとあらゆるものを防衛側に発射して、相手に射撃のいとまを与えないようにする。

攻撃側にとっては、戦場をできるだけ見えにくくするのも有効だ。こちらには最新鋭の照準システム、戦闘コンピューター、光学拡張装置などがそろっているが、そのすべてを対象に、性能の劣化をはかる。土埃や煙はレーザー照準を妨害するし、戦場が熱源だらけになれば、精密なスキャンは困難になる。

CACの支援部隊はこちらに向けて迫撃砲やロケット弾や小火器を乱射し、歩兵はその中を前進してきた。クレーターや地面の凹凸を利用して交互跳進するのは同じだが、CACの兵士はおれたちよりもずっと大胆だった。一回の前進で大きな距離を稼ぎ——敵前に身をさらす時間が長いので、それだけ死傷者も増える。

その方針は是認できないが、急速に距離を詰めてくるのは確かだった。第一波は最初の防衛線まで一キロ足らず、第二波も着陸し、隊列を整えようとしている。

塹壕にいるのはほとんどが民兵だ。装甲服を装備していない海兵隊員の半数が強化部隊として投入され、残る半数は予備として後方に陣取っている。

攻撃側は予定を超える消耗率に苦しんでいるようだが、詳細な報告が入るのは、防衛側との全面的な戦闘が始まったあとになる。敵には装甲歩兵部隊も戦闘機もなかった。これは驚きだ。それでも数ではこちらの防御を圧倒しているが、死傷者数は跳ね上がることになるだろう。一個中隊を壊滅させるだけの命中弾の四分の三が当たっても、装甲歩兵は少し向きが変わる程度だ。

膨大な損害を出しても気にせずに、先頭部隊は攻撃を開始して、切れ切れに構築された防衛線を圧迫しはじめた。防衛線は敵を引きこむように作られていて、完全に内部に取りこんだところで、背後から攻勢をかける。作戦はうまく――あまりにもうまく――いき、三重の防衛線の最初のラインが数カ所で突破された。

敵は少なくとも千五百名の犠牲者を出しながら圧力をかけつづけ、戦闘は急速に激化した。大佐は予備部隊をあちこちに動かし、攻撃が手薄なところを見つけると、狙いすました反撃を加えた。CACの支援部隊は混戦になっても砲撃の手を休めず、おれたちだけでなく、自分たちの味方にも多大な損害をもたらした。それでも地表における戦力差は六対一で、敵は損失を甘受できる。こっちにその余裕はなかった。

おれは大佐からの出撃命令を待ちつづけた。敵はもう大部分が防衛線内に入り、残っているのは支援部隊と後衛くらいだ。タイミングは完璧だった。だが、命令が来ない。側面攻撃のための部隊も、ただの一分隊も出撃していない。理解できなかった。地表では友軍がずたずたにされているのに、おれたちはすわったままだ。

AIがヴァイザーの表示を更新した。敵は最終防衛線に迫っている。味方は善戦しているが、戦力は五十パーセントまで低減し、弾薬も尽きかけていた。状況は危機的どころではないが、出撃命令はまだ出ない。

ホルム大佐が六輛の戦車を投入し、最弱地点への侵攻は食い止められたが、そこでは血まみれの白兵戦が展開された。こちらに勝ち目はない。どうしてここにすわりこんでいるんだと十回めくらいになる自問をくり返していると、AIがいつもどおりのロボット音声で言った。「揚陸機が接近しています」

くそ、第三波か。これでとても面倒なことになった。

ヴァイザーの表示がリアルタイムで更新される。降下してくる揚陸機は、最初の着陸ゾーンから十キロほど後方に降りるようだ。出撃していたら背後を取られるところだった。どうして大佐にはわかったんだろう？　地表で攻撃を受けながら、おれたちの出撃を押しとどめるような規律と胆力があるということか。

命令が出た。降下してくる敵への攻撃を準備、ただし指示あるまで居場所を知られないようにせよ。おれたちはたぶん五回めくらいの武器チェックをおこない、出口トンネルに向かった。トンネル内で待機中に、降下してくる敵の情報が更新される。いい知らせではなかった。四個戦略部隊、二千人以上の兵士で、全員が装甲歩兵だ。早まって出撃していたら、チャンスはなかったろう。だが、今や人数の差は三対一にまで縮小し、塹壕にいた民兵たちよりもましになっている。奇襲できるという利点もあった。

敵は最初の着陸ゾーンとあばただらけの戦場を抜け、まっすぐ街に向かっていく。敵がトンネルの出口の前を通過しはじめると、先頭部隊が側面から攻撃をかけた。こちらには奇襲の利があり、敵には数の利がある。最初の攻撃でできるだけ大きな損害を与えておきたかった。

おれの隊——この少人数を小隊と呼んでいいのかどうかわからないが——は最後の部隊に配備された。おれはじりじりしながら、仲間が圧倒的な敵を前に戦っているのをすわって眺めていた。命令は命令だ。どのみち、狭いトンネルの中に全員がすばやく展開できるわけではない。事実上、ほかに選択肢はなかった。

ヴァイザーにはつねに最新の戦況が映し出されている。側面攻撃は完全に敵の不意を突いたようで、先頭部隊は多大な損害を与え、敵左側面は大混乱に陥った。第三波が向きを変えておれたちを攻撃しようとし、前進が止まる。

敵を押し戻すと、先頭部隊は果敢に追撃した。奇襲はこちらの最大の利点で、できるだけ長く利用したかった。敵が態勢を立てなおし、数で圧倒してきたら、こちらはいっきに不利になる。一対一ならまだ分があるが、この戦いは三対一なのだ。

ほかにも決着を急ぐ理由はあった。装備品の不足だ。積極的な攻撃で、消耗はさらに激しくなった。それでも弾薬は多少節約できている。こういう密集した状態の戦闘では、一発一発が大きな効果を上げた。

おれの隊はようやくトンネルを抜け、連なる丘と岩がちの尾根のあいだの、敵の隊列を直角に横切る小峡谷の中に出た。そこはよく考えられた場所だった。稜線が現在戦闘中の敵からこちらの姿を隠してくれるのだ。

おれが受けた命令は、尾根に沿って防御位置につけというものだった。おれが指示された場所の左右には、それぞれ別の隊が配置されている。大佐本人が司令リンク越しに計画を説明した。現在交戦中の装甲歩兵を尾根まで退却させて再編するので、おれたちは敵を挑発し、温かい歓迎の準備を整えた尾根におびき寄せる。敵が餌に食いついたら手持ちの全弾を叩きこみ、そのあいだに退却した部隊を再編して、予備にまわす。

おれが担当するのはいちばん重要な部分だった。五百メートルにわたって尾根に切れ目があり、そこだけ平坦に開けているのだ。左右は巨大な岩壁になっていて、通過するのはほぼ不可能だ。通れる場所はその狭い切れ目しかない。退却してくる味方の大多数はそこを通るだろう。すぐあとに敵を引き連れて。

おれは重ロケット・ランチャーを最後尾、丘の上に配置した。敵の部隊が切れ目を通過する前後どちらも見通せる場所を三ヵ所、探しておくよう指示する。標的が見えしだいロケット弾を発射し、すぐに次の場所に移動して、応射を避ける計画だ。

分隊支援火器《SAW》四挺を切れ目の左右に二挺ずつ、友軍相撃が起きないように配置する。場所もじゅうぶんに検討し、敵が切れ目を通過して十字砲火の標的になる位置に来るまで、岸壁が目隠しになって視認されないことを確認した。二方向から四挺で攻撃されたら、その場はかなりの惨状を呈するだろう。

残る三分隊はこの二つの支援火器班につけることにし、おれはうち二名を伴い、あとの十名は五名ずつ、切れ目の左右でとにかく物陰に身をひそめさせた。おれ自身は幸運な二人とともに、開けた場所のはずれに位置を定めた。タイミングを逸したくなかったし、じっくり見ておきたかったからだ。ＡＩは敵との接触が近いというおれの報告を流しつづけている。友軍百四十名ほどがこのコースを進んでいて、敵はそのすぐ背後に迫っているようだった。

三分もすると、味方が尾根の切れ目を通過しはじめた。秩序正しく、よく組織され、間に合わせの小隊を組んでいる。おれの命令回線は死傷者数がわかるほどのレベルではないが、推計してみることにした。この作戦は、もともとが残存部隊の寄せ集めなので判然としないが、おれの感覚では、戦力は五十パーセント程度に落ちているようだ。

退却部隊は丘の端のほうをめざし、そこで左右に展開し、まっすぐおれのいる場所に向かい、支援にまわるはずだった。この峡谷で、この作戦の帰趨を決する戦闘のひとつが起きることになるだろう。もちろん、それは敵がこちらの考えどおりに動いてくれた場合だ。残念ながら、そうはいかなかった。おれは敵部隊の接近をＡＩが警告するのを待っていた。だが、ＡＩが告げたのは予想外の内容だった。

「ＣＡＣの隊列は追跡をやめ、後退しはじめたようです」

どうしたというんだ？　おれはさまざまな可能性を考慮した。退却部隊の最後尾が切れ目を通過したが、敵が追ってくる気配はない。と、何もかもがいっぺんに起こった。

いきなり頭に閃くものがあり……おれは事態を察した。二人の部下に身を守れと命じたとたん、司令リンクから声が聞こえた。狂ったようにわめく、大佐の声だった。「ケイン、退避しろ！　すぐにそこから出るんだ。コード・オレン……」

そこまでしか聞こえなかった。目の前で閃光が炸裂し、ヴァイザーが自動的に黒変して目を守った。直後に衝撃波が襲ってきて、おれを装甲服ごとぎざぎざの岩壁に叩きつけた。数秒間は仰向けに倒れたままだった。身体を動かそうとするが、動かない。さらに二、三秒して、両脚にすさまじい圧迫感を覚えた。巨大な落石のせいで、装甲服が破損していた。傷ついた脚が岩の重みにつぶされ、痛みが波のように押し寄せてくる。じっとりと濡れた感じから、激しく出血しているのがわかった。爆発の高熱が壊れた装甲服を押し包んでいく。

それでも、まだ一部の機能は働いていた。外傷管理メカニズムが注射を打つのを感じ、ほぼ瞬時に痛みが消えた。肉の焼けるにおいがする。感じることはできないが、装甲服が脚を電子焼灼し、止血しているのがわかった。

横たわったまま、超現実的な夢を見ていた。考えられることは、これまでに行方不明になった連中に借りを返すときだということだけだった。死んだ戦友たちが記憶の底から甦り、声をかけてくる。「ようこそ、兄弟……おまえの場所はあけてあるぞ」

おれはまだ目覚めているつもりだったが、何も見えず、何も感じなかった。身体はまったく動かない。装甲服の発電ユニットが死んでいるに違いなかった。バッテリーの電力で外傷管理システムと生命維持システムは動かせても、数トンもある高圧縮イリジウム・スチール合成重合体の装甲服と、その上に崩れ落ちたそれ以上の重さの岩を動かすことはできない。

コード・オレンジ。核攻撃。朦朧《もうろう》としているが、核爆発があったことはわかった。大佐は警告しようとしたが、どちらにとっても手遅れだった。これで戦争は大きくエスカレートする。どちらの陣営も、核だけは使わなかったのだ。アキレス作戦のときでさえ。

だが、もうどうでもよかった。闇がおれを包みはじめるのを感じる。少なくとも、ほかの兵士たちのように、ゆっくりと苦しみながら死んでいくことはなさそうだった。敗北の苦い味に息を詰まらせながら、おれは滑り落ちていった。

6

くじゃく座ガンマ星第三惑星（γパヴォニスⅢ）
アームストロング・コロニー
アームストロング医療センター

目覚めると病院のベッドで、それが最初の驚きだった。ベッドのほうではなく、目覚めたことが、だ。どうやら生き延びたらしく、どうして可能だったのか、今となっても完全には納得できていない。幸運もあったし、装甲服の驚くべき機能のおかげもある。出血を止め、さまざまな医薬品を注射して、おれを生かしつづけたのだ。肉体に壊滅的なダメージを受け、キッチンいっぱいの卵をすべてフライにできるくらいの放射線を浴びていたというのに。

数年してようやく、おれが助かった別の要因、たぶん最大の要因が、ホルム大佐だったことがわかった。ぼろぼろになった装甲服がまだ司令ネットとリンクしていて、生命徴候のデータから、大佐はおれがまだ生きていることに気づいた。大佐自身が探索チームを率いて危険地帯に突入し、おれを見つけて、引っ張り出してくれたのだ。

ベッドの上でおれは苦痛を覚悟したが、そんなものはなかった。考えてみれば当然だ。おれの全身は鎮痛剤でいっぱいだったはずだ。たぶんそれがいちばんよかったのだろうし、おれとしても文句はない。そのまま数分間、ぐったりと横たわっていた。数時間かもしれないし、数日だったかもしれない。時間の感覚がなかった。やがてとうとう、あたりを見まわしてみることにして、頭を上げた。いや、上げようとしたのだが、何も起きなかった。腕を上げようとして、懸命に努力しても手が少し動くだけだとわかって、自分がほとんど身体も動かせないほど消耗しきっていることにやっと気づいた。

当然だった。放射線だ。生きているのが奇蹟で、消耗しているどころの状態ではないのだろう。動かせるだけ頭を左右に動かして、部屋の中を見る。かなり広い部屋で、天井も高く——三メートル以上あるだろう。明らかに惑星上のどこかだった。宇宙船内でこんなふうに空間を無駄遣いすることはない。壁をはじめあらゆるものが、しみひとつない白一色だった。ベッドのそばにはさまざまな装置が並び、そのすべてがおれの身体に、各種のチューブやワイヤーで接続されていた。

誰かを呼ぼうとしたが、声も身体と同じくらい弱々しく、かすかなささやきが漏れただけだった。薬漬けでなかったら息をするだけでも痛むに違いない喉で、かすれた声を上げる。返事は期待していなかったが、すぐに声が聞こえた。

「おはようございます、ケイン軍曹。わたしはフローレンス、担当の医療用AIです。容態は安定していますが、しゃべったり動いたりしようとはしないでください。衰弱がひどいのです。リンデン先生に、あなたが目覚めたことをお伝えしました」

AIの声は女性で、とても気持ちが落ち着く印象だった。おれが自分で設計しても、きっとあんなふうにするだろう。いろいろ質問したいことはあったが、今は医者が来るのを待ったほうが楽そうだった。

長く待つ必要はなかった。一分も経たないうちにドアがスライドして開き、医者が二人の看護師を連れて入ってきた。

「はじめまして、ケイン軍曹。医師のセーラ・リンデンよ。やっと挨拶ができて、本当に嬉しいわ。ずいぶん長いこといっしょにいるけど、今まではわたしが一方的に知っているだけの関係だったから」

おれはどうにか少し首を動かして、医師の顔を見ようとした。涙のにじんだ目の焦点がやっと合うと、そこにいたのはすばらしく美しい女性だった。皺だらけのライトブルーの手術衣姿だが、それでもその美しさは少しも損なわれていない。かわいらしい顔立ち、青い瞳、おれが見た中でいちばんの甘い笑み。頭を覆う手術用キャップから、ストロベリー・ブロンドの髪が少しだけはみ出している。だが、おれの頭は勝手に空白を埋め、肩まで流れ落ちる髪を想像していた。

おれはなんとかして笑みを浮かべようとし、かすれた声で精いっぱいの挨拶を返した。

「やあ、先生。会えて嬉しいよ。握手したいところだけど、腕が上がらなくてね」

女医はふたたび笑みを浮かべた。

「ユーモアのセンスがあるようでよかったわ。好ましい兆候だから。心配しないで、腕はすぐに上がるようになるし、前にできたことは全部、またできるようになる。今は信じられないかもしれないけど、完全に回復するわ」

おれは何度も唾を呑みこみ、話しつづけようとした。喉はまるで羊皮紙のようで、声を出すのは大変だった。女医はおれが懸命に何か言おうとしているのを見て、ベッドに近づき、そっと肩に手を置いた。

「無理してしゃべろうとしないで。かなりの量の放射線を浴びたせいで、消化器系に大きなダメージを受けているの。その治療ができるようになるまでは、口から水を飲ませることもできない。喉はからからに乾いてしまっているわ」背を向けて出ていこうとしながら、さらに付け加える。「今はとにかく休息して、あとでもっと話をしましょう」

「待ってくれ」カエルの鳴き声のようだったが、なんとか声が出せた。「ここには鏡がないようだ。おれから見える範囲には」

女医は振り向いて、おれを見た。

「その心配はもっと休んでからにしましょう」

「ひどい状態なんだな？　構わない。おれなら大丈夫だ」

すぐには返事がなく、見ると女医は苦悩の表情を浮かべていた。ややあって、ふたたびおれを説得しようとする。

「本当に、もっと体力がつくまで待ったほうがいいと思う」

おれはさらに粘って、無理にも顔を彼女のほうに向けた。

「おれのことなら心配いらない。大丈夫だ。どれほどひどい状態でも」

女医は黙りこんで答えない。

「頼む」

女医はとうとう折れ、看護師の一人に鏡を持ってくるよう指示した。看護師は廊下に出て、すぐに大きな丸い鏡を持って戻ってきた。

リンデン医師の身振りで、看護師が足を止める。

「見る前に、あなたが退院するときにはもとどおり、新品同様になっていることを忘れないで。今はそうは見えないし、信じられないでしょうけど、最悪の段階はもう過ぎたわ。あとは時間の問題。損傷が治癒するのに必要な時間がかかるだけよ」

おれはうなずいた。というか、精いっぱいうなずこうとした。「わかった」その言葉を声にするのに、三、四回くり返さなくてはならなかった。身動きもできず、声も出せない。

腹立ちさえ覚えた。

女医の合図で、看護師がベッドの上に鏡を掲げ、おれが動かなくても見えるようにした。本来のおれは身長百九十センチ、鍛え上げた九十五キロの肉体を有していた。鏡の中から見つめ返しているのは、しぼんだ無毛の男だった。体重はせいぜい五十キロくらいだろう。それも両脚があればだが、そんなものはなかった。

記憶が甦った。岩が崩れ落ちてきて、数トンの重みがおれの両脚を押しつぶす鋭い痛みを感じ、装甲服が壊れて外気が流れこみ、外傷管理システムが傷口を焼灼して痛みを鎮めたこと。それが両脚を失ったときの記憶だ。興味深いとは思ったが、たいして気にはならなかった。たぶん痛みを遠ざけているのと同じ薬の作用で、そんな無関心な精神状態になっていたのだろう。

「心配しないで」女医が言った。「信じようと信じまいと、わたしの言葉は真実よ。最悪の段階は脱したわ。少なくとも、いちばん危険な状態はね。あなたは回復するのよ、軍曹。わたしの仕事が終わったとき、あなたは壁を突き破ってここから出ていくわ」

女医がまっすぐにおれの目を見つめる。嘘はついていないことを伝えようとしたのか、目を見つめることでおれの頭があちこちに動くのを止めようとしたのか、よくわからない。いずれにしても、おれは嬉しかった。

「楽しい経験だという約束はできないわ。むしろ今、目の前にいる憐れな医師に向かって、かなりの悪態をつくことになると思う。でも、あなたは歩いてこの病院を出ていき、勤務に復帰できると約束するわ。だから今はなんとしても休息してもらわないと。またあとで話しましょう。その前にしばらく眠ってちょうだい」

女医と二人の看護師はおれに背を向け、ドアに向かった。女医は最後に振り返り、すばらしい笑顔で言った。

「フローレンス、アントラミンを三十ミリリットル。容態の変化に注意して、ケイン軍曹を十時間眠らせて」

AIが穏やかに答える。「はい、リンデン先生」

AIが薬品を静注すると、たちまち眠気が襲ってきた。女医に別れの挨拶をしようと思ったが、間に合ったとは思えない。

女医の言葉に嘘はなく、目が覚めたあと、すぐにまた少し話ができた。話題はおれの負傷のことや、これから受けるいささか恐ろしい治療についてだった。話がすべて終わるには、何度かの面会が必要だった。主な原因は、おれが女医といちゃついていたからだ。あるいは、枕から頭も上げられない半人前の男が、精いっぱいいちゃつく真似をしていたと言うべきか。おれの衰弱はまだひどく、話ができるのは数分が限度だし、三十分以上目覚めていることさえできなかった。

話すのは楽しかったが、記憶がはっきりしてくるにつれ、おれは沈みがちになった。たぶんおれの隊は全滅したのに、なぜおれだけ生き残ったのか。セーラ先生はおれに治療のことだけ考えさせようとし、どうにもできないことで苦しむなと言ったが、おれは自分を責めずにはいられなかった。彼女は最善をつくし、おれは微笑して、もうやめると答えたが、それが嘘であることは二人ともわかっていた。

戦場での最後の記憶は、絶望だった。自分は死んで、味方は戦闘に負けるという思いだ。敵の核攻撃はおれの持ち場を破壊し、防衛線に大穴をあけた。部下は確実に一掃されたはずだし、防衛線がどこかで持ちこたえる希望は皆無だった。

多少は回復して数分以上意識を集中していられるようになると、セーラ先生はデータ・ユニットを持ちこみ、あの作戦の戦況報告を見せてくれた。どこから手に入れたのかはわからない。機密情報のはずだし、彼女がコロンビア作戦の司令ラインにいたとも思えなかった。だが、とにかく彼女はそれを持ちこみ、おれは情報通の医師に感謝して、戦闘の様子に見入った。最初は恐る恐るだったが、半分ほど見たところで、おれの予想よりずっといい結果になったらしいことがわかった。

何よりも、おれの部下は半分以上生き残っていた。岩の露頭の陰に配置した者たちは全員、核爆発の際も、装甲服に軽微な損傷を負っただけだった。ＣＡＣの部隊が進軍してきたとき、迎撃態勢はほとんど無傷で、しかも放射能と電磁パルスのため、敵のスキャナーは役に立たなくなっていた。敵は単なるクレーターのつもりで前進し……おれが設置した十字砲火の中に突っこんだ。状況を理解して退却しようとしたときには、大佐がすでに戦力をまとめ、背後から攻撃を開始していた。

ジャックスがおれの部下の生き残りを糾合し、岩壁沿いに展開していたほかの隊とも合流して、敵の攻撃部隊を大佐の部隊とのあいだで挟み撃ちにした。前後から同時に攻撃され、敵は壊滅した。投降しようとした者もいたそうだが、もう遅すぎた。脱出して再集合できたのは、わずか数人程度だった。

そのあとは大混戦になった。両軍ともに秩序も何もなく、残存兵力があちこちでばらばらに戦っている。最後にものを言ったのは地の利だった。ホルム大佐は地元民兵の偵察員をかき集め、結局、その一手が大当たりだった。彼らはあらゆる岩や見晴らしのきく場所を熟知していて、SAWをどこに設置すればいいかを的確に指摘し、侵略部隊の周囲をぐるぐる移動して敵を壊滅させた。

敵が撤退命令を発して揚陸機に引き上げた瞬間、大佐が決定的な一撃を見舞った。こちらも核兵器を使用し、敵の集合地点を消滅させたのだ。脱出できた揚陸機は一機もなかった。わずかな生き残りが身を隠して逃れようとしたものの、大佐が探索掃討部隊を送り出して根絶やしにした。おれの知るかぎり、コロンビアに着陸した敵兵で、生きて報告に戻った者は一人もいないはずだ。

大勝利であり、大佐はさらに栄誉を積み上げた形だが、薄氷の勝利でもあった。こちらの死傷者は六十パーセント超——軽傷者や、軽い放射線被曝を受けた者を含めたら八十パーセント近い。コロンビア自体の損傷も大きかった。居住地域は荒廃した。敵が六発の戦場核兵器を使用し、こっちが敵の集合地点で十発を使用したせいだ。

攻撃部隊の運命を知った敵は、地表を爆撃しようとした。だが、ホルムはさらに別の隠し球を用意していた。大型防衛砲台をいくつか温存していて、敵ミサイルを迎撃したのだ。ほとんどは撃ち落とせたものの、大型核融合弾頭がひとつ、弾幕をすり抜け、沿岸都市のひとつに落下した。あとに残ったのはクレーターだけだった。

おれはホルム大佐の洞察力に圧倒された。何度も何度も、まるで敵の心を読んでいるかのようだった。だが、拠点防衛において、二波一万名近い敵をほぼ完全に制圧する？　その規律には畏怖さえ覚えた。それに、もちろん、大佐は正しかった。防衛砲台を温存しなければ、揚陸機をあと何機か落とせていたかもしれない。だが、大佐は敵が地表を爆撃する可能性を見抜いていた。砲台を隠したことで、敵はこちらに防空能力がないと信じこみ、ミサイル攻撃がおざなりになった。だからこそ迎撃が比較的容易だったのだ。敵が拠点防衛能力を計算に入れて爆撃していたら、もっと多くの弾頭が地表に到達していただろう。結局、敵はミサイルを使いきり、こちらの海軍の増援が星系に到着する前に撤退するしかなくなった。

大佐は圧倒的に不利だった戦況をひっくり返したわけだ。わずかに残った居住可能地域にどれだけの価値があるのかは、おれたちの考えることではない。少なく見積もって惑星人口の四分の一が死亡し、それ以上の人数が負傷し、家を失い、緊急に物資を必要としている。当然、生産設備や発電所を始めとするインフラはことごとく破壊され、あるいは大きな損傷を受けていた。

それでもこれは勝利、それも絶対に必要な勝利だった。病院内で話が広がると、コロンビアの生存者は、アームストロング急性治療施設の話し好きな人々のあいだで引っ張りだこになった。

病院ではほかの回復中の兵士たちと話をする以外、とくにすることがない。おれたちは戦争やそのほかの話題についてニュースを交換し合ったが、医者や治療のことだけは話さなかった。にこやかすぎる笑みを浮かべた白衣の医療従事者がやってきて、血液や細胞サンプルを採取していくときのことを、できるだけ考えたくなかったのだ。しかも彼らはたいてい午前四時ごろ、やっとの思いで眠りについた二十分後くらいにあらわれる。ただ、それがおれの担当医だったら話は別だ。セーラ先生はいつだって歓迎だった。

病院について最初に思ったのは、〝まあ、ここなら誰もおれを撃とうとはしないな〟ということだった。一ヵ月もするうちに、ここのひどい食事と退屈よりも、ちょっとした銃撃を受けるほうがましだという気分になっていた。新しい脚を生やすより、撃たれるほうが痛くないという意味ではないが。肉体再生の痛みは地獄のようだった。少なくとも、脚については。内臓の再生はそれほどでもない。おれは内臓も再生させたので、比較することができた。

おれの消化器系はほぼ全面的に交換された。放射線被曝で大部分が手の施しようもないほど破壊されていたため、必要な幹細胞を採取し、完全互換の新たな内臓を育てたのだ。おれが持って生まれた内臓の完全なコピーで、成人サイズまで成長させてある。かかった時間は一カ月ほどで、そのあと数日、移植手術からの回復期間があった。

お楽しみはそこからだ。消化器系の再生では、新品の内臓をおれの古い身体に入れるとき、婉曲に〝適合期間〟と称するものが必要だった。妹のときのような拒絶反応があるわけではない——遺伝子的には、それはまさしくおれ自身の内臓にほかならないのだ。ただ、この新しい成人の内臓には、正常に機能するためにはどうしても必要なバクテリアなどが、いっさい住んでいなかった。だから腸内細菌を導入したり、胃の内部の化学反応を何度か調整したりしなくてはならなかったのだ。楽しい経験だと思うか？　もちろんそんなことはない。

はらわたがねじれるような不快感がおさまってやっと少し人間らしい気分になると、次は新たに両脚を生やす番だった。新しい脚を生やすほうが、たとえば新しい肺を作るより痛いというのは、妙に思えるかもしれない。だが、実際そうなのだ。内臓は研究室で育ててから移植すればいいが、脚は身体からじかに生やさなくてはならない。これがすさまじく痛かった。

新しい腕や脚は簡単に移植できるはずだと思うかもしれない。たしかに、切断された四肢をもとどおりくっつける治療は、すでに数世紀前からおこなわれている。だが、内臓と違い、新しい四肢の移植はなかなかうまくいかなかった。接合部位の形状が合うように育てるのが難しいらしい。だからどこかの孵化器の中で育てるのではなく、おれの脚はそのあるべき場所、おれの肉体でじかに育てられた。簡単そうに聞こえるが、このほうがはるかに複雑だ。

問題は、ほとんどの麻酔剤や鎮痛剤が、新しい神経の成長を阻害することだった。おれは病院で大量の鎮痛剤漬けになっていたが、四肢再生装置に身体を固定されたときから、その投与はすべて中止された。おれは痛みのすべてを純粋に、そのままの強さで感じなくてはならなかった。正確を期すなら、ほぼそのままの強さで、というべきか――多少とも痛みを抑制しようとはしてくれたから。

使ったのは催眠術による苦痛の除去と〝神経刺激補償〟と名づけられた方法だったが、断言しよう、どっちもたいした効果はなかった……アスピリンを二錠飲ませたあと、全身を火だるまにするようなものだ。地獄のような痛みが一日じゅう、脚が完成するまでの六週間続いた。

セーラ先生は毎日診察に来た。二、三分かけて脚の生育状況をチェックするのだが、実際には痛みからおれの気をそらせようとしていたように思う。気高い努力だし、それができる人間がいるとすれば彼女だったろう。だが、この痛みは本当にひどかった。おれは苛立って、みじめで、美しい女医に何度か罵声を浴びせ、そのあとさらにみじめな気分になった。

フローレンスもやはりなだめるような口調でおれに話しかけてきたが、彼女（それ？）はおれを最高に苛立たせた。実のところ、医療用AIは驚くべき装置だった。高度なコンピューター・システムがおれの状態と投薬量をつねに監視しつづけるだけでなく、患者の退屈をやわらげ、一人ひとりに合った話し相手になるようプログラムされている。おまけに、チェスでおれを三十連敗させた。過去の患者の発言をデータベース化していて、それを会話に織りこんできたりもする。たとえば「今夜のメニューにあったキノコのソースのパスタはとてもおいしかったそうです。注文しておきましょうか？」といった具合に。

ところで……食事だ。脚が半分ほどできあがったころ、ちゃんとした食事が出るようになった。おれは静注用代替栄養剤——こう呼んでいたと思う——のちょっとした目利きになっていたが、固形物が出てきたときには、思わず歌いだしそうになった。

固形物というのは大げさすぎた——最初に出てきたのはフードプロセッサーでどろどろにした、水っぽいオートミールのようなものだった。それでもその食事について、何時間も詩を朗唱できる気がした。直接血管に入るのではなく、口を通って身体に入るものなら、なんだって最高だったのだ。

おれはマシンに固定され、上半身を胸骨の下まで輝く金属製シリンダーの中に突っこまれたような状態だった。左右の脚の切り株はそれぞれが透明なプラスティック・チューブに包まれ、それが新しい脚を育てると同時に支えるようになっている。シリンダー内部は配管だらけで、再生装置に電力を送るだけでなく、何週間も固定されて動けないおれの肉体の機能を代替する役目も果たしていた。

おれが心配したのは——不安が強い順で——、痛み、退屈、そしてほとんど身動きできないために、頭が少しおかしくなることだった。だが、いちばんつらかったのは、自分の脚が生えてくるのを見守る作業だった。最初は骨だ。切り株の端から、一日六センチくらいずつ伸びていく。成長するのがわかるのではないかと、じっと見つめたりもした。何度かわかったような気もするが、はっきりしない。

全過程は医療用コンピューターがモニターし、管理している。脚はおれ自身の遺伝子を持った素材でできているが、欲しいのは成人の脚で、赤ん坊のじゃない。せめて十五年から二十年分くらいは成長している必要があった。内臓の再生も同様に、成長を大幅に促進させて、成人サイズに育てている。たとえば新しい肝臓は胎児期のごく小さなものから始まって、子供サイズを経て、成人サイズになったものが移植される。

だが、新しい脚はおれの成人の肉体からじかに生えてくる。胎児期の脚から始めて、徐々に大きくしていくわけにはいかないのだ。だからおれの遺伝子を持った素材にさまざまな刺激を与え、切断部からじかに生えてくるようにしている。医療用レーザーや電気パルスなど、さまざまな道具がこの刺激に利用された。

新しい脛骨と腓骨ができあがると、おれは骨の成長に目をみはった。ほぼ同時に大腿部には筋肉や軟骨や神経や動脈など、人間の内部にあるべたしたものが形成されていった。しばらくのあいだ、おれは解剖学の生きた標本だった——大腿部は筋肉標本で、膝から下は骨格標本だ。

これがひどく痛いってことは言ったよな？　新しい神経が育っていくのがどんな感じか説明したいが、正直なところ、どう言葉にすればいいのかわからない。とにかく痛いんだ。ものすごく。

セーラ先生は都合が合えば様子を見にきてくれ、二人でいろいろなことを話した。もちろん、セーラ先生が同時にセーラ大尉であることもすでにわかっていた。おれと同じ海兵隊員で、階級はずっと上というわけだ。

それは同時に、いくら天使のように高貴に見えても、入隊前はろくでもない人生を送っていたことを意味していた。おれたちのほとんどは、どこかのどぶから拾われてきたのだ。でも、おれは尋ねなかったし、彼女も何も訊かなかった。大多数がろくでもない背景を有しているからこそ、その話は伝統的にタブーだった。おれたち全員、海兵隊に入ったときに過去の罪は消え、生まれ変わったのだ。

おれも彼女もニューヨークの出で、子供のころはどちらもマンハッタン保護区にいたことはわかったが、その話題はそこまでだった。彼女は海兵隊で医療訓練を受け、それ以前に何度か戦闘にも参加していたが、回数はおれほどではない。おれはアキレスのこと、地上の様子はどうだったかといったことを尋ねられた。彼女は支援艦に医師として乗り組んでいたが、地上には降りていなかった。AIのフローレンスの協力もあって、おれの退屈と痛みと苛立ちはだいぶ軽減された。それは同時に、彼女の心労も軽減していたと思う。戦況は芳しくなく、彼女が毎日、兵士たちの血と肉片まみれになっているのは想像に難くなかった。

皮膚が完全に形成されると、再生治療は完了ということになった。ただ、それで新品同様になったかというと、そうではない。理論的には、新しい両脚は前の両脚の完璧なコピーだ。だが、現実はもう少し複雑だった。新しい脚で歩くことを覚えるのに、赤ん坊のように二年もかかることはなかったが、脚を動かす神経経路は、以前とはわずかに異なっていた。普通に歩けるようになるだけで一カ月の厳しい訓練が必要で、立ったまま無意識に身体を安定させられるようになるには、さらに長い時間がかかった。平行棒につかまって新しい脚を一歩前に出せるようになるのにどれだけの汗をかくことになるか、知ったらきっと驚くだろう。

立って歩けるようになると、全般的なリハビリが始まった。身体はそれなりに健康を取り戻したが、以前のように兵士としてやっていけるほどではない。体重は負傷する前より二十キロも軽く、しかも落ちたのはほとんど筋肉だ。おれはきびしい訓練に明け暮れた。そんな中、何よりもすばらしかったのは、つねにまともな食事を与えられるようになったことだった。何週間も穀物粥と具のないスープばかり食べていたので、ただのサンドイッチのうまさが、口では言いあらわせないほどだった。

訓練はきびしく、肉体は消耗したが、本当に楽しかった。屋外で新鮮な空気を吸い、二つの太陽の光を顔に浴びる。短い散歩から始めて、すぐに毎日ハーフ・マラソンを走るようになった。病院の敷地内にはきれいな湖があり、毎日そこで泳いだ。空気、水、太陽——そのすべてが日々少しずつ、おれに生きているという実感を取り戻させてくれた。

午後は屋内訓練場で、いくつもの体力増強メニューをこなした。体力と持久力がついてくるにつれ、ようやく自分が自分だと感じられるようになった。この一年近く、おれはずっと虚弱だった。ようやく本当に生まれ変われたような気がした。

おれが受けた治療は驚くべきもので、担当の医療チームには称賛と感謝しかない。セーラ先生はもちろんだが、ほかの医師や看護師や支援要員全員も同様だ。海兵隊が独自の治療施設を保有しているのは知っていたが、負傷した軍曹一人に傾注された努力には驚くしかなかった。これが地球だったら、これほどの治療が望めるのは政治家階級の人間だけ、それもひと握りの上層部に限られるだろう。

健康を回復したと判定され、退院が許可されたとき、おれは医師を始め、医療スタッフ全員に感謝の言葉を告げた。文字どおり、人生を取り戻してくれたのだ。別れを告げると胸が詰まったが、セーラ先生の前に立つと、もう毎日会うことはできないのだという思いに打ちのめされた。実際にはそのあと何度も会うことになるのだが、そのときは知るよしもなかった。彼女はおれを抱きしめ、完全に回復すると断言したことを涙ながらに思い出させた。医療技師の一人が写真を撮り、おれたちのデータ・ユニットに転送してくれた。おれはダッフルバッグをつかみ、セーラ先生とおれのツーショット写真とともに、病院から目のくらむような陽光の中に出ていった。惑星アームストロングの主星の二重恒星が朝の空高くかかり、その日はおれがさまざまな惑星で経験したどんな日よりもすばらしかった。

モノレールで宇宙港まで行き、アームストロング軌道上に向かうシャトルに乗った。兵舎に立ち寄りもせずに、まず新しい装甲服の調達のため、装備品担当士官のところに向かう。前の装甲服はおれの命を守ってずたずたになってしまったし、どのみち新しいのが必要だ。見た目は前とあまり変わっていないが、一度体重を落としてから鍛えなおした身体だし、脚も新しくなっている。新しい装甲服を調達するしかなかった。機能を完全に引き出すためには、手袋のようにぴったりフィットしていなくてはならないのだ。

休息のために六十日間の休暇が与えられていたが、あまり興味がなかった。休息なら病院で嫌というほどしていて、早く戦場に戻りたかったのだ。セーラ先生に会えないという痛手は、どこかの惑星に降下することで癒すのがいちばんだとも思えた。

ただ、その理論には欠点があった。すぐには戦場に戻れなかったのだ。病院にいるあいだに、大佐はおれを勲章授与対象者に推薦しただけでなく、士官候補生にも推挙していた。退院の翌日、命令が届いた。おれは士官学校に入校することになった。次に揚陸機に乗りこむときは、ケイン少尉になっているだろう。

7

ウォルフ359星系第三惑星
士官学校

人類は約七百の星系にある、ほぼ二百八十五の惑星と衛星に広がっている。かなり活発な入植地もいくつかあり、小さくても急速に発展していた。それ以外は遠隔地の前哨点で、貴重な資源の採掘場や、星系間を航行する船の燃料補給基地として機能している。少数の中核世界はごく初期の入植地で、今ではかなりの人口を擁し、そこそこの産業も存在していた。

各世界を連結するワープゲートは自然に生じる重力現象で、物理学者もまだそれを完全に解明するには至っていない。ワープゲートがひとつしかない星系もあれば、最大では十個が存在する星系も存在した。三個以上が存在する星系は貴重で、発見すれば占有し、ほかの勢力を排除しようとする。

海兵隊の基礎訓練ではその教科の多さに驚かされたが、士官学校と比べたら何ということはなかった。上層部の考えでは、士官たる者、使い道もはっきりしない知識を頭いっぱいに詰めこんでいなくてはならないらしい。とにかく、方向性はそういうことだ。数学、科学、工学、それにもちろん戦術論もだ。多くは退屈だが比較的簡単で、そう必死にならなくてもなんとかなった。いちばん楽しいのは歴史だった。しかも時間が長い。それは本物の歴史で、地球の学校で教えている、都合よく改変された物語ではなかった。

今の世界は統一戦争の産物だ。これは八十年間続いた一連の悲惨な戦闘の総称で、結果として、有名な八大勢力が地球を分割した。直接の原因は金だが、長い戦乱のうちに多くの記録が失われ、今では大部分を推測するしかない。

二十一世紀なかばまでに、二十世紀の成長の原動力だった西側の民主制は急速に衰退した。汚職と行政の肥大化、とんでもない経営ミスによる倒産、また、過去の経済的ダイナミズムを結局取り戻せなかったことなどが重なり、西側諸国は破滅の淵に瀕していた。

発展途上国は急成長を遂げたものの、それは主に安価な労働力に頼ったもので、繁栄は幻想だということがはっきりした。政府の介入、粉飾された報告、経済的柔軟性の欠如などが原因で成長は鈍化し、やがて世界経済が崩壊しはじめると、一国また一国と、混乱と革命の渦に呑まれていった。

政情不安はアジアとラテン・アメリカばかりか、ヨーロッパにも及んだ。だが、戦争が始まったのは中東だった。莫大な埋蔵量を誇る化石燃料によって富と権力を手にした中東は、二〇四八年の商用核融合の実現により、混乱に陥った。十年もしないうちに原油需要は七十五パーセントも落ちこみ、一バレル当たりの価格も、最高時の五百ドルから、わずか三十ドルにまで下落した。

一世紀のあいだに原油が生み出した富のうち、生産的な分野に投資された額は驚くほど少なかった。数年のうちに大規模な飢餓、暴動、叛乱が中東全体に広がった。不安から暴動が起き、それが叛乱に拡大したのだ。独裁政権が権力の座に固執したため、飢えた市民がバリケードに殺到し、十数ヵ所でほぼ同時に戦闘が起きた。

もはや効果的な支援ができるほど裕福でも、世界に自分たちの意志を押しつけられるほど強大でもなくなっていた西側諸国は、不安の広がりを抑えることができず、叛乱は全世界に波及した。テロが全世界に蔓延し、ついには核爆発テロも何度か起きて、数百万人が殺された。

叛乱に直面したとき、不安定な政府は暴力的弾圧に頼った。まだしも安定していた国々は国内治安の強化を進め、事実上、市民生活をあらゆる細部まで規制するようになった。かつて存在した民主制は、地球の表面から一掃された。形骸だけはまだ残っているが、小さな政府という理念は、怯えた民衆の要望の前にやすやすと打ち捨てられた。人々は嬉々として自由を手放し、治安の維持というあてにならない約束に飛びついたのだ。

二〇六二年、第一次統一戦争が勃発した。人類文明揺籃の地、メソポタミア盆地にほど近い場所で始まった戦闘は、その後四分の三世紀にわたり、地球上のあらゆる場所に拡散した。八十年近く経ってようやく戦火が収まったとき、全人口の七十五パーセントが失われ、地球上に残った国家は八つだけだった。これらは〝列強〟と呼ばれる。

その列強も財政は破綻し、国民は疲弊し、国土は荒廃していた。経済は崩壊し、軍隊は壊滅状態だ。結局、戦争を継続する資源さえなくなって、パリ条約が締結され、戦闘は終結した。地球上では。

地上での戦闘行為の禁止を定めた条約に抵触することを恐れて、消耗した列強は、その競合関係を宇宙に持ち出した。地球は疲弊し、資源も枯渇し、核戦争で傷ついていた。ワープゲートの発見で探検すべき宇宙が大きく広がった今、遠い惑星や小惑星から得られる富が、なんとしても必要だった。

無限の宇宙を前に、列強は最初のうち、平和的に探検を進めた。全員が同居できるだけの、じゅうぶんな広さがあると信じて。だが、恒星間航行を可能にしたワープゲートも、決して制限がないわけではなかった。到達できる星系に戦略上の価値の高低があることもはっきりしてきた。星系の位置と、ゲートがどこに続いているかによる差異が存在する。関門が築かれ、しばらくすると列強はふたたび戦争を開始した。今度は宇宙で。

パリ条約は誠実に遵守された。今度地球で戦争が起きたら人類はおしまいだと、どの国も認識していたのだ。宇宙の軍隊は目がくらむほど費用がかかり、地上の世界戦争で動員される軍団に比べたら、比較的小規模だった。戦闘そのものはそれまでと同じく暴力的で、血まみれで、死体だらけだが、戦場はあまり人の住んでいない辺境世界で、数百万の人口を有する都市ではない。

いま戦っているのは第三次辺境戦争で、人類が進出した宙域すべてが戦火に包まれている。名前のついた、宣戦布告をともなう大きな戦争のあいだには、いくつもの小競り合いがあった。ただ、それらは一般に散発的で、総力戦にはならない。第二次辺境戦争は十五年続き、完全な決着はつかなかったものの、西側連合とその同盟国がぎりぎりで勝利した。その後の小競り合いで形勢はやや変化し、こちらは劣勢に立たされがちになった。第三次辺境戦争に移行して最初の数年間は、その勢いがさらに加速した。

現在、西側連合は、最大の入植世界帝国の座をカリフ国と争っている状況だ。中央アジア合同体《CAC》が僅差の三位、環太平洋共同体《PRC》がかなり離れて四位につけている。

カリフ国とＣＡＣはたいてい同盟しておれたちに対抗するので、連合はいつも手いっぱいで、つねにほかの列強と手を結ぶよう努力している。だが、ＰＲＣと手を組んでも数では圧倒されるし、連合のワープゲート・ネットワークは無防備で、攻撃に弱かった。

それ以外の列強は宇宙では影響力が小さかったが、いくつかの入植地はネットワークで結ばれていた。同盟関係は目的や都合に応じてしばしば変化した。ロシア＝インド連盟は宇宙では弱小で、たいてい連合と手を組む。中欧同盟と欧州連邦はたがいにいがみ合っていて、目的に応じてより強い相手と同盟していた。どちらかと手を結べばもう一方と戦争になるので、だいたいにおいて損にも得にもならない。

南米帝国は小さな入植地の集まりだが、ばらばらに分散していて、防衛能力が高い。帝国は大きな戦争でほかと手を組むことがめったになく、たいてい日和見的な中立を選んだ。軍隊はほかの列強の傭兵となることが多く、時期をずらして——ときには同時期にさえ——別々の陣営に属して戦った。

地球上の列強は八つだが、宇宙には第九の列強が存在した。火星連盟は赤い惑星に入植した人々が、統一戦争の末期、地球の本国と絶縁して創設した、入植地のゆるやかな連合体だ。太陽系内の先進入植地を束ねる最大のグループで、星間入植地もいくつか加盟している。人口ではほかの列強に遠く及ばないものの、火星連盟は最高の先進テクノロジーを有し、その軍隊は、規模こそ小さいが練度は高く、装備も優秀だった。基本的には中立だが、機会があれば喜んで同盟者に迎えたい存在だった。

地球の各国政府はどこも多かれ少なかれ独裁的で、本当に共和政体といえるのは火星連盟だけだった。連合の加盟国——米国、英国、オセアニア、拡大カナダ——も、対外的には共和制を謳《うた》っているが、実際にはひと握りの政治家階級が牛耳《ぎゅうじ》る寡占政体だ。官僚は政治家養成学校出身者で固められ、採用の可否は政治家に握られていて、ほぼ世襲制と変わらない。たまに部外者が上流階級まで登っていくこともあるが、そのためにはすでに権力の座にある者の庇護が不可欠だった。

中流階級はほとんどが技術を持った専門職で、きびしいながらもそれなりに快適な生活を送っている。おれの両親がそうだったように。問題を起こす者はほとんどいない。今の地位を失い、下層階級に転落するのを恐れているからだ。これまた、おれの両親がそうだったように。ある意味うまくいっているシステムで、革新性や創造性や自由といったものは死んだかもしれないが、少なくとも文明は生き延びている。死にかけではあっても。

多くの人々は、最悪の犯罪から保護された狭いアパートメントと、適当な食糧配給と安い娯楽があれば、それでじゅうぶんなのだ。それ以上を求める者には宇宙がある。自由を求める者、創造や建造に魅力を感じる者を、列強の入植地はつねに求めていた。新世界は地球の優秀な人々を引きつけ、まだ歩きだしたばかりのその社会は、故国の政府よりもずっと民主的だった。もちろん、入植地は列強各国の一部であり、本国の保護と支援に頼っている。だが、必須の資源が地球に流れこむかぎり、現地政府はかなりの好き勝手が許された。

おれたち軍人のほとんどは、地球社会から見れば棄民のようなものだった。海兵隊は独立して精力的に新兵を勧誘しているが、本流の世界ではあまり成功していなかった。海兵隊員は昔の軍隊の兵士のような、意志のない密集したロボットの群れではない。現代の兵士はいちばん近い戦友から二十メートル離れて、司令部から二十光年離れて戦う。必然的に、創意工夫と指導力を発揮するしかないのだ。

地球の市民としての善良で行儀のいい特質や行動パターンは、宇宙の兵士にとっては邪魔にしかならない。おれの同僚たちはほとんどがどぶで拾われたり、おれのように処刑寸前のところを助けられたりした連中だ。このシステムはうまくいっている。地球の確立された秩序の中では問題にしかならない連中を排除すると、都合のいいことに、そういう連中こそいい兵士になり、後にはいい入植者になるのだから。

ギャングの一員として下層民を脅していたとき、おれは政府を敵だと思っていた。ギャングを狩り出し、捕まえて処刑している連中だ。ギャングが基本的には政府に利用されているとわかったのは、士官学校に入ってからだった。

確かに筋は通る。ギャングは間違いなく、あの社会システムに組みこまれていた。下層階級は徹底的に虐げられ、叛乱など起こす気力はなかった。保護区の外に作り出された郊外の地獄があるから、教育を受けた労働者はそこに追放されることを恐れ、一線を踏み越えようとしない。

振り返って考えれば、それは明らかだった。政府がその気になれば、いつでもギャングを根絶やしにできたはずだ。下層民だろうがギャングだろうが、ほかの市民と同じく、全員が脊椎GPSを埋めこまれているのだから、位置の特定は簡単だ。ギャングの武装は下層労働者を脅すのがせいぜいで、装甲歩兵の一個中隊もあれば、一人も負傷することなくブロンクス全域を制圧できるだろう。

そこで生じる疑問が、軍事心理学の座学で提示された。なぜ海兵隊は、システムが腐敗していることをおれたちに正直に話すのか？　派生する疑問もある――どんな体制のために戦っているのかを知ったあと、何のために戦うのか？　そんな醜悪なもののために、どうして命がけで揚陸機に乗りこむのか？

その学期のほとんどの時間、おれたちはさまざまな答えをめぐって議論したが、最後には理解できたような気がする。海兵隊が正直である理由はいくつかあった。第一に、おれたち全員、地球では不適合者の烙印を押されるが、海兵隊に入隊できるような連中の知性は、全人口の中でもトップクラスにある。プロパガンダに騙されてシステムを盲信するようなやつは少ないのだ。いずれ自力で、少なくとも部分的には推測してしまうことなら、最初から教えてしまえばいい。

だが、それ以上の意味もあった。すべてを教える本当の理由は、第二の疑問、〝なぜ戦うのか？〟の答えを自力で考え出させるためだ。もちろん、地球での議論に与《くみ》することもできる。システムにどんな欠陥があろうとも、人類を絶滅から救っているという考え方だ。それなりに快適な生活を守るため、線から踏み出さないようにしているエンジニアや役人は、それでもいいだろう。だが、おれたちのほとんどはシステムに踏みつけにされる側で、人類の絶滅なんてどうでもいいという条件を強いられていた。

では、なぜ戦うのか？　その答えは全員が、隣に固定されている男女の手に自分の命を預けて、はじめて宇宙船から射出されたときに気づいているはずだ。おれたちはたがいのために戦う。これが答えの一部であることは間違いないが、全部ではない。戦うと決意するとき、それは戦友たちのためだ。泥と、血と、苦難をともにした者たち。兄弟姉妹が戦うなら、おれも戦う。そこに疑問はない……〝もし〟も、〝でも〟も、〝ただし〟も。

だが、これはおれの個人的な答えだ。そう、戦友たちが戦うならおれも戦うが、ほかのみんなはどうなんだ？　政治家に今の権力や特権を維持させるためではない。当たり前だ。母国のシステムは欠陥だらけだが、独裁政権や恐怖政治よりはましだ、という議論はありえるだろう。だが、それもおれたちにとっての答えではない。おれたちの多くにとっては、故国こそがそういう悪夢の場所なのだ。

おれたちは入植者のために戦う。彼らは勇敢で大胆で、守られる価値のある人々、未来そのものだ。彼らが作り上げた社会は、まだ小さく、苦闘しているものの、地球の屑よりもずっと優れている。そこにはもっといいシステムができる希望があった……守るために戦う価値のある社会ができる希望が。

結局、入植者もまたおれたちなのだ。退役した軍人の九十七パーセントは入植世界に定住することを選ぶ。実際、短期の訪問も含めて、地球に戻る者は三分の一もいなかった。

ほとんどの世界で、現地の民兵は退役してそこに定住した元軍人だった。これは政府の初期の方針で、入植世界の防衛に軍隊経験のある入植者が不可欠だったころの名残だが、全当事者にとって都合がいいので、そのまま続いている。

おれもそうだが、政府のせいで家族が崩壊し、石ころだらけの街路を這いまわるような子供時代を過ごし、生き延びるためにネズミまで食ってきた者たちは、故国の政治指導者を憎悪している。だが、軍事心理学とモチベーション研究の座学で、おれは自分にも故郷があり、それはそのために戦う価値のあるものだということを知った。

おれがあとにしてきた汚物のことじゃない。地球という汚れた肉体から生まれた、まだ芽吹いたばかりの、だが将来を期待できる、弱々しい幼児のことだ。おれがはじめて攻撃に参加した〈カーソンの世界〉の鉱夫たちは勇敢に装甲歩兵に立ち向かい、おれたちが到着するまで敵を足止めした。コロンビアの住民たちは塹壕を掘り、防御を固め、ありったけの武器を手にして、おれたちといっしょに自分の惑星を守るため戦った。今は放射能で立ち入れなくなった場所を避けながら、傷だらけの惑星に快適な共同体を再建しようとしている。

士官学校での訓練は、おれが予想したものとはまるで違っていた。魂を探るような哲学には驚いたが、最終的には、そのすべての背後にある理由が理解できたと思う。

一兵卒なら、勇猛果敢に戦う以外のことは考えなくていい。伍長や軍曹は自分の命令しだいで部下を死なせることにもなるが、基本的には同じ戦場で戦うので、その運命は部下といっしょだ。

一方、士官はさらに大人数の部隊を、はるかに離れた場所から指揮することになる。軍曹が命令を受けて分隊を率い、決死の攻撃をかける場合、士官は遠く安全な場所から、死地に向かって突撃するよう命令しなくてはならない。

いい士官は自分の部隊を愛し気づかいながら、必要があればほとんど帰還する者のいない、あるいは一人の帰還さえ望めない命令を下す。そうしながらも集中力を切らすことなく、ほかの戦闘にもつねに気を配らなくてはならない。全員が無事に艦に帰還するまで、苦悩と罪悪感と自己嫌悪が続く。なんのために戦っているのかという明確な意識がなかったら、部下を死地に投入することなどできない。

もちろん、戦略や戦術の訓練もたっぷりあった。それに軍事史だ。軍事史には長い時間が充てられた。ポエニ戦争の全会戦の戦術を学び、ナポレオンの戦い方を考察し、第二次辺境戦争における密集隊形での分隊展開を分析した。ブロンクスの暗黒地帯のドブネズミだったおれが、グスタフ・アドルフの集中砲撃について学んでいると思うと、頭がくらくらした。

座学でのおれの成績は優秀で、試験はすべてトップだった。だが、それは教育課程の一部だけで、ほかに肉体訓練もある。おれは基礎訓練がきびしかったと思っていたが、それは当時、士官候補生がどれほど苛酷な訓練を課されるか、まったくわかっていなかっただけだった。おれたちは走り、登り、泳いだ。行軍演習では耐久力の限界まで自分を追いこみ、暑さ、寒さ、空腹、疲労、すべての極限を体験した。海兵隊士官は部下にさせようとすることを、まずみずから手本となって見せるのだ。

アカデミーは息を呑むほど美しい、ウォルフ359星系第三惑星アルカディアにあった。この世界には大きな二つの大洋があり、そこに六個の大きな島が点在している。温暖な地域の陸地はほとんどが森林に覆われていた。木は地球の松によく似ているが、高さが百メートルほどにもなる。風の強い岩がちの海岸沿いに、風景に完全に溶けこんだ入植地がいくつかあった。

士官学校の立地は西海に突き出した小さな半島の上で、同じくアルカディアと呼ばれる首都から百キロほどの距離にあった。建物は近代的で設備も充実しているが、古い建物に似せて設計されていた。外側はほとんどが灰色の自然石に覆われ、建物同士はきれいに手入れされた庭園や木立のあいだを縫う石敷きの通路でつながれている。

敷地の西端は高さ二十メートルほどの、白波の砕ける断崖だった。司令官のオフィスほかいくつかの建物が、息を呑むほど美しい海に面した崖沿いに並んでいる。

この牧歌的な演習場ではとりわけ長い時間を過ごしたが、惑星のほかの部分もじゅうぶんに体験した。とりわけ、通常は人が訪れない、荒々しい辺境を。北極圏の荒地での訓練では氷河の上で模擬戦をおこない、スキャナーなしで、視界二メートル以下のブリザードの中で戦った。赤道直下では太陽に灼かれながら間に合わせの要塞を建設し、工兵隊の仕事にも注意を払っていることを示した。

コンピューターを使った戦争ゲームのシミュレーションもいやになるほどやったが、屋外で実際の部隊を動かす訓練もあった。兵士は正規軍に扮した地元の民兵たちだ。おれはアキレスとコロンビアの戦闘に参加していて、ほかのほとんどの候補生よりも戦場で部隊を指揮した経験が豊富だった。アキレスとコロンビアはそれまでのどの戦闘よりも死傷者数が多く、どちらが上かわからないレベルで一、二を争っていた。そこでは上官が次々と戦死し、おれは指揮系統の階梯《かいてい》を急すぎる勢いで押し上げられた。

低出力の訓練用レーザーと仮想爆発半径による戦闘は、あれに比べたら湖畔のピクニックだ。おれは指揮官として六対〇の戦績を積み上げていった。同時に仮想死傷者も最小限にとどめて大いに満足したが、胸の痛みも覚えた。シミュレーションではない戦闘では、おれの部下の死傷者はそれほど少なくなかった。おれが現実に指揮した隊員の多くは、二度と戻ってこない……闇の中でおれの意識を刺激する幽霊たちは別だが。

ゲームは訓練としては有益だと思うが、どの程度有益かというと、あまり確信は持てない。訓練用レーザーで撃たれるのも電磁ライフルで撃たれるのも同じだし、戦闘コンピューターは模擬手榴弾の爆発半径を正確に計算するが、戦場の緊張感と恐怖とストレスは、シミュレーションには決して反映されない。はじめての攻撃で《ガダルカナル》から射出されたときは死ぬほど震え上がったし、自分の身の心配しかできなかった。奇妙なことに、あの恐怖がおれを集中させ、よりよい兵士にしてくれたように感じる。

だが、そのあと自分が部隊を率いたときのストレスは桁が二つくらい違った。心を研ぎ澄まして決断することが決定的に重要だが、内心では自分の決断をすべて疑い、あらゆる命令を再考していた。小隊の四十九人の男女の運命が自分の判断にかかっているなどという状況を、士官はどうやって切り抜けているのか？　おれの部隊は全員の練度が高く、いきなり敵が目の前に出現しても、どう対応すればいいのかわかっていた。だが、状況がコントロール不能になり、戦闘計画が破綻《はたん》しはじめると、部下たちは士官のほうを見る。士官なら答えを知っているはずという期待をこめて。おれもそうだったから、よくわかる。おれの部隊を指揮していた士官はみんな答えを知っていて、戦闘を切り抜けさせてくれた。自分の番になったとき、同じようにうまくやれるという自信はなかった。

おれは数人のすばらしい士官の下で戦ってきた。周囲でなにが起きようとも、彼らはつねに沈着冷静だった。あの人たちも今のおれのように、内心では疑念と戦っていたのだろうか？　もちろんそうだと、おれにもようやくわかりはじめた。最初の降下のとき、おれは震え上がっていたが、それでも仕事をこなした。そうするように訓練されていたからだ。士官たちもそれぞれに恐怖や疑念を抱え、それでも歩兵のおれと同じように、自分たちの仕事をこなしたのだ。そうするように訓練されていたから。その訓練を、今おれが受けているところだ。

新しい装甲服の試着と、それを使うためのきびしい訓練プログラムもあった。そう、おれたちは何年も装甲服で戦ってきたが、士官用のは仕様が異なっていた。入出力されるデータの量がまるで違うのだ。その量は圧倒的で、たっぷり訓練を積まないと効率的に使いこなせない。

データの優先順位を決め、装甲服の司令AIと協調させる。司令AIは兵士用装甲服のAIよりもはるかに精巧だった。おれたちは何時間も、何日も、何週間もかけて司令ネットのプロトコルを体験し、通達すべき命令やデータをどうやって通達するかを学習した。艦載戦闘コンピューターとの協調、軌道爆撃の要請手順、脱出手順、核戦場管理、従軍規則……すべてを叩きこまれた。

それも非常に圧縮されたスケジュールで。今は戦争中で、しかも悪いことに、こちらが負けかけているというか、少なくともかなり押されぎみで、多数の死傷者を出していた。士官が必要だったのだ。今すぐに。本来は三年かけるはずの訓練プログラムを、おれたちは十六カ月ですべてこなさなくてはならなかった。そのあらゆる段階で、司令官から鞭が入った。

おれが士官学校に在籍した時期の司令官はオリヴァー・カーステアズ大将だった。第一次辺境戦争に従軍した老兵で、当時すでに百十歳を超えており、戦術のことはほとんど忘れていた。生徒のほうがよく知っていたくらいだ。司令官は老齢だったが、海兵隊員であり、若返り処置と生来の頑固さで、障害コースなどではけっこういいタイムを出していた。戦場で鍛えられた二十代の候補生にはついてこられないだろうが、演習場で民間人に引けを取ることはまずなかったろう。人類が宇宙で戦った戦闘を、七十五年にわたって見てきた男だ。

おれは士官学校で、なぜ海兵隊にはあれほどの資質を持った男女がたくさんいるのだろうと、長いこと考えつづけた。軍には愚かさがつきものだ。アキレス作戦はその好例だろう。そこに怠惰や腐敗や臆病さがあったのは間違いない。だが、多くはなかった。

士官学校を卒業するまでのあいだ、疲弊し腐敗した故国に対して、なぜ海兵隊は有能で信頼できるのかと、何度も不思議に思ったものだった。もちろん海兵隊は、盛りを過ぎて衰えるばかりの列強のひとつに属する軍隊だ。だが、その一方、活力にあふれる新たな国家の軍隊でもあった。星々のあいだに基盤を置き、おれたちがずっと強い親近感を抱く国家の。

最初の攻撃から戻ったとき、おれは居場所を見つけたと思った。武器を取って兄弟姉妹たちのために戦うことを学んだときのことだ。士官学校では誇りを見出し……自分自身のために戦うことを学んだ。

士官訓練を受けた数カ月はおれに奇蹟を起こし、おれはかつてないほど自信に満ちて、自分を有能だと感じた。戦況のほうもうまく転がっていた。コロンビアはなんとか確保したものの——その過程で惑星はほぼ壊滅したが——おれが士官候補生の灰色の制服に身を包むまで、戦いは酸鼻を極めた。

連合はほぼ単独でカリフ国とCACに対抗していた。ロシア＝インド連盟のわずかな支援はあったが、数に勝る敵に圧倒されていた。だが、おれが退院して士官学校に入学した二、三カ月後、海軍がヴェガ＝アルゴル・ワープゲートで大勝利を収めた。CACの戦線の三分の二が崩壊し、残りも防衛線まで押し戻された。この戦勝は東京の外交官を大いに力づけたはずだ。何しろその数週間後、PRCが連合の陣営に加わり、ぼろぼろだった連合軍は、新たな同盟者を歓喜して迎えた。

敵はこっちと同じ過ちを犯してくれた。コロンビアのような世界をいくつか攻撃し、勢いを失っていったのだ。死傷者が蓄積して進軍速度が落ち、這うような動きになった。そのあいだにPRCは兵士を動員し、疲弊した戦線を強化した。

おれが青い礼装軍服で卒業式を迎えるころには、限定的ながら攻勢に出ることも可能になっていた。兵員は補充され、将校団にはおれたち百八十名が新任少尉として加わった。

六カ月後には圧縮された訓練期間を終えた基幹人員がさらに追加される。

五年間の戦争による損耗は激しく、おれたちのほとんどは新兵を主体にした部隊を指揮することになる。おれのはじめての戦闘との大きな違いだ。あのときはおれが分隊唯一の新兵で、射撃班の班長は古参兵を教育係につける余裕があった。おれの場合、指揮する小隊の各分隊に一、二名の古参兵を配置できれば幸運なほうだろう。分隊長は古参兵に任せるとしても、分隊長として降下するのははじめてに違いない。新兵全員に目を配り、隊列を維持するのはひと苦労だろう。

この現実を前提に、自分の小隊をどうまとめるかをあれこれ考えた。アキレスのときもコロンビアでも、おれの小隊はいい働きをしてくれたが、新たな部隊の指揮はまったく違ったものになるはずだ。ジャックスのような古参がいれば作戦の実行に大きな助けになるが、新小隊にそんなやつがいるとは考えにくかった。

ジャックス自身、別の任務に就いている。やつはおおむね無傷でコロンビアから生還し、おれが新しい脚を生やしているあいだに士官学校に入った。おれより六カ月早く卒業し、おれが支給された装備品を使いはじめるため磨いているころには、どこかで自分の小隊を率いていた。

おれはなんの落ち度もないままジャックスに追い抜かれ、やつはおれより先に任務に就いた。兵士にとって、敵の弾に当たらないという才能よりも役に立つものはまずない。おれはずっとその才能に恵まれていたが、コロンビアでなくしてしまったようだ。

自分が驚いて飛び上がることになるとは、考えもしなかった。それもまったく予期しない形で。司令官にディナーに招待されただけで、じゅうぶんに驚きだった。話を聞いたときには、ブランディを噴き出しそうになった。おれは首席で卒業し、二つの勲章を授与されていた——アキレスとコロンビアで。

それだけではない。おれは少尉にはならなかった。士官学校での成績と戦場での指揮経験に鑑《かんが》み、いきなり大尉に任じられたのだ。おれが最初に指揮する小隊は、小隊ではなかった。昔いた中隊を指揮することになったのだ。知った顔が多いわけではなかったが、それでも、おれは居場所に帰ってきた。

8

グリーゼ250星系
デルタ＝オメガ機動部隊
AS《ベアクロウ》艦内

「静かにしろ、ヘクター……考えているところだ」

　自分の装甲服のAIに名前をつけるなんて、と思いはしたが、みんながすすめるので、つけることにした。本来の名称であるPNOV3168と呼ぶよりはましだということもあった。アキレス作戦を生き延びたおれが、アキレスに殺されたトロイ戦争の英雄ヘクトルの名前をAIにつけた理由は、たぶんご想像のとおりだ。

「正しい判断を下すのに必要な情報を提供しようとしているだけです」

　予想どおりの返答だった。ヘクターの声はとても物静かで、わずかにかすれている。セラピストを連想させる声だった。これにはなかなか慣れなかった。兵士用AIの音声はもっと機械的で、こんなにおしゃべりでもない。

士官用の新型ＡＩは最先端の疑似感覚コンピューターで、設計者はそこに穏やかで人間的な声を組み合わせ、能動的な人格を付与することで、戦場での士官のストレスが軽減できると考えた。おれは一般的な士官の心理について何か言える立場ではないが、このＡＩには腹が立った。しかも、しゃべりすぎだ。

「ヘクター、黙ってろ！　必要があればこっちから尋ねる！」

機械が人を侮蔑したりできるものだろうか？　おれの気のせいなのか？

卒業式はすばらしかった。おれが首席で、二つの勲章を授与されたからというだけではない。特別なサプライズがあったのだ。セーラ先生が出席していた。どうやったのかは知らない。士官学校にいるあいだも折に触れて連絡は取っていたが、宇宙での戦争は、個人的な連絡を取り合うにはあまり向いていない。

さらにすばらしいことに、彼女は三日間の休暇を取っていた。おれには二週間の休暇があったから、担当医と患者という関係を離れて、しばらくいっしょに過ごすことができた。実に楽しかったが、三日などあっという間に過ぎ、別れはつらかった。戦況はまだ好転したとは言えず、おれは肉挽き器の中に戻っていかなくてはならない。二度と会えない可能性も低くはなく、二人ともそのことはじゅうぶん承知していた。だが、おれたちには義務があり、それに応じないわけにはいかなかった。

こうしておれは戦場に戻り、仕事で手いっぱいになった。中隊の指揮は大事業だった。それまでおれは絶望的な状況で、二ダースほどの部隊を指揮したことがあるだけだった。今自分が指揮している部隊の規模は、ほとんど理解を絶していた。部隊数は百四十、重火器分遣隊ひとつと、核弾頭貯蔵庫まで含まれている。統一戦争時代の軍司令官が指揮していたほどの戦力だ。おれの下には四人の士官がいて、いずれもおれと同じ、士官学校を出たばかりの新人だった。

百名を超える中隊の男女が、次の作戦がはじめてか二回めだった。分隊長にはどうにかすべて経験者を任命できたが、ひとつだけはっきりしていることがあった。おれの部隊は新米中隊だ。全員、しっかりと訓練は受けているが、訓練と経験は別物だった。事態が予定からはずれはじめたとき、全員をまとめるのは古参兵たちだ。アキレス作戦でも、惑星コロンビアでも、おれはそういう場面を見てきた。今回は、本当に危機的な状況になったとき、全員をまとめ上げるだけの老練な兵士がどれだけいるか、心許なかった。

任務にも不安があった。惑星に直接乗りこむ揚陸戦がよかったのだが、今回はそうではなかった。グリーゼ250星系に新たに発見されたワープゲートを通過し、主星の反対側にまわりこむという作戦だ。グリーゼ250は二重星系で、惑星は二つのガス状巨星があるだけだった。星系の価値はその位置と、そこに集まった重力特異点、いわゆるワープゲートにあった。この星系はカリフ国の主要関門のひとつで、六つ（今は七つ）のワープゲートが集まっている。四つはカリフ国の支配星系に、二つはほとんど探査されていない辺境に通じており、新たに発見された七つめのゲートは、連合の主要外宇宙基地がある、へびつかい座12番星系に通じていた。

星系内に入植できる惑星がないため、カリフ国は巨大宇宙ステーションを建設し、燃料補給と乗り換えのための施設として運用していた。星系内人口が存在せず、岩石惑星さえひとつもない場所であれだけの規模の施設を建設するのに、いったいどれだけの費用が必要だったことか。だが、グリーゼ250はカリフ国にとって大切な交通の要衝で、宇宙船の行き来を整理する施設はどうしても必要だったのだろう。

この星系はカリフ国の版図の奥深くにあると敵は信じていたから、ステーションの防御は手薄だった。へびつかい座12番星系の西側連合の深部探測隊は即座に戦略星図を再描画し、カリフ国中枢部に直結する近道が見つかった。敵がこの新しいワープゲートの存在に気づいたら、カリフ国のほうもグリーゼ250からへびつかい座12へ、さらにその先の連合の星系へと侵攻できることになる。だが、こちらだけが知っているかぎり、それは安全だと思っている敵の背後に忍び寄る裏道だった。

戦況は膠着状態で、どちらの陣営も傷口を舐めながら、失った艦船や兵員を早く補充しようと躍起になっている。そこにこうして、大がかりな奇襲をかけるチャンスが訪れた。うまくいけば、敵は防戦一方になるだろう。その第一歩は――ステーションの占拠だ。

ステーションは無傷で手に入れたいので、ただ単に戦闘群を送りこみ、破壊してしまうわけにはいかなかった。作戦はまず敵の防御陣をピンポイント爆撃で壊滅させ、内部に突入するというものだった。おれの中隊は海軍特殊部隊《SEALs》二チームの支援で、突入とドッキング・ポータルの確保はＳＥＡＬｓがおこなう。そのあとおれの部下たちがステーション内になだれこみ、各階層を順次制圧するという手順だった。

情報部はステーションの仕様と能力について、かなり詳しい分析を提供してきた。形状は長さ十キロ、直径二キロのホワイトメタル製の円筒で、中心軸に沿ってゆっくりと回転し、外側区画に人工重力を発生させている。外殻表面は滑らかだが、そこから細長い突起がいくつも伸びている——宇宙船のドッキング用チューブだ。少なくとも二十隻が同時に停泊できるが、観測時には貨物船が三隻いるだけで、戦闘艦は見あたらなかった。

ステーションは外側のガス状巨星を周回している。木星の倍のサイズの大型惑星で、この惑星の反対側から接近し、発見を遅らせる。出現するのは既知のワープ・ポイントから見て星系の反対側に当たる位置で、監視センサー網も存在しなかった。こちらの艦隊は巨大惑星の電磁場に隠れて周回軌道に乗り、最初の攻撃でステーションのセンサーとバッテリーを破壊する。

こちらの艦隊は四隻——重巡洋艦二隻と、高速攻撃艦二隻だ。この四隻がステーションを盲目にし、武器を破壊したら、重巡洋艦《ワシントン》と《シカゴ》は、敵艦が星系内に向かってきた場合に備えて防御態勢を取る。あとはおれたちの出番だ。《ベアクロウ》は二隻の攻撃用シャトルにSEALsを乗せて送り出し、おれたちの半数は別の二隻のシャトルで待機する。残りの半数は完全装備で、《ウルヴァリン》の四隻のシャトルのうち二隻に乗りこむ。《ウルヴァリン》には予備の別中隊もいて、占領したステーションにあとから送りこまれ、守備隊として駐留する予定だ。

おれは攻撃用シャトルの中に固定されていたが、装甲服は作動しており、おれのAIは艦の戦闘コンピューターと接続しているので、攻撃を開始するSEALsの様子はすべてわかった。シャトルが標的から数百メートルのところに浮遊すると、ベイが開き、SEALsが宇宙空間に飛び出した。宇宙から侵攻する訓練を積んでいるのだ。やつらはおれが見た中で最高にいかれた連中だった。

SEALsの装甲服はおれたちのより大きくてかさばる。宇宙空間を動きまわれるよう、推進器がついているからだ。おれはヘクターにいって、ステーションに接近するチームの動きを表示させた。最初の一人が推進器を操作し、ぶつかることなくステーションの外殻に降り立った。おれはそのコントロールの細やかさに感動を覚えた。一人また一人と、静かにステーション表面に着地し、作業に取りかかる。

第一チームの任務は、ステーションの外殻に正確に侵入用の穴をあけ、そこを防衛することだった。第二チームはその穴に携帯用ドッキング・リングを取りつけ、シャトルが接舷できるようにする。そこからステーション内に侵入したおれたちが、各階層を順次制圧するわけだ。

SEALsは迅速かつ自信に満ちて作業を進め、五分もすると爆薬をセットし終えて、コンピューターが外殻上の安全地帯だと主張する（おれは疑わしいと思っている）場所に帰還した。三十秒後、《ベアクロウ》のコンピューターが爆薬に連続点火し、直径四メートルほどの、ほぼ円形のきれいな穴をあけた。すぐさまSEALsがその縁を越え、内部になだれこむ。

第二チームもステーションに接近し、ほぼ位置についていた。六名がドッキング・リングを保持して、手際よく外殻の穴にはめこむ。この作業は最初の侵入よりもやや時間がかかり、おれたちが乗ったシャトルに接近命令が出たのは、約十五分後だった。

内部に突入したSEALsは、しばらく抵抗に遭わなかった。突入口付近が真空状態になったため、ステーションの守備要員は宇宙服を装着しなくてはならない。敵が隊列を整え、反撃を開始したときには、すでに最初のシャトルが到着している。SEALsは十分かそこら突入口を確保していればよかった。

数では劣るものの、突入チームは練度も高く装備も優秀で、二度の攻撃をやすやすと、わずかな損害で撃退した。三度めの攻撃の前に海兵隊がなだれこみ、こちらから攻撃を仕掛けて、突入口を脅かしていた敵守備隊を一掃した。

最初のシャトルは真空状態で接舷したが、ドッキング・リングを取りつけて密閉したあと、内部は再与圧してあった。第二波はもっとずっと整然と乗りこみ、おれは部下に、前進してステーションを制圧しろと命じた。

今いる場所は倉庫区画らしく、広い空間からステーションの主通廊と思われるものが何本か伸びている。突入したのはステーションの〝頂上〟、低重力の軸に近い位置だ。事前情報は完璧にはほど遠く、侵攻ルートは現場の判断に任された。おれは保守点検通路と思えるものに一隊を送りこみ、発電設備を発見して確保するよう命じた。位置はある程度まで推測できている。隊を任せたのはいちばん経験豊富な下級士官、フロスト少尉だった。アキレス作戦にも参加し、その後サンドヴァルでも戦っている。サンドヴァルはコロンビアに比べればましだったが、楽な戦いではなかった。

ＳＥＡＬｓはかさばる装甲のせいですばやく動けないので、侵入口の守備を任せ、予備部隊にまわした。気に入らない様子だったのは、後方待機だからか、おれから命令を受けるからか、あるいはその両方だろう。だが、彼らもプロで、今はおれの指揮下にいる。命令には従った。

おれは中隊の残りを率いて、表面に通じるメイン搬送チューブと思えるものを登っていった。チューブの入口は六十メートルほど上だったが、低重力下なので、あまり激しく天井にぶつからないように気をつけながら跳躍するだけでよかった。全員がハッチを通過するのに十分ほどかかった。二人ほど、勢い余って装甲服を損傷した者がいたが、問題になるほどではなかった。

ハッチをくぐると太いチューブが一本だけ伸びていた。通常はエレベーターが上下しているようだが、ほかにも金属製の梯子が二本ついている。エレベーターは止められているだろうと判断し、おれたちは二手に分かれて梯子を登りはじめた。五十メートルおきにホールとハッチがあり、ハッチの先はほかの倉庫や作業区画に続くらしい通路だった。途中、何度かメンテナンス用ロボットや作業員に出くわしたが、組織的な抵抗はなかった。

さらに登っていくと重力が大きくなってきたが、もちろん、装甲服なので困難はない。遠心力で生じる疑似重力は、ステーションの側面外殻に近づくほど強くなる。ここで手を滑らせたら落下して、仲間を何人か道連れにするだろう。おれは全員に三回――もしかすると四回――注意をうながした。ホールの間隔は短くなり、今では十メートルにひとつになっていた。中央データ・センターがあると思える階層に着いたとき、はじめて本格的な戦闘になった。

そのホールは比較的大きく、四つのハッチが並んでいた。それぞれの前に歩哨がいて、搬送チューブから出てきたおれたちに向かって銃撃してきた。歩哨が手にしていたのは軽エネルギー銃で、軽装甲の標的に対し、近距離では大きな威力を発揮する。海兵隊の装甲服に対しては、至近距離からの直撃以外、たいした脅威にはならないが。ただ、距離は確かに近かった。おれたちにとってはナイフで戦う距離だ。場所的にも不利だったので、おれは長々と銃火を交えるのを避け、四つのハッチすべてに向かって突撃を命じた。

「突撃して、敵の守備位置を奪取する。第一部隊は二隊に分かれ、奇数隊は北の、偶数隊は東のハッチに向かえ。第二部隊は同じく、奇数隊が南の、偶数隊が西のハッチだ。かかれ！」

東西南北の方位はもちろん仮のもので、戦闘コンピューターが自動的に割り振っている。その時点で、おれは片方の梯子に取りついた隊列の中央、搬送チューブを半分ほど下がったあたりにいた。訓練どおりだが、本心では早く梯子を登り終え、戦闘に参加したいと思っていた。ヘクターがヴァイザーに戦闘を図式で表示する。味方の青い点が次々と、ホールからハッチをくぐって通路に突進していた。赤い点――敵――はゆっくりと後退していく。

戦闘はすぐに終わった。おれの経験の中で、本物の白兵戦を見たのはこれがはじめてだった。通常、敵にこれほど肉薄することはないのだが、この狭い空間はいつもの戦場とは別物だった。ステーション守備隊は防弾着を着けていたが、装甲服の敵ではなかった。おれの部隊も近接戦闘用ブラスターを装備していた――電磁ライフルを使ったら、ステーション本体を破壊してしまう。目的は占領であって、瓦礫に変えることではなかった。パルスレーザー・ブラスターは強力な武器だが、大気中では威力が急激に減衰するので、近接戦闘にしか使えない。

こちらの武器は敵の防弾着に対して有効だが、敵の武器はこちらの装甲服にたいした被害を与えられない。銃火の中に突っこんでいっても、わずかな損傷を受けるだけだ。白兵戦になると、最後は分子ナイフでけりをつけた。これは銃剣のようなもので、使わないときは装甲服の腕の中に収納されている。使用時の長さは約三十センチ、刃の部分は分子一個分の薄さで、装甲服により強化された筋力とあいまって、ほとんどどんなものでも切断できる。場合によっては、このナイフさえ使うまでもなかった。強力な拳だけで、軽装甲の兵士はひとたまりもない。敵の死傷者の中には頭蓋骨を砕かれた者も何人かいた。

おれがホールに到達するころにはすべてが終わっていた。こちらの被害は負傷者三名、装甲服にダメージを受けた軽傷者二名、それに戦死者一名だった。不運な一発が装甲服の腋窩部を貫通したのだ。海兵隊の装甲服はどこも頑丈だが、関節部分は可動性を確保するため、どうしても防護が弱くなる。

おれは北通路を歩いて状況を確認し、血まみれの殺戮現場に遭遇した。ブラスターにやられた黒焦げの死体もいくつかあったが、いちばん使われていたのは分子ナイフで、その戦果はすさまじかった。切断された四肢、両断された、あるいはそれに近い状態の胴体、どの部分とも判然としない肉片などが、そこらじゅうに転がっている。壁からは文字どおり血が滴っていた。飛び散った血液が、プラスティスチールの滑らかな壁の上を伝い落ちている。通路をさらに進むと、少なくとも六体、逃げようとしてブラスターで撃たれた死体が倒れていた。ほかの通路も同じような状態で、とくにひどいのが南通路だった。死体の山ができていて、通過して先に進むため、それをホールまで引っ張り出さなくてはならないほどだった。

データ・センターに通じるのは南通路ではないかと推測していた。敵の数が多かったことも、それを裏づけていると思えた。データ・センターの確保はこの作戦の主目的だが、おれ自身にもそこの占拠を優先する独自の目的があった。

分隊をひとつホールに残して後衛に当たらせ、中隊の残りで南通路を進む。ゆっくりと、慎重に前進した。まるで市街戦だが、通路は街路よりも狭い。それぞれが部屋や別の通路に続くいくつものドアの前を通過する。部屋はすべてチェックする必要があった――背後に敵を残していく危険は冒せない。

威力の弱い爆弾を使って、できるだけ損傷を与えないようにドアを爆破していく。部屋はほとんどが無人だったが、技術者や作業員がいる場合もあった。戦争は非情で、おれたちに捕虜を取る余裕はなかったから、すべきことをしながら前進を続けた。

突然、前列で青いアーク電光が閃き、兵士の一人を文字どおりばらばらに引き裂いた。おれは応戦を命じたが、通路は三人が並んで立てるくらいの幅しかない。攻撃を集中するのは困難だった。十秒後、同じ青い電光がウェルズ伍長を直撃し、直径十センチのきれいな穴を胸に穿った。

「部屋の中に隠れろ！」おれは叫んだ。

制圧した通路の左右には六つの部屋が並んでいて、おれたちはばらばらに、あちこちの部屋に飛びこんだ。おれは最後まで通路に残り、まわりにいた全員に、いちばん近い部屋に入るよう指示した。青い閃光は十秒おきに発射され、部下をさらに一人倒し、近くの部屋に転がりこむ寸前の、おれの頭のそばをかすめた。

各室のドアに二人ずつ部下を割り当て、物陰から応射させる。敵も撃ってきたが、ほとんど効果はなかった。敵を二人倒し、こちらも部下の一人が腕を食われた。

まずい状況だった。このままでは釘づけだ。おれの計画は迅速な行動を前提にしているのに、ここで身動きが取れなくなっている。敵の武器は携帯用粒子加速砲だと思えた。たぶんステーションの発電設備から、直接エネルギーを補給している。ヘクターもこの分析を確認した。発射できるのは十秒に一回。通路を突進することもできるが、多大な犠牲者が出るだろう。近距離では、一発で二、三人を倒す威力がある。

「ヘクター、フロスト少尉につなげ」

「フロストです、サー」

「少尉、報告しろ。発電設備到達はまだか？」

「まだです。場所はわかったと思うんですが、激しい抵抗を受けています。急ぐことはできますが、犠牲が大きくなるでしょう」

「それはだめだ。当面、作戦どおりにやれ。ただし十五分後にまだ到達できなかったら、犠牲覚悟で突入しろ」

「了解。フロストより以上」

うん、つまりこっちは発電施設の前でも立ち往生しているわけだ。このままでは正面突破しか手がなく、部下の多くは生きてステーションを出られないだろう。

しばらく考えるうちに、いいことを思いついた。中隊には四台の切断レーザーがある。部屋と部屋のあいだの壁は装甲されていない。うまくすれば、壁を焼き切って前進できるかもしれない。

司令リンクで士官と下士官全員に計画を説明する。残念なことに、切断レーザーを持った兵士の一人はすでに倒れ、別の一人はフロストのほうにいた。こっちにいて作業に使えるのは二台だけだ。ヘミング二等兵はおれといっしょに最前列の部屋に、ブラック二等兵は通路の同じ側の、もっとうしろの部屋にいた。壁を切り抜きながらこの部屋まで来るようブラックに命じ、ヘミングには次の部屋とのあいだの壁を切り抜きにかからせた。兵士はほかに四人いる。次の部屋で何が待ち受けているかは、まったくわからなかった。

切断レーザーは装甲服の発電ユニットに接続できるよう設計されていて、非常に強力だった。ステーションの内壁は簡単に切れたが、その中には各種の配管が通っていて、それもいっしょに切断することになる。火花が飛び散り、水や蒸気が噴き出してきた。装甲服には何の影響もないが、室内はめちゃくちゃになった。

三分ほどで、しゃがんで通れるくらいの穴を切り抜く。別の一人が武器を構えて向こうを覗く。レーザーを持った兵士が後退し、別の兵士が切り抜かれた壁を蹴って穴を貫通させた。穴をあけはじめてから全員が隣室に移動するまで、合計五分ほどかかった。

当然、部下たちは通路の両側の部屋にいて、壁に穴をあけたのはおれのいる側だけだ。予定では、壁に穴をあけながら粒子加速砲がある場所の先まで進み、敵の武器を無力化して、残りの部下に通路を前進させるつもりだった。だが、部屋は小さく、つまり目的地とのあいだの壁の数が多い。その後二十分で三枚突破したが、途中に広い部屋がない限り、あとまだ十枚から十二枚くらいぶち抜かなければならない計算だ。時間がかかりすぎる。犠牲覚悟で通路を突進するよう命令しようとしたとき、フロストから連絡が入った。

「大尉、発電施設に到達しました。負傷者三名、死者はゼロです」

おれは小さく安堵のため息をついた。

「よくやった、フロスト。すばらしい。そこからステーション内の特定区画の電源を落とせるか？」

「わかりません、サー。ここは中央制御室で、ジャーヴィスがコンピューターの解析にかかっていますが、セキュリティを突破するのにどれくらいかかるか、見当がつきません」

管理システムをハッキングしている時間はない。

「フロスト、手動で電源を遮断するスイッチはないか？　発電機を止める必要はない。送電網に給電できなくするだけでいい」

「少し待ってください、大尉」

九十秒ほどして、ふたたび連絡があった。

「主電源スイッチがありました。ただ、ステーション全体が停電したら、どういうことになるか見当もつきません」

確かにそのとおりだ。おれたちの情報はきわめて不完全だった。基幹システムはなんらかのバックアップ電源を用意していると思うが、確証はない。生命維持システムが全滅するかもしれないし、ほかにも何が起きるかわからなかった。ただ、通路の粒子加速砲がステーションの送電網に直結されているのは確実だと思えた。戦場では戦車など、じゅうぶんな能力の発電装置を備えた車輛に搭載するタイプの兵器だ。こんな場所に設置するには、ステーションの電源に接続する以外に方法はない。給電を止めれば、粒子加速砲も沈黙するに違いない。そう願いたかった。

「フロスト、合図したら、ステーション全体の電源を落とせ」

「了解」二、三秒の沈黙のあと、フロストはふたたび口を開いた。「大尉、ステーション守備隊が反撃しようとしています」

くそ。「今いる位置は危険か？」

短い沈黙があった。たぶんフロストが各部隊長からの報告を評価しているのだろう。

「ただちに危険はありません、サー。すべての通路にバリケードを築きました。一部で交戦もありますが、すぐに深刻な脅威になるとは思えません」

「わかった。合図したら電源を切れるよう、準備しておけ。そのあと六十秒待って、電源を再投入する」

了解の声を待って、ヘクターに士官と下士官全員を呼び出させ、計画を説明した。最初に粒子加速砲に突撃し、電源が回復する前に無力化する。次に分隊ごとに、通路を全力で駆け抜ける。一分隊は今いる地点に残り、別の一分隊は各部屋をチェックし、本隊の背後に敵がいないことを確認する。一分隊では対処できない敵に遭遇した場合、残してきた最初の分隊が支援する。

最初の突撃がいちばん危険だった。粒子加速砲がステーションの送電網を電源にしているという確証はなく、たとえそうだとしても、停電したとき一発分の充電をすでに終えているかもしれない。最初に突撃する者はやられる危険があり、おれの狂気じみた作戦のために命を賭けるべき者がいるなら、それはおれだった。

ばかげた行動だということはわかっている。おれは野戦指揮官であり、ひとつの作戦を指揮するのははじめてで、戦闘中に進んで死の危険を冒すなど愚の骨頂だ。それは士官学校で教わったことをすべて無視する行為だった。それでもおれは、部下の誰かに最初に通路を突撃しろとは命令できなかった。アキレスとコロンビアを経験してきているのだ。おれを信じた多くの男女を、おれは死地に向かわせた。今度はおれの番だ。

計画を説明するといっせいに反論が湧き上がったが、これは決定だと押し切った。納得はしていないだろうが、指揮官への反論をやめる潮時は誰もが心得ている。ただ、ヘクターにそんな限度はなく、おれがブリーフィングを終えたあともぶつぶつ言いつづけた。

「これがいわゆる〝生存者の罪悪感《サバイバーズ・ギルト》〟に基づく愚かな決断だということはわかっているんですよね？　規則にも基づかず、戦略的な意味もない行動によって、作戦自体を台なしにしようとしているんですよ？」

おれはコンピューターが計算するだけで、口などきかなかった時代に思いを馳せた。

「それ以上何も言うな、ヘクター。この話は終わりだ」

それでもまだ何か言ってくるかと思ったが、とりあえずヘクターは黙りこんだ。

全員が整列するのを待ち、おれが突撃したあと、電力が回復したらただちに、また何があっても七十五秒後にはかならず後続するよう指示する。そのあとヘクターに、フロスト少尉と連絡を取らせた。

「状況はどうだ？」

「敵はまだ中央制御室の奪還を試みています。二つの通路で小競り合いが発生していますが、今のところ大きな脅威はありません。負傷者はさらに二名増えました。敵の死傷者は最大で二十名といったところです」

「それでいい。電源を遮断する準備はできているか？」

少尉はわずかにためらい、ゆっくりと慎重に答えた。

「はい、サー。準備できています」

電源を遮断したら何が起きるのか心配しているのだろうが、言葉にはしなかった。

「通路にいる部隊には伝えてあるな？」

戦闘中の部下を驚かすようなことはしたくない。

「はい、サー。全員に周知してあります」

おれは戸口に近づき、電磁ライフルを起動した。兵士たちはブラスターしか持っていないが、士官と軍曹は万一に備え、電磁ライフルを携行していた。これを撃ったらステーション内部は大きく破壊されることになる。だが、通路は確保しなくてはならず、付随的な損害が生じるのは避けられなかった。それに、ステーションの外殻まではまだかなり距離がある。外殻に穴をあけて一区画全体の減圧を引き起こす可能性は低かった。用心しながら通路を覗き、フロストに電源の遮断を指示する。三、四秒遅れて照明が消え、全体が激しく震動した。

開いた戸口に立っていると、そこらじゅうから滑ったり転んだりする音が聞こえてきた。

〝ステーション震〟はすぐにやんだ——ステーションの回転と軌道の維持をつかさどる姿勢制御エンジンが停電の影響を受けたのかもしれない。実際、そのとおりだったことがあとでわかった。停電が長引いた場合、ステーションの回転速度は徐々に落ちていき、人工重力が失われていただろう。

だが、今はやることがある。おれは戸口から飛び出し、通路を駆け抜けた。時間は短いほどいい。装甲服で狭い場所を走るのは簡単ではない。脚力が強すぎて、注意しないと飛び跳ねてしまうのだ。頭を低くしてスピードを出すには、慣れが必要だった。おれが自分で行くことにした、もうひとつの理由でもある。今の中隊に、おれより長く装甲服の中で過ごした部下はいないだろう。赤外線スキャンを最大展開しておいたので、前方に敵がいるのがわかった。完全に不意を突いたようで、向こうが撃ちはじめたとき、おれはもう通路を半分ほど走破していた。攻撃はほとんどはずれ、数発命中したものの、装甲服にはほとんど効果がなかった。電磁ライフルを最大出力にし、一帯を掃射する。悲鳴と騒音が響き、攻撃は完全にやんだ。

粒子加速砲は目の前だったが、おれは速度を落とした。前方の床に四、五体の死体が転がっていたから——おれの掃射の犠牲者だ。そこらじゅうから破断音や擦過音が聞こえたが、生きた敵の姿はない。

「ヘクター、明かりを」

短く指示すると、ときに不機嫌だがおおむね従順なＡＩがヘルメットの照明を点灯した。思ったとおり、半携帯用粒子加速砲だった。直径が少なくとも十二センチはある、分厚く被覆されたケーブルが一本、壁の給電口に接続されている。

「電源復帰まで十秒です」フロストの声がリンクから響いた。

急いでケーブルを引き抜くと、粒子加速砲を蹴り倒し、電磁ライフル弾を叩きこんだ。距離が近いので弾丸は標的を貫通し、床にめりこんだ。撃つのをやめたとき、そこにあったのは役に立たないがらくたの山だった。もうおれの部下を殺すことはできない。

そのとき背後の二枚扉が開き、ステーション守備隊が殺到してきた。照明が復活し、またステーション全体が震動したが、前ほど強い揺れではない。おれはなんとか立ったまま耐えたが、守備隊は全員がしりもちをついた。

「ヘクター、ナイフだ」

分子ナイフが腕の鞘から飛び出し、おれは敵に襲いかかった。数で圧倒される前に、できるだけ多く倒しておきたい。装甲服の力もあって、ナイフは敵の防弾着も肉体もやすやすと切り裂いた。

だが、戸口からは続々と敵があらわれる。おれは壁際に押しこまれた。いずれは装甲服の弱点にブラスターを押しつけられるだろう。味方の先頭の分隊はもう通路を進んできている。その数秒が永遠にも感じられた。とうとう圧倒されそうになった瞬間、部下が背後から、ナイフを振りまわして敵の中に斬りこんでいくのが見えた。

戦いは酸鼻を極め、しかも時間がかかった。通路が狭いため、一度に通過できる人数が少ないのだ。それでもとうとう、敵を通路から部屋の中に押し戻した。データ・センターは広く開放的なホールになっていて、天井は数階層分の高さがあり、周囲にはキャットウォークが張りめぐらしてあった。

おれたちがデータ・センターに突入すると、敵は戦意を喪失した。逃げようとする者もいたが、多くはその前に銃撃で倒された。数人は脱出したが、人員を割いて追わせるほどの意味はない。残りは降伏し、多少の余裕はできたので、捕虜にするよう部下に命じた。

まず、やるべきことをやらないと。一個小隊でセンター内をくまなく調べ、すべての出入口を確認して歩哨を置いた。そのあとサンチェス少尉に命じて、ステーションの通信設備を使えるかどうか調べさせた。

手配を済ませたあとフロストと連絡を取り、向こうの状況を尋ねた。すべて掌握できているようだ。敵はまだ周囲を固めているが、攻撃はあきらめたらしい。散発的な小競り合いはあるが、状況はほぼ安定している。突入口のSEALsにも連絡したが、異状はないという。もちろん、何かあれば連絡してきていただろうが、念のためだ。

「ヘクター、支援中隊に連絡し、着陸準備にかかるよう伝えろ」

「了解」

サンチェスが作業しているワークステーションに近づく。彼は顔を上げ、こう言った。

「通信システムに侵入し、全ステーション向けに放送を流すことはできそうです。ただ、生命維持システムなど、ほかのシステムを操作するなら、専門家のチームを待たないと無理です」

それでじゅうぶんだ。幸い、支援中隊にはその種の専門家もいる。プランBでは部隊を送って着陸ベイを制圧し、予備部隊と技術支援要員を迎え入れることになっていた。だが、まずはプランAを試してみたい。

カリフ国の兵士には狂信者が多い。最前線に配備されるイェニチェリは、まず絶対に降伏しない。だが、ここは最前線から遠く離れていると思われていたステーションで、駐留しているのも単なる守備隊だった。徴兵された者たちで、ろくな扱いは受けていないだろう。ここの指令系統はよくわからないが――情報部は本当に、ほとんど何もつかんでいないのだ――兵士が降伏しはじめたら、司令部にもどうにもできないだろう。カリフ国のステーション司令官と将校団が英雄的な死を望むなら、こっちとしても大歓迎だ。その部下たちが武器を捨てて降伏するなら、もちろん喜んで受け入れる。

「ヘクター、これから言うことをアラビア語に翻訳して、通信システムに流すんだ。できるな？」

「はい、大尉。その作業のどこに、わたしの計算能力を超える要素があると思うのでしょうか？」

ここしばらくおとなしくしていたから、そろそろ嫌みを言っておくべきだと考えたのかもしれない。このＡＩの人格プログラムは、本当にちょっと見なおしたほうがいいと思う。

「サンチェス、わたしのＡＩリンクをステーションの通信システムに接続して、全体に放送が流せるようにしてくれ」

「はい、サー」サンチェスはしばらく無言で、目の前のスクリーンを見つめた。「数分で完了します」

サンチェスが作業をしているあいだに、おれは全体状況をチェックした。捕虜は三十人ほどで、武装解除し、防弾着も脱がせ、倉庫室に閉じこめてある。部屋の外には見張りを二人置き、別の一人がモニターで室内を監視していた。

データ・センターに出入りする通路にはすべて見張りをつけ、バリケードを築き、出入口は射撃班に監視させた。残りの人員は反攻部隊として、何かあった場合、すぐに対応できるよう準備させる。再度フロストを呼び出し、状況に大きな変化がないことを確認した。敵は発電施設に至る通路のいくつかから撤退し、まだいるところからも散発的に撃ってくるだけだ。

「準備完了です、大尉。ステーション全体に放送できます」

おれはサンチェスにうなずいたが、装甲服を着けたままでは意味がなかった。

「カリフ国戦闘員に告げる。こちらは西側連合軍米国海兵隊のエリック・ケイン大尉だ。現在、わが軍は発電施設と中央データ・センターを掌握している。さっきのデモンストレーションでわかったと思うが、ステーション内のどの区画でも、自由に停電させることができる」

ここで少し間をあける。実際には、おれはヘクターに話しかけ、ヘクターがその言葉をアラビア語に訳して通信ラインに送っていた。スピーカーから流れているのもおれの声で、ちょっとびっくりした。いい考えだが、少々不気味だった。

「現在、ステーションは実質的にわが軍の制圧下にある。必要とあれば、一階層ずつ占領していくだけの戦力もある」

まあ、これは嘘だが、やってみる価値はある。

「なんらかの理由でステーションを確保できなかったとしても、周辺宙域はわが軍の戦艦が制圧している。そちらの防衛線は、すでに崩壊した。ステーションを占領できなかった場合は、破壊するよう命令を受けている。それだけの火力もある」ここまでは事実だ。

「抵抗を続けるのは勝手だが、こちらには必要以上に戦闘を長引かせる時間も忍耐力もない。一階層ずつ制圧していくことになった場合、カリフ国の人員にかける慈悲はない。ただちに降伏するなら、全員の身の安全は保証する」

これは賭けだった。降伏してくれればいいが、そうでない場合、命がけで抵抗する理由を与えることになる。

「降伏した場合、捕虜は機会がありしだいカリフ国に送還する」

おれには捕虜の本国送還を認める権限などないが、中央司令部が支持してくれる自信はあった。軽微な死傷者でステーションを確保できるなら、安いものだ。だめだとしても、部下の命を救うためなら、嘘をつくのをためらう気はなかった。

「あるいは、投降した者に西側連合への亡命を求める機会を与える」

カリフ国の兵士は投降しないことを〝奨励〟されていて、降伏した者、とりわけ司令官にとって、本国送還はかならずしも望ましい事態ではない。おれはできるだけ受け入れやすい選択肢を用意したかった。全員が狂信者というわけではないはずだ。

「きみたちは最前線の兵士ではない。完全武装の攻撃部隊でステーションの人員を皆殺しにするのは、わたしの本意ではない。だが、やるときはやる」一拍置いて、言葉が浸透するのを待つ。「これから十分間、降伏を受け入れる。その時間が過ぎたら、慈悲はなく、攻撃の手を止めることもない。十分だ。それ以降の通信は受けつけない」

サンチェスに合図し、放送を終了させる。数分のうちに、楽に済むか、困難なことになるかが決まるだろう。そのあいだに支援中隊に発進の合図を送った。ステーションが降伏すれば、すぐにもどこかのベイに着陸し、降伏の処理をして、ステーションのコントロールを握れる。そうでなければ、おれが戦力を再編成して近くのベイを占拠し、支援中隊を受け入れることになる。各区画を突破するには人数が必要で、コンピューターと発電施設の中央制御室を利用するには、技術支援要員の助けもいるだろう。

司令官は戦闘の継続に傾くはずだ。通告を生放送したのも、それを見越してのことだった。徴募兵はできれば死にたくないだろうし、民間人ならなおさらだ。結局、十分も待つ必要はなかった。

「通信が入りました、サー」サンチェスが司令リンクから報告してきた。

「こっちにまわせ。ヘクター、通訳を頼む」

だが、ヘクターの力は不要だった。返答は訛りのきつい、だが明瞭な英語だったのだ。

「ケイン大尉、こちらはアフメディ副司令官だ。司令官はあの世に旅立った。名誉ある死だ。司令官代行として、わたしはステーションの即時降伏と、提示された条件に全人員が従うことを確約する。今後の指示を求める」

「ヘクター、返事を通訳しろ。副司令官、喜んで降伏を受け入れ、戦闘の継続を選択しなかったことを称賛する。戦っても帰結は変わらず、無駄な血が流れただけだったろう。こちらの士官からの指示を待て」

おれはしばらくその場から動かず、安堵のため息をついた。戦争はつねにろくなものではないが、率いてきた部下のほとんどといっしょに帰れるのはいいことだ。

「サンチェス、支援中隊を受け入れる着陸ベイを確保しろ。ここからいちばん近いところだ。敵副司令官と連携し、一分隊で一帯を確保しろ。コンピューター・システムのセキュリティをすべて切るように言い、ステーションの図面をダウンロードしておけ。支援中隊の展開が完了したら、カリフ国兵から適当な集合場所を聞いて、武装解除を監督しろ」

おれはさらにいくつか命令を怒鳴り、ステーションとその人員を確保する下準備を終えると、しばらく状況を省察した。カリフ国のステーション《ペルサリス》への奇襲は完璧に成功した。死者六名、重傷者七名、死傷率は十パーセントにも満たない。アキレスとコロンビアでの大量死から見れば大きな変化だ。中隊指揮官としての最初の任務をこなしただけでなく、作戦全体の司令官の役割も果たした。上々の成果だろう。

ステーションには一週間とどまった。基幹運営要員を組織する手伝いと、捕虜の拘留が主な仕事だった。守備隊の生き残りは百五十七名だけだったが、油断するわけにはいかない。おれは二千人かそこらのステーション要員全員を戦時捕虜として扱った。とはいえ、それは休息期間のようなものだった。装甲服はシャトルで《ウルヴァリン》に運ばれ、おれたちは軍服を着用し、小火器だけを携行した。

出発直前に新たな部隊が到着した。通常歩兵大隊と、技術者や運営スタッフがひと揃いだ。すでにいた二隻の巡洋艦にさらに五隻が追加され、ステーション奪還の試みに対する強力な防御が敷かれた。貨物船や修理用艦船も到着し、星系防衛が補修・強化された。捕虜を運ぶための大型輸送船もやってきた。

おれは大型着陸ベイのひとつに中隊を集合させ、《ウルヴァリン》への移送に備えた。おれが入っていくと、サンチェスとフロストが全員をベイの両側に整列させた。おれの姿が見えたとたん、部下たちは拍手し、おれの名前を叫びはじめた。全員がいっせいに。おれは両手を上げて静かにさせようとしたが、喧噪《けんそう》はやまなかった。周囲を見まわすと、SEALs隊員たちもそこにいて、いっしょになって手を叩き、叫んでいるのがわかった。

9

グリーゼ250星系
宇宙ステーション《タラワ》

ケイン少佐。まだ違和感がある。おれはキャンプ・プラーではじめて少佐を見たときのことを思い出した。実に堂々としていて、畏怖に打たれたものだった。あれが今のおれ？

おれを拾ってくれた将校の階級さえ追い抜いたことになる。少なくとも、当時の階級は。実際には、ジャック大尉はジャック大佐に昇進し、アキレス作戦で戦死していた。当時は知らなかったが、おれたちが脱出するとき、後衛を務めた部隊を指揮していた。ほぼ最後に戦死した一人だったそうだ。

組織図に目を向ける。大隊だ。五百名を超える兵員がすべておれの指揮下にある。大隊は旅団規模の攻撃作戦に組みこまれていた。アキレス以降最大の作戦だ。おれは奇妙なほど落ち着いていたが、戦闘でそれほどの数の部下を指揮することに、いささか怖じ気づいてもいた。

それでも、組織図のいちばん上を見ると少し気分がよくなる。作戦指揮官はホルム准将だった。准将はおれのキャリアに興味を示していて、士官学校を出て以来の速い昇進に、少なくとも部分的に、その影響力が及んでいるのは疑いなかった。指揮下に入るのはコロンビア以来だ。実際には、コロンビア侵攻作戦の初日に姿を見て以来、つい二、三日前まで一度も会っていなかった。だが、こうして生きているのは准将のおかげだった。みんながおれは死んだと思っていたとき、探し出してくれたのだ。

アキレス作戦ほどではないが、今度の作戦もかなり大がかりで、おれは過去七十五年間の戦術の進化に思いを馳せた。宇宙での初期の戦闘は地元民兵が主体で、ごく少数の正規軍部隊が補強のために参加するだけだった。第一次辺境戦争のころでさえ、戦闘に一個小隊以上の正規軍が参加することは稀だった。入植地をめぐる争いであり、ヨーロッパ諸国が初期に新大陸で争っていたのと大差ない。大部隊を宇宙で移動させるのは、費用がかかりすぎたのだ。海軍もまだ小規模で、大人数を移送する能力がなかった。当然、初期の戦闘には戦車も大砲も、そのほかの支援装備も使われていなかった。

当時は入植地も小さく、数もずっと少なかった。わずかな人口が資源採掘地に薄く広く分布し、都市や街と呼べるものは稀だった。惑星を占領するのも、点在する入植地をいくつか攻撃するだけで済んだ。

列強の勢力範囲もまだ流動的で、多くの世界で支配者が何度も交替した。敵対していた入植地同士の統合といったことが、ときには同じ星系内で起き、境界線とか国境とかいったものは実質的に存在しなかった。その後、第一次辺境戦争を終結させた条約により、こうした事態は整理されはじめた。列強が問題の起きそうな星系の存在を認識し、国ごとに入植地の統合が進んだ。第一次辺境戦争後の小競り合いもこのプロセスを加速させた。列強は機会さえあれば敵の惑星を取りこもうとし、運悪く重要な位置に存在した惑星の防衛の強化が進んだ。

ふたたび全面戦争が起きるころには、各国ともそれなりに防衛が可能な、相互に接続された入植世界のネットワークを構築していた。第二次辺境戦争は、その規模も激しさも、明らかに前回を上まわっていた。小規模な入植地ではやはり無数の小競り合いがあったものの、今回は各陣営の中心世界がかなりの人口を擁するまでに発展していたのだ。戦闘はまだ小規模で、民兵が大きな役割を果たした点は変わりないが、重要な入植地をめぐっては正規軍同士の衝突が生じた。

人口が多く、惑星防衛も強固で、退役軍人が民兵を務める世界に対しては、攻撃力を強化するしかない。攻撃のための諸兵科連合が復活し、戦車や野戦砲による支援も開始された。宇宙での戦争は複雑さを増し、それとともに戦術と訓練も着実に進化した。第二次辺境戦争が終わるころには、一個大隊と二個戦車小隊で構成される打撃部隊がすでに一般的だった。大規模な戦闘には、軌道上の攻撃艦から発進する大気圏戦闘機も配備された。ペルシスでの大会戦には、両陣営とも五千名を超える兵士を投入している。

とはいえ、通常の戦闘は一陣営五百名以下の規模が普通で、重火器による支援もまだ稀だった。進化したとは言っても、宇宙での戦争はとてつもなく高価で、資源もつねにぎりぎりだった。第三次辺境戦争までの期間はふたたび小規模戦闘が主流になったが、本格的な戦争が始まると、戦闘の規模はいっきに拡大した。おれたちは一個大隊で〈カーソンの世界〉に侵攻したが、四十年前だったら一個小隊か二個小隊でじゅうぶんだったろう。さほど重要でもない世界に大軍勢を動員した理由はほかにもあったが、おれがそれを知るのは数年後のことになる。

第三次辺境戦争が始まると、戦闘はさらに規模と複雑さを増していった。入植地、とりわけ中心世界は大きく豊かになり、固有の産業を育成し、防衛能力を強化していた。攻める側は戦車や大砲を装備した地元軍を相手にすることになり、対応して装備を強化することになった。

おれたちはそのことを現場で学ぶしかなく、授業料は自分たちの血だった。アキレス作戦があれほどの惨事になった原因のひとつは、宇宙からあれだけの規模と複雑さの攻撃を仕掛けた例が、それまでなかったことだった。実際、地球上であの規模の戦闘があったのは、一世紀以上前のことになる。あのレベルの諸兵科連合攻撃を指揮した経験がある者は、司令部には一人も存在しなかった。それでもなお、西側連合はもう少しで勝利していたのだ。あのとき地上にいた誰もがそうだが、おれもアキレス作戦を司令部の無能さの象徴とみなしていた。あとになって、士官学校で作戦全体について学んだとき、どれほど勝利に近かったのかをはじめて知った。制空権さえ維持していればたぶん惑星を制圧でき、戦争自体がそこで終結していたかもしれない。味方の戦力はほぼ壊滅していたが、敵の防御もほとんど掃討されていたのだ。

そしていま、おれは新たな作戦のブリーフィングに向かっている。グリーゼ２５０のステーションを捕獲したあと、おれの中隊はガス状巨星うさぎ座ゼータ星第二惑星《ζレポリスⅡ》をめぐる二つの衛星、ディーナとアルベラへの侵攻作戦に向かう大隊に編入された。これはグリーゼ２５０での勝利の成果で、そこから一回の転移で行ける星系だ。二つの衛星にはともに主要鉱山入植地があり、カリフ国が戦争を継続するには決定的に重要な世界だった。

大隊が最初に攻撃したのはディーナだった。そのあと部隊を再編し、強化して、二週間後にアルベラを攻撃した。グリーゼ２５０を失った敵は、ＣＡＣの領土を通って遠まわりしないとζ《ゼータ》レポリス星系に到達できない。すぐに反撃するのは困難だろう。戦いはどちらもきびしく、近接戦闘はほとんどが地下でおこなわれた。入植地は二つの衛星の地殻に豊富に存在する貴重な鉱石の採掘に特化していて、居住区画も地下深くに造られていた。これはζレポリスⅠが大量に放出する放射線を遮断するためだ。

戦闘はステーション攻撃と似たようなものだが、どこか一ヵ所を占拠すれば降伏を勧められるというわけではなく、地下の部屋から部屋へと戦いながら前進するしかなかった。産出するのは戦争に必要な物資で、敵はステーションのときのような二線級の守備隊ではなく、ばりばりの正規兵だ。戦闘はかなり激しいものになった。

アルベラの戦いがなかばくらいまで進んだところで、おれは副大隊長に指名された。ウォリック少佐が戦闘不能になったせいだ。彼女の傷はたいしたことはなかったが、装甲服が動かなくなり、戦闘からはずれるしかなかった。副大隊長だったトランス大尉が大隊の指揮を執り、おれを副大隊長に指名した。ほかの大尉の半数がおれより経験が長かったにもかかわらず。

最大の激戦はアルベラ攻撃が最後に近づいたあたりだった。イェニチェリの戦略集団が待機していたのだ。こちらはまったく予想していなかった。ほぼ連合の強化小隊に相当するが、向こうは元気いっぱいで、こちらが消耗し、弾薬も手薄になったところを襲ってきた。おれは直接対決を避け、別のトンネルから側方に逃れた。その後、正面と後方から同時に攻撃を仕掛けると、隊列は崩壊した。それでも敵は戦いをやめない。イェニチェリはまず降伏することがなく、完全に掃討するしかなかった。そのため、こちらにも犠牲者が出た。

かなりの損害は出たものの、勝利はおれたちのものだった。グリーゼ250とζレポリスというカリフ国の重要星系二つを、四カ月足らずで手に入れたのだ。敵はなんとしても奪還しようとするに違いなく、それに忙殺されて、ほかの世界への攻撃はしばらくなくなるだろう。それが二つの衛星を攻撃した最大の理由ではないかという気がした。両星系にまともな防衛線が築けるとは、どうしても思えなかったのだ。連合の船がζレポリスに行くにはグリーゼ250を経由するしかないので、どちらを防衛するかは簡単な選択だった。戦況は改善しているが、まだこちらが追う立場で、しかも艦隊の資源は底をつきかけていた。補給と再編のためにグリーゼ250に戻ると、星系と巨大宇宙ステーションの防御を固めていることが一目でわかった。海軍艦艇が雲霞のように集まっている――こんな巨大な艦隊を見るのはアキレス作戦以来だった。ステーションには建設用艦艇がびっしりと取りつき、その周囲は防衛衛星と武器プラットフォームで埋めつくされていた。

ζレポリスから戻ったおれたちは、オレンジ色の主星を周回しながら最大出力で減速した。対Gカウチに押しつけられて加速と減速を味わう乗り心地の悪い航程だったが、おかげで時間は短くて済んだ。誰もが休息を必要としていた。ステーションは休暇を過ごすのに最適の場所ではないが、休息はできるし、誰も撃ってこないというのは心が安まる。もちろん、おれたちがステーションにいるあいだに敵が攻撃してくれば別だが。

《タラワ》と改名されたステーションは、捕獲してから四カ月しか経っていないことを考えれば、ずいぶん片づいていた。到着すると宿舎を割り当てられた。おれは中隊を解散させ、指定された自分の部屋に向かった。六Gの減速で死ぬような思いをすることなく、たっぷり睡眠を取るつもりだった。

部屋は広くて快適だった。これこそが世界だと感じる。階級にはそれにともなう特権があり、正直なところ、おれはそれを楽しみはじめていた。寝台に倒れこみ、AIに明かりを消せと指示しようとしたとき、ドアのブザーが鳴った。

「開けろ」おれはAIに声をかけた。客を迎える気分ではなかったのだが。とにかくまず眠りたい。

「有望な軍曹がここまでになったか」声には聞き覚えがあった。快活な声だ。

おれは飛び起きた。ドアの前にはエライアス・ホルムが立っていた。もうホルム大佐ではない。それは左右の襟元に輝くプラチナの星を見ればわかった。おれは直立不動で、最高の敬礼をした。

「ホルム准将、サー！　お目にかかれて光栄です、サー。大変お世話になったようで……それも、さまざまな方面で」

ホルムは温かい笑みを浮かべた。

「まあまあ、そう固くなるな。見ているだけで疲れる。楽にしろ」

見た目はあまり変わっていないようだった。少し白髪と顔の皺が増えたかもしれないが。病院と士官学校とその後の勤務があり、コロンビアで最後に会ってから三年が経過していることに驚きを覚えた。

ホルムは身振りで、おれにすわるようにうながした。

「すわって、寛いでくれ。積もる話もある。ちょっとした気付けも持ってきた」キャラメル色の液体が入った小さなボトルを取り出す。「コニャックだ。地球からの直輸入で、欧州連邦から直送させた。受け取ってくれ」

そのボトル一本で、たぶん一カ月分の給料が吹っ飛ぶだろう。おれはあまり酒を飲むほうではないが、准将の好意を無にはできなかった。それに、そんなすばらしいものを持ってきたということは、時間があれば……

室内はまだよく見ていなかったが、おれはAIにグラスを用意しろと言った。壁の小さなキャビネットが開いた。中にはさまざまな大きさのグラスが並んでいる。おれはちょうどよさそうなのを二つ手に取り、テーブルに戻った。准将がボトルを開け、中身を注ぐ。

「エリック、きみの功績は心から誇りに思っている。コロンビアでの行動で注目していたが、その後の活躍を見ても期待は裏切られなかった。きみは実に優秀な兵士だ」

褒められるのをきまり悪く感じることもときどきあるが、この人は人類世界の中でおれがいちばん喜ばせたい相手だった。いや、二番めかもしれないが、とにかくおれはホルム准将を尊敬していて、その人にこう言われるのは大きな意味があった。

「ありがとうございます、サー。ベストを尽くしてきましたが、ときにはもうだめだという場面を、運だけで乗りきったこともあったと思っています」

ホルムは鼻を鳴らした。

「エリック、指揮官の心得である秘密をひとつ教えてやろう。われわれはみんなそう感じている。感じなかったとしたら、そいつには指揮官の資質がない。きみは迫りくるさまざまな困難に対処し、克服して見せた」グラスを上げる。「海兵隊に。そして、もうここにはいない兄弟姉妹に」

おれはグラスをつかみ、相手のグラスに軽く触れさせた。

「いなくなった兄弟姉妹に」

ひと口飲むと、コニャックの熱が喉を下っていくのがわかった。

「渡したいものがあるんだ、エリック。完全に規則どおりというわけではないが、持ってきても問題はないと思ったのでな」

ホルムはテーブルの上に小さな箱を滑らせた。おれはそれを取り上げ、開いた。中には小さな丸いプラチナの円盤が入っていた。少佐の襟章だ。

しばらくは言葉が出なかった。そのあとようやく、口ごもりながらこう言った。

「心の準備ができていません。まだ早すぎます」

「いや、エリック、準備はできているはずだ。きみのことは全面的に信頼している。次の作戦に参加する一個大隊を率いてもらいたい。きみの昇進が速いことはわかっている。実際、海兵隊の歴史の中でも最速だ。それが信頼を増す一助になっているとは思わないが」ホルムは小さく笑った。「だが、われわれがどれほどの損失を被ったか、きみは誰よりもよく知っているはずだな。何年も待っている余裕はない。有能な指揮官が決定的に不足していて、しかも兵士の多くが新兵となると、有能な指揮官の必要性はますます大きくなる。ここはおとなしく昇進を受け入れることだ。わかっているだろうが、いずれ時が来れば、きみにやってもらわなくてはならないことが出てくる」

ホルムはボトルをつかみ、二つのグラスをふたたび満たした。

「もう一杯飲め。話は昇進だけではない。きみはまた受章することになった。二つだ。ひとつはこのステーションを奪取した功績により、もうひとつは衛星戦での働きのためだ。さらにステーションの通路での働きに対し、プラチナ星団勲章が授与される」

ホルムは言葉を切り、おれの意識に理解が届くのを待った。おれは無言ですわったまま茫然としていた。

「コロンビアでの活躍を思い出すな。あのときは、部隊全員が物陰に隠れているのに、きみだけは開けた場所に立っていて、核爆発に巻きこまれた。忘れるはずがないな。あれはすばらしい武勇だった。きみに乾杯だ」グラスを上げ、中身を飲み干す。「だが、これで最後にしてもらう。わたしの指揮下であああいう行動は見たくない。きみは指揮官として必要とされているのであって、倒れた英雄では意味がない」

おれは反論しようとした。「ですが、准将、あの状況で……」

ホルムは片手を上げてさえぎった。

「エリック、きみはわたしが見た中でいちばん頭のいい兵士だ。よく考えろ。わたしが正しいとわかるはずだ。きみは勝手な行動を取った。自分の指揮下で死んだ者たちに対する罪悪感から、もっとも危険な任務をみずから引き受けた。気持ちは痛いほどわかる。わたしでもそうしたいと思うだろう。だが、それは結局、自分が楽になるために作戦全体を危険にさらしたにすぎない。きみは作戦全体の指揮官だったのだ。銃を一挺持っただけの兵士ではない。別のとき、別の場所ではまた事情が違ったかもしれないが、このステーションでは、あのとき、きみの命はほかの誰の命よりも重要だった。兵士か下士官をあの通路に突入させるべきだったし、その者が倒されたら、別の誰かを行かせなくてはならない。自分で行くという選択肢はありえない」

わずかに言葉を切り、すぐに先を続ける。

「エリック、それがわれわれの仕事なんだ。われわれは全員がプロであり、そういう決断を下すのも職務のうちだ。きみの部下はそれを理解しているが、きみ自身も理解する必要がある。誰もが同じ気持ちではないなどとは、考えないほうがいい。幽霊はわたしにも語りかけてくるから、きみの気持ちはよくわかる。だが、その気持ちと折り合いをつけるんだ。そうしないと悪くなる一方だぞ。きみはわたしの知るかぎり、もっとも有望な若手士官だ。優秀な指揮官は喉から手が出るくらい欲しい。きみはこれからもっと多くの部隊を指揮し、もっと多くの部下を死なせるだろう。その覚悟をしておくんだ。ありもしない罪を償《つぐな》うために、自分の命を投げ出したりしてはならない」

そのあとかなり長いこと、どちらも黙りこんでいた。おれはグラスを手の中で揺らしながら、今の言葉を考えた。確かに准将は正しい。それは理解できる。だが、簡単に納得できることではなかった。自分についてこいと言って危険の中に飛びこむのと、おまえは死の罠に飛びこめと命じ、自分は後方に待機するのとでは、まるで事情が違うのだ。士官としてやっていくにはそこを克服しなくてはならないというのも、そのとおりだろう。士官学校でもさんざん言われたことだが、経験してみないと実感はできない。

准将は無言だった。考える時間が必要だとわかっていて、その時間をくれたのだ。ボトルを手に取り、グラスを満たして、静かにすわっている。コニャックを見つめているが、口はつけない。

おれはとうとう沈黙を破った。

「あなたが正しいことはわかります、准将。時間を取ってこの話をしてくださり、どれほど感謝していることか。自分はまだ、折り合いをつけるのに苦しんでいるところです。ここでは幸運にもわずかな死傷者ですみましたが、衛星戦ではまた大量の流血がありました。アキレスやコロンビアほどではないとしても、かなりの被害です。帰りのシャトルには空席が目立ちました。懲罰委員会にかけずに個人的に伝えていただき、ありがとうございました。この件だけでなく、あらゆる面でご助力をいただき、感謝しています」

ホルムは穏やかな笑い声を上げた。

「エリック、個人的も何も、わたしの話に懲罰的な意味合いはない。きみはわたしが知る中で最高の海兵隊員の一人だ。きみの教育訓練の一助だと思えばいい。わたしは苦しんだ末に理解したことだが、きみがその苦しみをくり返す必要はない。わたしほど酒飲みでもなさそうだし――」中身の減っていないおれのグラスを見て、また笑い声を上げる。「――だが、数千人の幽霊に取り憑かれる以前は、わたしもそれほど酒飲みではなかった」ホルムはグラスを干した。「こう考えてみるといい。きみが血と内臓をぶちまけて名声を獲得したら、部下たちはきみを盾の上に載せて、皇帝に祭り上げるだろう」

二人で声を合わせて笑って〝公務〟は終わり、あとは長い時間、軍事とは関係のないさまざまな話題で盛り上がった。少しばかりタブーを犯して、入隊前の話までしたが、あれはコニャックのせいに違いない。

おれは准将のいろいろな面を知ることができた。たとえば、おれを酔いつぶせるくらい酒が強いこととか。二人で高価なボトルをあけてしまったが、ホルムはまだしゃんとしており、おれはまともに立つこともできなかった。ホルムはそんなおれを寝台に運び、ブーツを脱がせ、部屋を出ていくときＡＩに明かりを消すよう指示した。その夜、おれは海兵隊最大の英雄に見こまれたのだ。

だから今、おれはここにいる。指揮する大隊を閲兵し、襟には真新しい少佐の階級章が輝いている。大隊は新規に編成された部隊で、兵士はほとんどが訓練を終えたばかりの新兵だった。それでも准将がおれの中隊をこの大隊に組みこんでくれたので、いくつか見知った顔もあった。昇進権限も与えられていて、古参兵の多くを下士官に昇進させ、班長や分隊長を任せることができた。何人か士官学校に送りたい者もいて、准将はそれも全員認めてくれた。今回の作戦のあとになるが。経験を積んだ人材は一人も失いたくないというのが准将の意向で、おれも全面的に賛成だった。

おれは三日かけて大隊の編成を考えた。各射撃班に一名は戦場経験のある兵士を配置したかったが、数が足りない。そこで各分隊に一名の配置とし、経験者のいない班はとくに経験豊富な下士官が面倒を見るようにした。新たに少尉を任命することはできないので、古参の軍曹数人に小隊の指揮を任せた。准将に許可を求めると、いちばんいいと思うようにやれと言われた。フロストとサンチェスを大尉に推挙したのも認められ、それぞれに中隊を任せた。サンチェスはディーナで負傷していたが、出航までには復帰するはずだ。再編成を終えたおれは、結果にすっかり満足していた。経験を積んだ士官があと一人か二人いてもいいが、手持ちの駒でなんとかするしかない。

出航の一週間前、またしてもホルム准将の好意で、嬉しい驚きがあった。小隊指揮官との最終ブリーフィングを終えて食堂に向かっていると、よく知った顔が角を曲がってきたのだ。

「やあ、われらが英雄、エリック・ケイン少佐じゃないか」

おれは驚きの笑みを抑えられなかった。

「ダリウス・ジャックス大尉！　元気だったか？」

おれは握手をしようと近づいたが、気がつくとしっかり抱き合っていた。

ジャックスは満面の笑みを浮かべた。

「獅子座アルファ星第四惑星《αレオニスⅣ》で死にかけた以外はぴんぴんしてる。もちろん、伝説のエリック・ケイン少佐には及ばないがね」

「その呼び方はもうたくさんだ。それより、将校クラブで夕食にしよう。積もる話が山ほどあるからな」

おれたちはエレベーターで階下の将校クラブに向かい、恐竜サイズのステーキを平らげながら、過去三年間のできごとを語り合った。ジャックスはαレオニスの作戦で重傷を負い、片腕を再生するという楽しみを味わっていたので、話が合ってたがいに同情し合った。アームストロングにいたというのでセーラに会ったかもしれないと思ったが、医療センターは巨大で、二人の道は交わっていなかった。

おれにとっていちばんいいニュースは、ジャックスがおれの大隊に配属されたことだった。准将はコロンビアでおれたち二人に感銘を受け、おれにしたようにジャックスのキャリアにも手を貸し、おれの下に配属されるよう手配してくれていた。大尉の階級章は真新しかったが、おれはその場でジャックスを副大隊長にすると決めた。戦場で中隊を率いた経験がない新任大尉を、いきなり大隊長の次席の地位につけるのは、控えめに言っても異例だ。だが、おれはジャックスという男を知っていた。彼ならやれるとわかっている。信頼できると知っているのだ。

ジャックスは当然の不安を口にしたあと、引き受けた。おれたちは握手し、仕事の話はそれまでにして、夜どおしおしゃべりと回想にふけった。ジャックスとおれはアキレス作戦とコロンビアでともに戦い、血まみれの戦場でたがいの背中を守り合い、どちらも相手を信頼していた。おれたちが感じる一体感は説明しにくいが、間違いなく本物だ。ずっと孤独だったおれにとって、ジャックスは友人というのにいちばん近い存在だった。おれと個人的な付き合いのある人間はごくわずかだ。セーラはもちろんそうだが、あとは准将で、こちらは急速に父親のような位置に収まりつつあった。

仕事の話に戻ると、おれは自分の大隊に以前よりも自信が持てるようになった。ジャックス、フロスト、サンチェスの三人の大尉がいて、もとの中隊の古参下士官たちを小隊長や分隊長として配置したので、新兵の比率は高いものの、うまくやれそうに思える。

作戦は大がかりなものだった。一個旅団で三星系を続けざまに攻撃するのだが、複数の目標に侵攻するのはこれがまだ二度めだ。攻撃と攻撃のあいだに補強と補給があるとはいえ、ほとんど間を置かずに出撃するため、休息はほとんどできそうにない。

戦争が拡大するにつれ、中央司令部はこの種の連続的な、複数惑星攻略戦を考慮するようになった。経験はまだ一度だけ——ディーナとアルベラだけで、しかもあれは同じ惑星の二つの衛星だった。今回ははるかに規模が大きく、十倍の兵員で、別々の星系の三つの世界を攻撃する。

この作戦はグリーゼ250を防衛するための、ある種の賭けだった。攻撃する三星系は〝尻尾〟の名で知られ、一本道のワープゲートでつながっている。分岐はなく、三星系を順番に行き来できるだけの袋小路だ。グリーゼ250を通る以外の経路は発見されていないので、防衛するにはそこさえ押さえておけばいい。逆にいえば、グリーゼ250を奪われ、即座に奪還できなかった場合、〝尻尾〟に侵攻した部隊は孤立し、やられたも同然になる。もちろん戦うことはできるが、補給も増援もなしでは勝ち目がない。今回の作戦中にグリーゼ250を奪還されたら、アキレスのとき以上の惨状になるだろう。

グリーゼ250には地球型惑星がないため、戦いになるとすれば、それは艦隊戦になる。おれたちが少人数でステーションを奪取できたのは奇襲だったからで、カリフ国の艦隊は配備されていなかった。だが、今は連合の艦隊が防御を固めていて、カリフ国がステーションの奪還を試みたら、大規模な宇宙戦になるだろう。大規模というのは言葉どおりの意味で、おれたち侵攻軍が〝尻尾〟にいるかぎり、アキレス作戦以来最大の艦隊が集結することになる。

しかも支援のため、星系内には同盟関係にある環太平洋共同体《PRC》の艦隊も派遣されることになっていた。これは二つの列強の関係を新たな段階に進めるもので、巡洋艦八隻と多数の支援艦に加え、ヨシオ・アオキ大尉がオブザーバー兼連絡将校として作戦に同行することになっていた。准将はこの日本人大尉をおれの大隊に預け、快適に過ごしてもらえと指示した。

おれはこの命令を真剣に受け止め、あらゆる準備を入念にチェックした。居室はＶＩＰ区画で、おれの部屋よりもかなり広い。必要なものがすべてそろっていることを確認し、兵士を一人、滞在中の従卒兼助手に任命した。将校クラブのひとつに日本食を用意するよう交渉もしたが、ステーションを奪取したのはほんの数カ月前で、補給品はまだかなり限られており、要求に応じてもらうことはできなかった。

士官学校では基本的な日本語の授業もあったが、外国語のカリキュラムは戦時訓練プログラムで大幅に削られていた。おれはいくつか単語を知っている程度で、会話などおぼつかない。礼儀正しく挨拶をするつもりで相手の母親を侮辱してしまうかもしれないので、携帯用ＡＩを準備して着陸ベイに向かった。向こうの英語がおれの日本語と同じようなレベルだった場合に備えたのだ。

だが、問題は起きなかった。たがいに敬礼したあと、相手が完璧な英語で穏やかにこう言ったのだ。

「お目にかかれて嬉しく思います、少佐。あなたの活躍はPRCでも有名で、わたしも大ファンなんです。いっしょに戦えるのは光栄ですし、いつか友人になれればいいと思っています」

大尉は片手を差し出し、おれはその手をしっかりと握った。

「アオキ大尉、わたしもお目にかかれて嬉しく思います。あなたの英語がわたしの日本語よりもずっとうまいので、とても助かりました」

大尉は温かい笑い声を上げた。

「父がPRCの大使として十年ほど連合に赴任していたので、わたしもジョージタウン地区のウォッシュバルトで育ったんです。この任務を与えられたのも、間違いなくそれが理由のひとつでしょう」

「それを聞いてほっとしました。わたしはニューヨーク出身なんです」おれは従卒に荷物を運ぶよう指示した。「疲れたでしょう。とりあえず部屋に落ち着いてください。荷物はすぐに運ばせます」

「ありがとうございます、少佐。ひとつお願いしても構いませんか？」

「もちろんです、大尉。何でしょう？」

「長い一日だったので、腹ぺこなんです。このステーションに、うまいハンバーガーが食べられるところはありますか？」

答えようとして、思わず噴き出してしまった。とまどって見つめる相手に、日本食の用意を将校クラブに頼んで断られたことを説明する。おれたちは声を合わせて笑った。

「気を使っていただいて感謝します、少佐。でも、その必要はありません。東海岸に十年も住んでいたので、うまいレアのハンバーガーとペパロニ・ピザをビールで流しこめれば、それで満足なんです」

おれたちはまた笑い、世間話をしながら将校クラブに向かった。レア・ハンバーガーを二個頼み、ヨシはそれを、「場所を考えれば、すばらしい」と評した。

おれたちはすぐに打ち解けた。ヨシの恵まれた生い立ちと、おれのなんというか荒んだ過去とはほとんど共通点がないというのに、おれたちには多くの似通ったところがあった。

〝少佐〟〝大尉〟と呼び合うのは、部下の前だけということになった。

その後数日かけて連絡プログラムのことを調べ、これがすばらしい名案だということがわかった。過去の同盟は全体的な協力の場合でもそれぞれが個別に作戦を遂行し、合同作戦は最小限しかなかった。今回のグリーゼ250のような合同部隊はきわめて稀で、連絡将校を攻撃部隊に同行させるなどと言えば、「スパイだ！」という叫びが上がっただろう。

だが、必要性の前に不信は影をひそめはじめていた。統一戦争以来、条約による正式な長期間の同盟というものは存在しない。もちろん列強のあいだの支援関係はある――西側連合とＰＲＣ、カリフ国と中央アジア合同体《CAC》のように。だが、それは長期的な関係ではなく、戦争のたびにあわてて築かれる協力関係にすぎない。交戦国がそれぞれに、占領した敵領土の一部割譲などを条件に、戦闘への参加を求めるだけだ。

　宇宙戦の規模が拡大するにつれ、長期的同盟関係の構築は重要性を増していた。列強といえども、単独ではやっていけない。ＣＡＣとカリフ国の関係は恒久的な同盟に近く、それが連合には大きな圧力になっていた。どちらか一方だけなら相手にできるが、両方同時には無理なのだ。両国はつねに西側連合と争っており、またＰＲＣにとって、ＣＡＣは不倶戴天の敵だった。連合とＰＲＣの同盟は当然の帰結と言える。

　連合は六年にわたり、単独でＣＡＣとカリフ国を相手にしてきた。敗北が続いたのは、主に戦力が薄く広がりすぎていたせいだ。ＰＲＣが最初から参戦していれば、戦況は大きく違っていただろう。今ごろは戦争に勝っていたかもしれない。だが、列強間には強い不信感があり、歯車はゆっくりとしか動かなかった。たぶん最初は二人の士官と、二個のハンバーガーと、大量のビールを消費した一夜からということになるのかもしれない。

　ヨシは隊に溶けこみ、誰とでもうまくやっていた。親しみやすく、快活な男だ。だが、彼のファイルを読んでみると、とんでもない戦士だということがわかった。ＰＲＣが参戦してからの二年間に五回の戦闘に参加し、最後の二回は中隊長を務めている。

最初の任務は、新たに発見された惑星の探検調査団を護衛する小隊の指揮だった。その星系はCACも狙っていて、二個中隊規模で攻撃してきた。ヨシの小隊は塹壕にこもって五日間耐え抜き、PRCの支援艦隊の到着でCACは撤退した。死傷率は六十五パーセントに達し、本人も二度負傷したが、彼は惑星を守り抜き、探検調査団の民間人に死者はいなかった。

この男を戦闘から離れた安全な場所に押しとどめておくのは難しそうだと、今からもう予想がついた。PRCの連絡将校は戦死したと、准将に報告するような羽目にならないといいのだが。

10

りゅう座イオタ星系（ιドラコニス）途上
クロケット機動部隊
AS《ベロー・ウッド》艦内

攻撃部隊の規模は准将とヨシを含めて六千三百七名だった。全員をシャトルで輸送艦に運ぶのに三日、装備品をすべて積みこむのにさらに二日を要した。

おれの大隊は《ベロー・ウッド》に割り当てられた。不気味なほど見覚えがあるのは、《ゲティスバーグ》の姉妹艦だからだ。ただ、今回はぎっしり詰めこまれているので、ずいぶん狭く感じた。おれにはオフィス付きのキャビンが与えられた。下士官用の寝棚とはわけが違う。これも階級にともなう特権だ。

加速は一Gだったので、対加速カウチに縛りつけられている必要はなかった。今のところは。編隊航行が始まるのはまだ二、三日先だ。それまでは気楽な時間だった。おれはその時間を使って部下全員を集め、作業と訓練のスケジュールを言い渡した。カウチに固定されておらず、睡眠を取っているわけでもない時間は、できるだけ忙しくさせておきたい。やれやれ、おれも将校らしくなったものだ。

　艦隊の偉容は圧倒的だった。ゲティスバーグ級とアーリントン級の大型攻撃艦が十隻、もっと小型の輸送艦と補給艦が二十四隻、それを護衛するのは戦艦《マッカーサー》を中心とする九隻の機動部隊だ。この規模の作戦にしては戦艦が少ないが、それはグリーゼ２５０で後衛に当たっているためだった。

　八日後、おれたちはι《イオタ》ドラコニス・ワープゲートを通って、〇・〇五光速で敵宙域に突入した。大がかりな防衛艦隊は存在しないはずだが、いずれにしても機動部隊が先行しており、輸送艦隊はその後続だ。思惑がはずれてカリフ国艦隊が〝尻尾〟で待ち受けていた場合でも、着陸もしないうちから旅団を失う心配はない。

　予想どおり、ιドラコニス星系に敵戦艦はいなかったが、《マッカーサー》打撃群は〝尻尾〟のさらに奥から運ばれてきた稀少鉱石を満載した、大型輸送船四隻を拿捕した。西側連合がグリーゼ２５０星系を押さえてしまったために、ここから出ていけなくなっていたのだ。

　ιドラコニスⅡは攻撃目標の三つの入植地の中でも最大で、軌道上の守備は思ったよりもずっと強固だった。制圧はしたものの、《マッカーサー》はかなりの被害を受け、巡洋艦が一隻、いくつも穴をあけられて艦隊から脱落した。

おれははじめてホルム准将のもとで戦った。着陸はきわめて綿密だった。タイミングは完璧に計算され、准将自身が細部までモニターしている。最初に一個連隊が着陸し、必要ならいつでも増援できるよう、予備大隊が待機する。おれの部下たちはまだ艦内だったが、自分のいない場所で戦いが始まるのをオフィスにすわって見ているのは、実に苦痛だった。ジャックスとヨシも呼んで、いっしょに進展を見守った。三人ともずっと無言で、味方が敵惑星に着陸するのを眺めながら、落ち着かない気分だった。やがてとうとうヨシが沈黙を破った。

「これほど完璧な強襲着陸は見たことがない。ホルム准将はまさに評判どおりだ」

「あんな将校はほかに見たことがないよ」おれは画面からヨシの顔に目を移した。「何もかも見通していて、あらゆる可能性を予期してるんだ。どうやってコロンビアを防衛できたのか、いまだにわからない。敵の第三波が来ることがどうしてわかったのかも。あのときはジャックスもおれもただの軍曹だったけど、ホルムはあの戦闘で何が起きるのか、一分刻みで全部把握してるみたいだった。しかもすべてが終わったあと、負傷した一人の軍曹の居場所を確認し、放射性の瓦礫の下からおれを掘り出す部隊を組織する余裕まであった」

「それだけじゃないぜ、エリック」とジャックス。「捜索部隊を自分で指揮したんだ。敵を撃退したおれたちはすぐに反撃に移り——そうそう、おまえの替わりはその場で選んで……砲火の中で部隊があんなふうに崩壊していくのは、はじめて目にしたよ。戦闘が終わったときには、最初の位置から四、五キロは離れていた。おまえは死んだものと思ってたんだが、准将が——当時は大佐だが——連絡してきて、〝まだ生きてるから、引き返して捜索しろ〟って言ってきた。おれたちが着いたときにはもうホルムは現場にいて、衛生兵二人と二個分隊の歩兵で捜索していた」

おれはそれまで具体的な話を聞いていなかったので、しばらく無言で考えこんだ。おれたち三人が黙りこんでいるうちに、最初の部隊が着地しはじめた。

攻撃はだいたい計画どおりに進んでいた。敵がアルケビルと呼ぶこの惑星はほぼ全部が陸地で、そこに小さな湖や内海が点在している。地表は暑く、居住にはあまり適していないが、辺境の多くの惑星がそうであるように、地球では稀少・貴重な資源に恵まれ、それを目当てに人間が住みついていた。攻撃はいささか面倒な手順を踏むことになった。たいていの入植世界では、限られた人口が採鉱地や最初の入植地のまわりの、比較的狭い地域に固まっている。だが、アルケビルはほとんどが不毛の砂漠で、あとは多数の小さな内海を囲むように熱帯雨林が密集している。熱帯雨林は危険な植物や動物でいっぱいだが、そこにもさまざまな、有用で価値のある資源が眠っていた。人口は熱帯雨林と砂漠のあいだのごく狭い、なんとか居住可能な地域に散らばっている。大きな都市や街といったものはなく、惑星じゅうの居住可能地域に無数の小さな村が点在していた。

攻撃側には戦線も、標的も、集結地も存在しなかった。広く散らばって索敵と破壊をくり返し、守備隊を撃破し、村々を制圧するのが任務だ。惑星に正規軍が駐留していることはわかっていたが、第一線のイェニチェリはいないはずだというのが情報部の見解だった。現地部隊は入植地の平均的な民兵よりも多少ましな程度だろう――こういう住みにくい世界では、たいていそうだ。

第一波の千八百名は全員が装甲歩兵だった。初期着陸ゾーンは十カ所あり、どれも砂漠で、居住地域のひとつからおおよそ十五キロ離れている。行動単位は小隊で、中隊単位で見ると広い範囲に散らばる形だった。村から村へと系統的に、ひとつを潰しては次に向かうということをくり返し、再集結地点では部隊ごとに負傷者の収容と装備品の補給をおこなう。

作戦は順調に進んだ。正規兵の守備隊が村を防衛していたが、二線級だし、数でもこちらが圧倒していた。しかもイェニチェリと違い、全滅する前に次々と投降してくる。むしろ地元民兵のほうが手ごわかった。熱帯雨林に逃げこむので、根絶するには密林に分け入っていかなくてはならない。ジャングル戦は困難で、時間もかかった。環境面の危険からは装甲服が守ってくれるが、沼や流砂が前進を妨げる。ついには准将が焼夷兵器を持った部隊をくり出し、敵の抵抗が根強いあたりを焼き払った。この攻撃でかなりの敵が焼死し、残りは同じ運命になるまえに投降した。

熱帯雨林を広い範囲にわたって破壊するのは、もしかすると惑星環境に恒久的な悪影響を及ぼすかもしれない。だが、これは戦争で、おれたちはすべきことをするだけだった。掃討はさらに一週間かかり、惑星はわれわれ西側連合のものになった。戦闘に参加した者たちにとっては不快な戦いだったが、損害はごく少なかった。敵はジャングルの中を逃げまわってこちらを翻弄したが、装甲服に重大な損傷を与えるほどの武器は持っていなかったのだ。

ただ、弾薬と装備品はかなり消耗した――作戦全体の四十パーセント程度にもなる。今回は三カ所を順次攻略する作戦なので、消耗品の配分は重要だ。前回、二つの衛星を連続攻撃したのは、はじめての多目標作戦だった。今回が二回めだ。成功すれば、戦略と行動計画の範囲がいっきに拡大する。単一の世界を目標に定めて攻撃をかけるのではなく、もっと全体的な戦略計画が立てられるようになるだろう。おいしい標的だからAを狙うのではなく、そこからBに前進でき、さらにCにも行けるようになるから攻撃するのだ。

結局、死者六十名、重傷者百七十五名が出た。輸送船が一隻、負傷者と捕虜をグリーゼに運ぶことになった。機動部隊は再編成され、この星系にあとひとつしかないワープゲートに向かった――くじら座７９《79ケティ》番星に通じるゲートだ。

移動には六日かかり、艦隊は減速しながら７９ケティ星系に侵入、目標である第五惑星に針路を取った。これまでおれはいくつもの世界に着陸してきた。天国のような所もあったし、きびしい環境の世界もあった。だが、79ケティVは、おれの知るかぎりでもっとも地獄じみた場所だった。

星系の第七惑星は木星の百倍もの体積があるガス状巨星で、この巨大な隣人の重力が第五惑星の軌道を大きく偏心させていた。極端な長楕円軌道で主星のまわりを公転する、現地でエリドゥと呼ばれる惑星は、夏にはすさまじい熱と放射線にさらされ、冬には凍りついた荒地となった。吸えば即死というほどではないが大気は有毒で、主星と第七惑星の強い放射線を浴びることになるエリドゥの環境は、人類が居住する世界としては最悪のもののひとつだった。

だが、この惑星には超ウラン元素の安定した同位体が自然に産出した。地球では実験室内でほんのわずかな量を作り出すことしかできない物質だ。宇宙船のエンジンにきわめて有用なこの物質は、天文学的な価格で取引された。それなりの量が自然に産出する場所はエリドゥしか知られておらず、それだけの価値があれば、人間はなんとしても採掘しようとする。

情報部の報告によると、この惑星に最初に入植したのは、鎖につながれた労働者たちだった。何かの犯罪に手を染めたか、税金を払えなかったかしたカリフ国の市民が、負債を返すため送りこまれたのだ。貧弱な防護装備でひどい条件の労働を強いられ、新人作業員の大多数は十八ヵ月以下しか生き延びられなかった。生きて出ていった者もほとんどいない。

監督はきちんと防護された区画に住み、高機能な防護服も支給されていた。二年勤めて転出していくときには、すっかり裕福になっているという。ずっとそこに住んでいる人間がいないため、民兵も自衛軍も存在しない。惑星守備隊は全員が正規兵だ。きびしい環境なので、守備隊は全員が装甲歩兵だった。つまり激しい戦闘が予想される。

先陣はおれの大隊が切ることになった。エリドゥは今回の作戦最大の難関で、准将はおれを当てにしているようだった。平穏に着陸できるように。できるかぎり平穏に、と言うべきか。エリドゥに強襲着陸するのは簡単ではなかった。季節は真冬で、地表には激しいアンモニアの嵐が吹き荒れている。放射能を帯びた重い雪はスキャナーを妨害する以上に、肉眼の視界を制限した。おれたちは自動化ドローン三機に超強力なビーコン発信装置を組みこんで地表に送りこみ、揚陸機の着陸の目印にしようとした。一機は敵に破壊され、二機めは地表に激突したが、なんとかビーコンを発信してきた。三機めは幸運に恵まれ、完璧に着地した。

機能している二つのビーコンを、二機の揚陸機の着陸地点《グラウンド・ゼロ》に定める。准将は着陸に関するすべてをおれに一任してくれた。おれは第一波として二個中隊を送りこみ、そのあと大隊の装備品と第三中隊を着陸させることにした。

おれ自身は第一中隊に同行するが、戦闘のあとで小言を言われそうな気がした。だが、部下が地獄に降下していくなら、おれもいっしょに行く。降下はかなり荒っぽいものになったが、おれの乗った揚陸機は無事に地表に到達した。数機は地面に衝突し、十一名が負傷した。一機は破壊され、乗っていた五人は戦死した。

条件は想像以上に悪かった。視界は十メートルもなく、ヘクターがつねにイメージ構築を拡張しているのに、スキャナーから入ってくるデータは曖昧で、判読が困難だった。風は強烈で、装甲服の中にいるのに身体が持っていかれそうになるのを感じる。生身だったら枯れ葉のように吹き飛ばされていただろう。

各中隊からそれぞれ一個小隊を選び、着陸ゾーンを囲む防衛線を築かせる。敵が掩蔽壕《えんぺいごう》から出てきて攻撃してくるとは思わなかったが、長距離スキャンは事実上役に立たない。奇襲される危険を冒すことはできなかった。ほかの全員で着陸ゾーンをチェックする。ゴードンは被弾していたが、燃料はじゅうぶん残っている。離陸して、墜落するまでに数キロは移動できそうだ。着陸ゾーンの障害物はできるだけなくしておきたかった。それでなくても悪条件なのだ。第二波が第一波の残した障害物に衝突するなど、ばかげている。避けられる危険で人員を失うのはごめんだった。

第二波も一部が地表に衝突して負傷者を出したが、いずれも軽傷だった。おれは大隊をまとめ、二個中隊を横に並べて六キロほどの幅をカバーした。自分は残りの一個中隊と大隊の装備品とともに、三キロほどうしろを前進する。

惑星には二つの大きな採鉱地があり、人口もその二ヵ所に集中していた。おれたちの攻撃目標はその片方で、敵と遭遇したらすぐに、第二大隊がもうひとつの近くに着陸することになっている。

前進速度は遅かった。装甲服を身につけていても、腰まであるアンモニアの雪に埋もれて進むのは楽ではない。前方はろくに見えず、スキャナーもあまり役に立たないのだ。ばかげた事故で無駄な負傷者を出したくなかったので、おれはわざと慎重な前進を心がけた。

敵の掩蔽壕の位置は大まかにわかっていたが、おれたちがワープゲートから出現して警報システムを作動させたあと、実際にどんな手を打ってくるのかはよくわからなかった。

敵の戦力さえ、信頼できる推計は出ていないのだ。視界が限られ、スキャナーが役に立たないのは敵も同じだろうが、なんらかの探知システムは設置しているに違いない。攻撃されたらすぐに引き返し、報告しろと命令してあった。

おれは最前列に立ちたかったのだが、准将がいい顔をしないのは明らかだった。だから大隊の装備品といっしょに最後尾についていた。おれが撃たれでもしなければ、准将にはわからないだろうが。艦隊とは音声通信でつながっているものの、放射線とひどい嵐のせいで、旗艦の戦闘コンピューターとの通常リンクは切れてしまっている。おれたちはこれまでのどんな戦いにも増して、独自の判断で動かなくてはならなかった。

なんらかのエネルギー源が断続的に観測されている場所まで一キロ以内に迫ったとき、おれの分隊の最前列を敵の自動火器が掃射した。分隊は命令どおり、負傷者二名を引きずって引き返した。撃たれた二人は致命傷ではなかったが、どちらも仲間が衛生兵のところに連れていく前に死んでいた。寒さと有毒大気のせいで、負傷者が生き延びるのは困難なのだ。

おれは大隊全体に向け、負傷した人員の装甲服の補修を最優先にするよう呼びかけた。装甲服の外傷管理で、たいていの負傷はしばらくのあいだなら安定させておける。だが、負傷した兵士が有毒大気にさらされていたのでは、そうはいかなかった。装甲服には自己修復システムもあるが、それは小さな穴をふさぐ程度のものだ。用意されている応急修理用のパッチは手作業で適用しなくてはならない。それもたいていの場合、補修する装甲服の装着者以外の者の手で。

おれは敵が撃ってきた場所を迂回するよう小隊に指示したが、今度は別の方角から攻撃され、一人が倒れて、ふたたび後退することになった。第二の敵を迂回しようとすると、また別の方角から攻撃された。おれはヘクターに敵の位置を推定させた。ヘクターの答えは、入植地を中心にした半径三キロの円周上に、千メートルおきに配置されているようだというものだった。おれはいちばん確率の高い推定位置を小隊指揮官に送った。

敵の拠点の大きさや武装はまだわからない。武器は大型で、少なくとも分隊支援火器《SAW》レベル、もっとでかいかもしれない。正面から突っこんでいくのは犠牲が大きくなりすぎるだろう。この環境下では全滅もありえる。敵の位置がはっきりすれば砲撃で撃退できるのだが、この嵐の中で直撃を期待するのは幸運を望みすぎだろう。

思いついた手はあったが、それはおれの弱点を突いていた。完全な自殺行為とは言わないが、やはり良心が痛む。だが、ほかには何も思い浮かばなかった。

「ヘクター、経験豊富な偵察兵を四人挙げてくれ」

「ギャリソン、エヴァーズ、コナーズ、ロドリゲスの勤務期間がいちばん長く、ギャリソン、ハリス、コナーズ、ジャネックがいちばんたくさん任務に就いています。アルバレスは出撃回数が少なく、勤務期間も短いですが、極寒の世界で二度の戦闘に参加しています。ふさわしい四名を推薦するなら、ギャリソン、コナーズ、ジャネック、アルバレスです」

ほう。不快のコメントはひとつもなしだ。ヘクターは丸くなってきている。おれと同じように、経験を重ねているのかもしれない。おれは少し考え、決断した。

「よし、ヘクター、通信ラインにギャリソン、コナーズ、ジャネック、アルバレスを呼び出せ。フロスト大尉にもつないでおけ」

「了解」即座に返答があった。「わたしの推薦を受け入れたのは上出来です。なんらかの感情的な判断で、修正を加えるものと予期していました」

なるほど。ヘクターに関する判断は時期尚早だったようだ。

「いいからやれ」

リンクは数秒で確立した。

「指定された兵士と接続しました」

おれはすぐに本題に入った。

「おまえたち四人に任務を与える。この拠点の防御を突破しなくてはならないが、この嵐で敵陣の確定が困難だ。撃ってくる相手の位置をはっきりさせる必要がある。敵を殲滅《せんめつ》後すぐに前進できるよう、低威力の核弾頭を使うとするなら、確実に標的に着弾させなくてはならない。

二名一組で敵の位置を探るのがおまえたちの任務だ。擲弾筒《てきだんとう》とロケット弾で注意をそらすから、じゅうぶん近くまで忍び寄って、レーザー照準器で位置を特定しろ。高出力レーザーとはいえ、じゅうぶんに近づかないとだめだ——二、三十メートルといったところだな。時間をかけて、慎重に接近するんだ。ずっと匍匐《ほふく》前進して、標的にされないようにしろ。

さて、問題はここからだ。敵もこちらと同様、スキャンは役に立たなくなっているだろう。だが、レーザーを照射したら発見される危険が生じる。円周状の防衛線の奥に何があるのかはわからないが、奇襲効果を狙うため、おまえたちが爆発半径から脱出する時間は五分しかやれない。全速で撤退するんだ。ただし、四分四十五秒が過ぎたら警告するから、その場でしっかり地面にしがみつけ。衝撃波がおさまったらすぐに二個中隊を前進させ、防衛線の向こうに何があるにせよ、反応する間を与えずに突入する。おまえたちが爆発から逃れる時間はあるはずだが、ぎりぎりだ。だからどちらか一人でも発見されたら、二人ともすぐに引き返せ」

少し間を置いて、言っている意味を理解させる。

「もうひとつ、敵陣を発見し、レーザーを使えると思ったら、その前に連絡しろ。標的を確定する前に、どちらも位置についている必要がある。脱出のための五分は、最初のレーザーを照射した瞬間から計測する。もう一方がまだ到達していなかったら、そのあと位置につき、レーザーを照射し、それから脱出することになる。それでは間に合わない。危険が大きいことはわかっているが、大隊の半数を失うことなくあの防衛線を突破するには、これしか方法がない。何か質問は？」

ないだろうと思っていたので、質問がなくても驚かなかった。四人そろって「ありません、サー」と返ってきただけだ。ヘクターに言ってリンクを切断させ、フロストをあらためて呼び出す。

「フロストです、サー」

「ダン、偵察隊の監督を頼む。二班に分けて、進行状況を全部モニターしてくれ。わたしは攻撃部隊を監督する。最初の標的の位置を特定したきっかり五分後に、核弾頭を撃ちこむ。偵察隊の四名は、全員無事に回収したい。両方が位置につくまで、レーザー照準をおこなわないよう注意してくれ。頼んだぞ」

「了解。任せてください」

通信を終え、今度はジャックスを呼び出した。計画を説明し、核弾頭が爆発する前に二個中隊の全員を伏せさせ、直後に攻撃にかかるよう指示する。指揮はジャックスに任せたが、本当は自分が行きたかった。

十分後、大隊予備部隊の重火器班の支援を受けた二個小隊が擲弾筒とロケット・ランチャーで攻撃を開始し、同時に偵察員四名が前進を開始した。一キロの距離を匍匐前進するにはしばらくかかり、続く十五分はおれの生涯でいちばん長い十五分だった。敵は一人の偵察員にも気づいていないようだったが、驚くには当たらない。地を這うように進んでいくので、その姿はすっかり雪に隠れてしまうのだ。偵察用装甲服は現代の技術で作れる最高の迷彩効果を有し、赤外線がスキャンにとらえられないようにする被覆も施してある。どっちにしても、ここではスキャンがほとんど役に立たない。

おれから見て右方向に進んだジャネックとアルバレスが先に到達した。アルバレスが敵陣の様子を簡潔に報告する。強化プラスティクリート製らしい掩蔽壕で、そこに三門の重機関砲が設置されているという。くそ、やっぱりか。まっすぐ突っこんでいったら全滅するところだった。わざと一門しか撃たなかったのだ。抜け目ないやつらめ。正面攻撃を誘発しようとしたのだ。

一分ほどでギャリソンからも位置についたと連絡があった。左の構築物も右と同じ造りのようだ。フロストに合図し、彼から偵察隊に標的を特定しろと指示が出る。レーザーが掩蔽壕をとらえた瞬間、その位置が砲兵隊に伝わった。ヘクターに三百秒を数えさせ、三十秒ごとにわたしに教え、最後の三十秒は秒読みをするようにと指示する。

スキャナーが役に立たないので、戻ってくる偵察隊の位置も確認できない。どうしているのか、まったくわからないのだ。思いで四人を引き寄せるかのように、おれは早く帰ってこいと念じつづけた。

ヘクターが一分前を告げ、おれは砲兵隊に核弾頭を準備させた。三十秒前からは秒読みを大隊全体に流させた。

「二十六、二十五、二十四……」

できることは全部やったか？　戻ってくる四人に、もう一分余裕をやるべきだろうか？

「十八、十七、十六……」

いや、予定どおりに進めるべきだ。奥にもっと掩蔽壕があった場合、奇襲の優位を失ったら、十字砲火の中に突っこむことになる。十五秒前で、偵察員たちに地面に伏せろと命じた。

「十二、十一、十……」

おれも身を伏せた。大隊全員が地面に伏せる。じゅうぶんに距離があるので、衝撃波はそれほどのものではないだろうが。

「五、四、三、二、一……」

装甲服の中にいて、周囲では嵐が吹き荒れているため、発射音は聞こえなかった。不気味な待ち時間が十秒から十二秒ほど続き、核弾頭が標的に向かっていく……

渦巻く雪が一瞬だけまぶしい黄色に燃え上がり、蒸発した。

「全員、命令があるまで顔を上げるな！」

もう何度も言ったことだが、念を押して悪いことはない。

衝撃波がおれのところまで到達し、岩や瓦礫が装甲服の背中に当たるのを感じた。それは数秒続き、やがておさまった。四つん這いの格好でゆっくりと身体を起こすと、急に開けた視界の彼方に二つの小さなキノコ雲が見えた。ヘクターが外部状況を報告する。装甲服がなかったら即死していただろう。高熱だけでも焼け死ぬし、アンモニア蒸気の濃度も放射線量も、致死レベルをはるかに超えている。

おれはヘクターに言って、ジャックスを呼び出した。

「ジャックス、攻撃を開始しろ。注意して、外部温度をつねにモニターするんだ。大丈夫とは思うが、装甲服の耐久限度を超えた高温の場所には、誰ひとり踏みこまないようにさせろ」

「了解。すでに前進を開始しています」

間違いなくいつものジャックスだ。十五秒から二十秒前には、すでに各中隊がすばやく動きだしていた。二分ほどで報告が届く。

「ケイン少佐、ジャックスです。爆心地点の映像を取得しました。かなりの大きさのクレーターがあり、プラスティクリートの破片が散乱しています。掩蔽壕は影も形もありません。敵の姿も、攻撃もなし。外部温度は絶対温度九百二十三度です」

「ありがとう、大尉。そのまま中心点に向かってくれ。構築物か、敵の動きがあったらすぐに報告しろ。外部状況のモニターは継続するように」

続いて予備中隊を任せてあるフロストを呼び出した。

「フロスト、おまえの中隊に重火器班をつける。前進して、ジャックスの部隊の三キロ後方で待機しろ。何かあったらすぐに動けるように」

数人の偵察員を送り出し、ほかの掩蔽壕の様子を探らせる。そのとき、そうなるのではないかと恐れていた要請が届いた。

「少佐？　アオキ大尉です。前進して、作戦行動を観察する許可を求めます」

拒否しようがなかった。ヨシは観察のために同行しているのだし、ＰＲＣを代表する者の勇気を侮辱するわけにもいかない。

「了解、アオキ大尉。ただ、フロストの中隊に同行し、中隊司令本部と行動をともにしてもらいたい。わたしの許可なく前に出すぎないように」

「了解。感謝します」

直後にジャックスから連絡が入った。

「少佐、敵です。二ヵ所、もしかすると三ヵ所から出現しました。コンクリートの掩蔽壕がいくつかあります。大きくはないので、推測するに、地下に施設があるようです」

ほとんどの施設が地下にあることは最初から予期していた。どうやら当たっていたようだ。ジャックスは先を続けた。

「二個小隊で二本の散兵線を構築しました。SAWは三十秒後に準備ができます。左右に各一分隊を派遣し、周辺の掩蔽壕からの攻撃に備えています」

おれが命じようと思っていたことは、もう全部済んでいるようだ。

「けっこうだ、大尉。よくやった。そのまま待機しろ」

前進して見てみると、ジャックスは左のほうにいるが、散兵線をすべて完璧に把握しているようだ。おれは右のほうに移動し、第二散兵線に接近した。

まだ余熱で気温は高く、雪は降る端から蒸発していく。いきなり気化したアンモニアが靄《もや》になっているが、視界は前よりもずっとすっきりしていた。第一散兵線も見える。かなり激しい戦闘になっているようだ。

戦闘といっても、こちらのほうが最初から有利だった。ジャックスはすでに兵士の配置をすべて終えているのに、敵はまだ急いで隊列を作っているところだ。核爆発で意表を突かれた敵は、こちらの接近を防ぐため、地表に出てきて戦うしかなくなった。おれの視点から見れば、ここで倒した敵はあとでどこかのトンネルから追い出す必要がなくなることになる。

ジャックスはそれぞれの散兵線の中央に中隊の機関砲を据えていた。おれは予備部隊から大隊の重機関砲二門を運ばせ、一門を最右翼側面に設置した。もう一門はジャックスのところに送り、必要と思うところで使わせることにする。

戦況は明らかにこちらに有利だったが、敵はまだ次々と兵を送り出していて、戦闘は激しかった。被害も大きく、しかも現状だと、そのほとんどが戦死者になりそうだ。装甲服に小さな穴があいただけで致命傷になってしまうのだ。

おれはこの戦いを終わらせたかった。かすり傷が死の宣告になってしまうような消耗戦を座視するつもりはない。おれはフロストの中隊を最右翼に移動させた。五分ほどで全員が位置につく。

「フロスト、迂回して、前進してきた敵の側面を突け。一部は掩蔽壕の確保にまわして、その周囲に擲弾を撃ちまくれ。敵を忙しくさせるんだ」

フロストは通話がまだ終わらないうちに、早くも二分隊を掩蔽壕に向かわせた。

「中隊の残りは九十度転回し、散兵線に対し直角に位置を取れ」おれはヘクターにいって、右側の中隊を指揮するサンチェスを呼び出させた。「サンチェス、フロストの中隊が敵の側面を突く。おまえの部隊は第一散兵線に向かえ。フロストの部隊が前進したら、その穴を埋めるんだ。友軍相撃は避けたい。いいな？」

「了解」その声は力強く明瞭だ。おれは部下たちが誇らしかった。「移動を開始しました」

爆発の熱は吹き払われかけていた。数分もすれば、また嵐の中だろう。比較的視界がましなうちに、できるだけ前進しておきたかった。フロストの中隊が重機関砲を起点に転回を完了する。それがほかの散兵線と直角になると、おれは重機関砲をさらに押し進めた。フロスト隊が前進する。サンチェス隊が攻撃班の側面につき、どちらもサンチェスの指示で位置を調整した。正面の人数が不足したところが補充される。死傷者が多かったのは、第二列がいなかったからだ。おれは予備部隊をできるだけ温存したかった。地表の戦いは序章にすぎないのではないかと思っていたのだ。

地表に出てきたばかりで、まだ隊列を整えようと苦闘していた敵は十字砲火を浴び、側面に残った敵も崩れはじめた。イェニチェリではないものの優秀な兵士で、いずれにしてもこの状況では、捕虜を取るのは現実的ではなかった。こちらの側方部隊は前進しながら隊列を短く太くして、その結果敵はさらに激しい十字砲火を浴びることになった。視界が悪くなって——アンモニアの雨が降って——きたが、敵を視認して銃撃を浴びせるにはじゅうぶんだ。

左側面が最初に崩壊した。ばらばらになって逃げはじめる。二、三分後には残った敵も全員が敗走していた。再集結を阻止するため、フロストに追撃を命じる。そのあとサンチェスに、フロストのときと同じように転回を指示し、敵の右側面を攻撃させた。そちらはまだ第一中隊と激しく交戦中だったのだ。中隊長のリジスが倒れたのでジャックスが直接指揮を執り、サンチェス隊が側面を前進するなか、正面に兵士を集中させた。

十字砲火にとらえられ、半数がすでに逃げだしていた敵は、たちまち敗走した。アンモニアがみぞれになって視界を閉ざしはじめていたが、スキャナーはまだなんとか機能している。おれはジャックスに一個小隊を率いて追撃するよう命じ、フロストとリンクを接続して、地表の全体を掌握した。リジス中隊の残りとサンチェスの部下を集め、中央の掩蔽壕を目指す。いよいよ地下に向かうのだ。

ジャックスには大隊重火器を任せ——トンネル内ではどのみちあまり役に立たない——じゅうぶん注意しつつ敵を混乱させるよう指示した。こんな状況で隊列が引き伸ばされるのは好ましくないが、地表の敵部隊が態勢を立てなおし、背後からトンネルに入ってくるのも願い下げだった。

強化プラスティクリート製の、大きな二つの構築物があった。どちらも地下施設への入口らしい。おれはサンチェス中隊を片方に向かわせ、自分はリジスの部下の半数と大隊の予備部隊を率いてもう一方に向かった。

どちらの構築物にも六人ほどの守備隊がいて、突入すると短い交戦になり、四名の犠牲者が出たものの敵は一掃できた。入口は直径四メートルの円形シャフトを覆う大型ハッチだった。シャフトの長さは十メートルほどで、その下に広い部屋があった。九十度間隔で四本の梯子が下に伸びている。エレベーターも三台あるようだが、途中で敵に電源を切られる恐れがあった。おれは梯子一本に二分隊を割り当て、自分はサンチェスといっしょに降りることにした。

十数発の擲弾をシャフトの底に撃ちこみ、敵がいた場合に備える――梯子を降りているときに銃撃されるのはごめんだ。部下が下降を開始し、最初の四人はすぐに底についた。半分ほどのところから飛び降りたのだ。シャフトの下は直径五十メートルほどの広い円形の部屋になっていた。出入りの際に部隊が集結する場所に違いない。天井には太いパイプが走り、圧縮空気と水を噴射するようになっているらしい。ここで毒物や放射性物質を装甲服や防弾服から洗い流し、施設本体に入るのだろう。おれたちは行儀の悪い客で、足も拭かずに土足で上がりこんだ。

サンチェスに報告を求めると、やはり掩蔽壕の下には同じような部屋があるが、こちらよりもだいぶ小さいらしい。たぶん緊急用か、裏口なのだろう。慎重に前進しろ、とサンチェスに指示する。すでに戦闘でかなりの敵を倒し、少なくとも二つの出入口から追い払われて地表を逃げまわっている敵も多いが、地下にあとどのくらいの兵力が存在するのか、まったくわかっていない。部下の一部が切り離され、追い詰められるような事態を引き起こすつもりはなかった。

エレベーターの列は梯子からそう遠くない壁面にあった。大型の貨物用エレベーターで、どれだけ下まで続いているのかは知りようがなかった。敵がそれを使って背後に部隊を運び上げると面倒なので、おれは部下に命じてロケット弾を撃ちこませた。エレベーターの箱自体はずっと下の階層にあったようだが、爆発のダメージでもう使い物にならないだろう。

その大きな部屋には四つのドアがあった。ひとつはエレベーター近くの大きな両開きの扉で、坑道に続いているようだった。残り三つは部屋の反対側に並んでいる。サンチェスに連絡すると、向こうの部屋にはエレベーターも大扉もなく、小さなドアが二つあるだけだという。おれは片方のドアを進むように言い、もう片方には念のため、しっかり警護するよう伝えた。敵が出てくるかもしれない。こちらも同様に、SAW班のひとつにすべてのドアを見張らせ、一個小隊を残していった。いちばん左のドアを開け、通路を進んでいく。

トンネルは岩盤をくり抜き、白いプラスティクリートで表面を固めてあるようだった。天井の中央に照明灯が並んでいるが、電源が切られている。おれは先頭の兵士に装甲服の投光器を点灯させ、赤外線映像だけでなく、実際の様子を目で見られるようにした。トンネルは一本道で、敵に出会うことはなかった。やがて壁際に装備の棚が並んだ広い部屋に出た。装甲服が六着吊してあったが、それ以外はからっぽだ。そのこと自体にたいした意味はない――この下に大部隊が待ち受けていて、今ごろは装甲服を装着し終えているとしても。

ヘクターに棚の数から敵戦力を分析させ、地表で遭遇した敵の数と比較させる。答えはおれの直感を裏づけていた。ここで装甲服を装備した兵士は、地表で出会った者たちだ。もちろん、ここと同じような部屋がほかにあと十室あるのかもしれないが。

そこは行きどまりで、最初の部屋に引き返そうとしたとき、緊急連絡が入った。ドアのひとつの向こうから、音声探知機とスキャナーに反応があったという。SAWをそのドアに向け、ドア脇の壁際に一個分隊を配置したとのことだった。

おれは全員を急いで反転させ、通路を駆け戻った。二十歩も進まないうちに、新たな連絡が入った。ドアが破壊され、兵士がなだれこんできたという。だが、全員のID応答機が警告を発し、発砲はぎりぎりで回避された。ドアの向こうにいたのは敵ではなく、サンチェス隊だったのだ。

即座にサンチェスを呼び出し、報告を求める。サンチェス隊が降りていったのは一種の裏口で、直下に貯蔵庫があり、唯一のトンネルがまっすぐに、おれたちが占領した部屋に通じていた。今は二つの部隊で満員だ。

サンチェスに一個小隊で中央の通路を調べさせたが、おれの勘はエレベーターのそばの二枚扉のほうが重要だと告げていた。サンチェスが調べに出ているあいだに、地表のジャックスから報告を受ける。敵の敗走は続いていた。数名が固まって再集結したり、反撃したりもしているが、ほとんどは逃げ惑っているようだ。生き残りは百名程度だという。指揮所を設置し、索敵殲滅班を送り出して掃討しているということだった。

よし。ジャックスに何かを任せるのは、自分でうまくやるのと同じくらい気分がよかった。艦隊司令部からも最新情報が入る。ジョンソン大隊はこの惑星の、第二の標的近くに着陸していた。おれの報告が役に立つかもしれない。艦隊との通信を切った直後、サンチェスから連絡があった。中央の通路は別の区画に通じていて、大部分は住居らしいとのことだ。まだ全部は調べていないが、今のところどこも無人だという。数千人の鉱夫や兵士がいたはずの区画で、すべての部屋と通路を調べるには、何時間もかかるだろう。おれはサンチェスを呼び戻し、そのあと坑道に突入することにした。

「サンチェス、ホウ軍曹に二分隊を預けて、誰もいないことを確認させろ。おまえは残りの部下を連れて戻ってこい。十分後に坑道に突入する」

「了解。向かっています」

おれは突入に備えて部隊を整列させ、工兵が二名、扉を爆破する準備を整えた。サンチェスが戻ってくると扉を爆破し、三波に分かれて突入する。

地獄の扉を開けて、突っこんでいったようなものだった。そのあと九時間、おれたちは一歩一歩、一階層ごとに、巨大な迷路のような坑道の中で、死ぬまで戦うと決意した狂信的な敵を相手に道を切り開くことになった。おれたちはブービー・トラップと隠れた狙撃兵だらけの中を前進した。スキャナーも地表との通信も、周囲の岩に含まれる超大質量物質の影響で、機能しなくなった。

途中の広い部屋に鉱夫の死体が積み上げられていた。なんらかの規則違反で、悲惨な運命をたどった者たちのようだ。鉱夫といっても奴隷のようなものなので、おれが最初に考えたのは、戦闘になったとき信用できないと思われ、処分されたのだろうということだった。だが、よく見ると死んでから何日も経っているようだ。

トンネルを守っていたのはムバリズンだった。カリフ国の特殊精鋭部隊だ。まさかこんなところにいるとは予期していなかった。それが決死の覚悟で挑んできている。戦闘は激しいどころではなく、アキレス作戦やコロンビアの最悪の戦闘と同じか、それ以上に激烈をきわめた。それが地下深くの狭い空間で起きたのだ。敵はおれたちの頭上でトンネルを破壊し、熟知している迷路の構造を利用して側面攻撃を仕掛けた。おれたちは手持ちの武器を総動員し、とくに狭い場所での戦いはナイフばかりか、装甲された拳まで使っての白兵戦になった。

　おれは伝令を飛ばし、地表の掃討を終えたジャックス隊と、ホウの二分隊も呼び寄せた。曲がりくねったトンネルの中に何キロも伸び広がった大隊を直接指揮するのは、通信機が機能していたとしても、事実上不可能だ。軍曹や伍長の給料には、上からの命令が届かないとき、独自に部隊を指揮する分も含まれている。最後の敵を追い詰めて殲滅するころには、こちらも消耗しきっていて、持久力の限界だった。あの日のおれの部隊ほど勇敢に戦った兵士は見たことがないが、大隊がほぼ壊滅状態にあることもわかっていた。

　おれ自身も危ないところだった。部隊から離れてしまい、四人の敵に囲まれたのだ。やられるのは確実に思えたが、その直前に二人の敵が二本の刃に倒れた。目にもとまらない速さだった。PRCの装甲服はおれたちのと違い、両腕にそれぞれナイフが仕こまれている。刃物を使って戦う伝統があるせいだ。そしてヨシは剣技のエキスパートだった。おれは即座に反転して敵の一人に斬りつけ、その胴体をほとんど両断した。振り向きざまに銃でもう一人の頭を撃ち抜く。こうしてPRCの連絡将校ヨシオ・アオキ大尉は、エリドゥでおれの命の恩人となった。戦闘に介入するなと十回は言い聞かせたはずなのに。

　よろめくようにトンネルから出ると、おれたち以外に生きている者はいなかった。のろのろと梯子を登り終えたときには、立っていられる者は半分もいなかった。生存者はゆっくりと再集結地点に集合し、無言でシャトルの到着を待った。衛生兵がひどい状態の負傷者をできるかぎり治療する。生存者の中にサンチェスの姿はなかった。部下が負傷者を安全な場所まで運んでいくあいだ、六人の敵をナイフで食い止めていたのだ。たぶん勲章が死後贈与されるだろう。だが、せいぜいその程度だ。

敵の正体がわかった直後に、おれは伝令を最初の部屋に走らせ、艦隊司令部経由でジョンソン少佐の大隊に警告を送った。残念ながら警告は間に合わず、惑星の反対側にある鉱山もおれたちが攻撃したところと同じく、ムバリズンでいっぱいだった。ジョンソンの部隊は壊滅状態になり、准将は別大隊を増援に派遣した。このため、その後の作戦において組織図は大混乱に陥った。

シャトルに乗りこんだおれたちは、艦に戻るまでほぼずっと無言だった。誰もが茫然自失しており、着艦後、おれは全員を三日ほど放っておいた。報告書もなし、訓練もなし。ただそれぞれのやり方で死者を悼ませた。

戦闘後何日かして、断片的な情報を総合した結果、ようやくことの次第が明らかになった。どうやら鉱夫の叛乱が起き、鉱山の生産が停止してしまったらしい。そのため、こちらの攻撃部隊がグリーゼのステーションを占領する少し前に、鉱山を奪還できなかった守備隊を支援するため、ムバリズン部隊が派遣された。精鋭部隊は叛乱を起こした鉱夫をたちまち一掃したが、連合がグリーゼ250星系を確保したため、撤退できなくなってしまった。おれたちは守備隊だけしかいないと思いこんで、精鋭部隊が手ぐすね引いている中に飛びこんでいったわけだ。その代償は血で支払うことになった。

守備隊のうしろにはムバリズンが控えていたわけで、地表であれほど激しく戦ったのも無理はなかった。結局、捕虜は一人もいなかった。降伏しようとする者がいたとしても、こちらの被害を考えれば、それを認める者がいたとは思えない。戦闘がある一線を越え、被害があまりにも大きくなると、あとは生きるか死ぬかの戦いになる。

こうしておれはまたひとつ、部下の死傷率が五十パーセントを超える戦闘を体験することになった。きわめて大きな数字だ。とぎれとぎれの不安な眠りに、さらに幽霊が増えたことになる。

ジョンソン大隊の死傷率はさらに大きく、七十パーセントを超えていた。その結果、准将は予備大隊を投入して彼らを救出しなくてはならなくなった。予備大隊も二十パーセントが死傷している。タイラー・ジョンソンは幽霊について考える時間がたっぷりあるだろう。部下たちが彼を坑道から引きずり出したのだが、そのときはもう虫の息だった。このあとは二本の腕と二本の脚を生やすほか、各種の治療を受けることになる。いい士官だったが、性格が変わらずにいられるかどうか。グリーゼ250に搬送される前に会いたかったのだが、鎮静剤漬けだったし、面会謝絶でかなわなかった。

機動部隊は79ケティの周回軌道からHD44594星系に通じるワープゲートを目指した。艦内ではぼろぼろの海兵隊員たちが傷を舐め、士気を回復しようとしていた。戦闘はあとまだひとつ残っている。だが、そんな気分の者は一人もいなかった。

大型輸送艦の一隻《ラファイエット》は隊を離れ、負傷者を乗せてグリーゼ250に向かった。おれの大隊は強健な男女五百四十名で構成されていたが、HD44594に通じるワープゲートをくぐったときには二百五十二名になっていた。サンチェスは死に、リジスは負傷してグリーゼ250に向かい、三個中隊のうち二つまでが指揮官を欠いていた。小隊長のほとんどはこの作戦ではじめてその地位に就いた者たちで、新任少尉に中隊の指揮は任せたくなかった。大きく人数を減らした中隊だとしてもだ。おれは大隊の補助火器のほとんどをフロストの中隊の補強にまわし、サンチェス中隊とリジス中隊を統合してジャックスに指揮を任せた。降格ではないが、今は副大隊長よりも優秀な中隊指揮官が必要だった。重火器班二つはおれの直接指揮下に残し、大隊予備部隊とした。

HD44594星系に出ると、おれは准将の艦での会議に呼ばれ、シャトルに乗りこんだ。だ。通信グリッドを使っても会議はできるが、エリドゥでの戦いを終え、直接顔を合わせて会いたいのだろうと思った。不十分な情報収集と、その結果としての大きな損失を、申しわけなく感じているのはすぐにわかる。ホルム准将にも幽霊は取り憑いていて、その数はおれよりもはるかに多いはずだ。

准将はおれの部隊を次の作戦に参加させないよう尽力したそうだが、予備部隊としてどうしても必要になるらしい。おれは大隊全員、必要とされれば敵前に降下する準備はできていると答えた。ジョンソン大隊の生き残りはおれの大隊に編入されたので、そのほとんどを第三中隊に組み入れた。狙撃手と重火器班も加えて、予備大隊はそれなりの人数になった。まだ通常時には及ばないが、前に比べればずいぶんましだ。

ジョンソンの部隊は《イオウジマ》に乗っていて、《ベロー・ウッド》に移乗させるのは現実的ではなかったので、集合する必要があれば着陸してからということになった。ただ、ジョンソンの部下たちの士気を高める必要があると思ったので、おれが帰途、シャトルで《イオウジマ》に立ち寄る許可を受けた。准将は全面的に賛同し、自分も同行すると言ってきた。

この閲兵は打ちのめされていた兵士たちの士気を大いに高めた。ジョンソン少佐はとても人気があったし、大隊はありえない条件下での戦いで大きな被害を受けていた。准将とおれは少佐に関する情報を提供した——一命を取りとめ、いずれは勤務に復帰するだろう、と。おれは自分の大隊に加わる彼らを歓迎し、いっしょに戦えることを誇りに思うと述べた。准将は厳粛な顔で激励の言葉をかけ、それも多少の効果があったようだ。

最終的に、今回の作戦にはまだひと波乱あった。星系の第三惑星は地球によく似た世界で、宇宙の袋小路の奥という場所になかったら、多くの入植者の興味を引きつけたに違いない。だが、現状は農業惑星で、鉱物資源があるだけの悪夢の世界である近くの入植地に、食糧を輸出しているだけだ。入植者はカリフ国さえ持てあました、過激な狂信者たちだった。彼らに自分たちの惑星を与えることで地球から追い出し、辺境入植地の食糧供給を確保したのだ。

やれやれ、また狂信者か。最近のおれは、正気の敵と戦いたいと思うようになっていた。アロウシュと名づけられたその惑星に正規軍は駐留していないが、全住民が死ぬまで戦おうとするだろう。農地になっていない土地は大部分が松の森で、ゲリラ戦になれば敵が身を隠す場所はいくらでもある。戦闘はほぼ全部が、地元民相手の索敵殲滅戦になった。最終的には第一波を回収して休息させ、ローテーションで戦闘を続行した。

おれたちが受けた傷はまだ生々しく、敵に寛大になれる気分ではなかった。相手が自殺的な突撃をしてくる狂信者となればなおさらだ。部下たちがあんなふうに処刑人のように敵を殺していくのを、おれははじめて目にした。おれたちは全土を索敵し、見つけた敵を片端から殺していった。

最後の拠点を掃討し、ホルム准将が作戦終了を宣言したのは、三週間後のことだった。ここまでひどいことになるとは誰も予期していなかった。侵攻した三つの世界のうち二つは、今や無人の墓地だ。ムバリズンは惑星エリドゥの叛乱鉱夫を皆殺しにし、戦闘でおれたちに一掃された。その後おれたちは惑星アロウシュ全土を系統的に掃討し、全住民が武器を取って立ち向かってきたので、これを掃滅した。

帰途は元タイラー・ジョンソン大隊の兵士たちもいっしょに《ベロー・ウッド》に収容した。地上でもうまく打ち解けていたし、グリーゼ250までの長い道のりのあいだに、すっかりおれの大隊の一員になってくれることだろう。

苛酷な作戦だったが、できるだけ早く本来の、いつでも戦える状態に持っていきたい。噂では、ホルム准将はグリーゼ250から別の作戦に出撃するらしい。今度は外縁部だと言われている。おれの大隊もきっと参加することになるだろう。

連絡将校のヨシはPRC司令本部に戻って、新たな任地に向かうことになった。グリーゼ250のステーションにも立ち寄らず、シャトルで直接PRCの巡洋艦に向かうという。艦内には、というより艦隊全体に非公認の闇市場があり、酒でも食料でも、そのほかの貴重品でも、なんだって手に入る。おれはちょっとした取引で数キロの上等な牛挽肉を入手し、ヨシの最後の晩にお別れパーティを開いて、レアのハンバーガーをふるまった。

数日後、いなくなるのはヨシだけではないことがわかった。オフィスで大隊の装備品目録を作っていたおれは、まる一日何も食べていないことを思い出した。将校クラブで夕食にしようと立ち上がったとき、ブザーが鳴って、ホルム准将が入ってきた。おれは飛び上がって敬礼したが、准将は片手を振って腰をおろすよう指示し、自分も別の椅子にどさりと腰かけた。

「准将、むさくるしい部屋にようこそ」

おれは驚いていた。通常、准将が少佐に会いたいときは、少佐が准将の部屋に行く。逆はありえない。

「エリック、きみにいくつか伝えることがある。第一に、きみはまた勲章を受けることになった。理由は……」

「准将——」ついでに言うと、准将の言葉をさえぎるのは愚かな行為だ。「——その必要はありません。自分は義務を果たしただけです」

「必要はあるのだ」おれが言葉をさえぎったことは気にしていないようだ。「実際、これは避けて通れない。ジョンソン大隊はエリドゥで、きみから警告を受けたあとでさえ、敵にいいようにしてやられた。タイラー・ジョンソンは優秀な将校だ。だが、きみの大隊は援軍なしで戦闘に勝利した。そのあとジョンソン大隊の生き残りを吸収して、三週間後には戦場に立たせた」

おれはふたたび口を開いたが、言葉が出てこなかった。称賛を受ける心の準備ができていない。居心地が悪かった。とにかく言葉を押し出す。

「ありがとうございます、サー」

准将は奇妙な表情でおれを見た。

「感謝するのは話を最後まで聞いてからにしたほうがいいぞ。エリック、きみは海兵隊史上最年少の少佐だ。その地位できみほど勲章を授与された者もほかにいない。きみは戦争の英雄なのだ」先を続けるのをためらうように、ひと息入れる。「きみは地球に戻り、西側連合大統領から勲章を授与される名。そのあとは大都市をめぐるツアーに出て、地元の名士に会ったり、イベントに参加したり——まあ、そんなようなことをすることになる。四ヵ月から六ヵ月のあいだ地球に滞在し、そのあと任務に戻ってもらう」

おれは急にひどく気分が悪くなり、椅子の中で身じろぎした。

「サー、自分はこのまま大隊に同行したいのですが。苛酷な作戦を終えたところで、この時期に指揮官が不在になるのは悪い影響があると思います」

准将は同情するような、おもしろがるような表情を浮かべた。

「エリック、この事態からうまく抜け出す方法はない。わたしも上からの指示を受けているんだ。地球の政治家は、パーティやレセプションで見せびらかすための戦争の英雄を必要としている。大統領からの叙勲を断ることなどできない。きみは代表団の一員だ。移動はずっとファースト・クラスだろうな」

准将はふたたび、一瞬だけ言葉を切った。

「わたしもきみと同じくらい困惑しているんだ。これから外縁部に向かうのに、最高の大隊指揮官であり、もっとも信頼する将校を失うのは、わたしとしても痛い。ましてや、友人でもあるのだから。きみがいなくなるのは残念だ、エリック」

准将は立ち上がり、出ていこうとしたが、その前に足を止め、片手を差し出した。

「出発は明後日の《ワスプ》だ」

おれたちは握手を交わし、准将は出ていった。おれは一、二分そのまま突っ立っていたが、やがてどさりと椅子に腰をおろした。
もう空腹は感じなくなっていた。

11

AS《ワスプ》

地球に接近中

地球。ファイナル・アプローチにかかってスクリーン上で徐々に大きくなっていく青い球体は、非現実的なものに思えた。宇宙から見ると美しいが、もちろん美しさにはさまざまな種類がある。外見はしばしば内実を裏切るものだ。

地球。おれの故郷。少なくとも生誕地ではある。九年ぶりだが、とくに感慨はなかった。それでも、そこはおれの出身地で、おれが守るために戦った入植者たちの、あるいはその両親や祖父母の出身地だった。

おれは心から恐れていた。最初は外縁部作戦に参加できないのが残念だった。ホルム准将はグリーゼ250と未踏の辺境のあいだにあるカリフ国の入植地をすべて確保するつもりでいる。おれの大隊は作戦の最初の目標である、てんびん座23番星《23リブラエ》に侵攻する予定だった——実際にはすでに侵攻しているはずだ。部隊がおれ抜きで戦っているかと思うと、胃が痛くなった。いっしょに戦えないのが政治家どもの虚栄心を満たすためだと思うと、怒りに身体が震えた。

称賛されることなどどうでもよかったし、おれが尊敬する数少ない人々からのものでなければ、称賛自体が不誠実な、自分の利益のためのたわごとに思えた。政治家の宣伝に利用されていると考えると腹が立ったが、ほかに選択肢はない。おれはせいぜい感じよく任務を果たそうと努めた。部下が戦って死んでいくのを知りながら、政治家タイプの連中とワインや食事をともにするというのは、おれの考える地獄のイメージにかなり近いものだった。そしておれは、この世に顕現した地獄をいくつか知っている。

ひとついい点もあった。これはホルム准将のおかげに違いない。おれは代表団の一員で、そこにはセーラ・リンデン軍医大尉も加えられていたのだ。公式にはおれたちの部隊にどんな治療がなされているかを説明するためだが、とても偶然とは思えない。准将がどうやって事情を知ったのかは不明だが、おれは深く感謝した。

セーラは別の艦でアームストロングから来ていて、おれにできるかぎりでスケジュールを調べてみると、どうやら二日ほど早く着いていたようだ。セーラに会えるとわかって興奮したが、不安にもなった。戦時の星間通信に許されるかぎりの頻度でやりとりはしていたが、実際に会うのは士官学校卒業時以来だ。いっしょに過ごした短い時間はすばらしいものだったが、今、顔を合わせたらどうなるか、見当がつかない。

駆逐艦《ワスプ》では、おれは賓客待遇だった。グリンスキー艦長は艦内を案内し、司令艦橋まで見せてくれた。太陽系内に入ると、おれは艦橋に入りびたり、よく知っている惑星の表情の変化を眺めて過ごした。

艦は土星をかすめるコースを取り、おれは巨大惑星を近くから観察し、リングに驚嘆の目をみはった。オレンジ色の巨大な衛星タイタンの様子もすばらしかった。タイタンは火星連盟の支配下にあり、射程距離外に出るまで連盟の警備艇に追尾された。

一世紀にわたり地球の平和を維持している条約はまた、太陽系の扱いについても規定していた。ソルには五つのワープゲートがあり、α《アルファ》ケンタウリ星系にも八つのワープゲートが集まっている。この両星系は中立地帯として、条約で戦闘が禁止されていた。列強は宇宙ステーションや駐屯地を建設して燃料補給などをおこなっているが、武器の設置は禁止事項だ。

太陽系内の入植地のほとんどは火星連盟に加わっているが、西側連合は水星を支配し、木星の衛星エウロパを火星連盟と分け合っている。地球の列強はどこも月に拠点を置いていて、月は八つの区画に分割されていた。

おれたちはロス128星系のワープゲートから太陽系に転移した。地球の公転軌道からいちばん遠いゲートで、地球がちょうどソルの反対側にあったため、系内移動に十七日かかった。月軌道を通過すると艦長から、艦橋に来てファイナル・アプローチとドッキングを見学しないかと連絡があった。

艦は連合第一ステーションに入港する予定だった。これは地球周回軌道上に三つある連合の大型転送ステーションのうち、最初に建造されたひとつだ。カリフ国も三つのステーションを保有しているが、それ以外の列強はほとんどが二つだけだった。南米帝国はひとつしかない。十五年前に反応炉が事故を起こした結果だった。ステーションは巨大で、グリーゼ250のステーションよりも大きい。さまざまな大きさの艦船を、少なくとも百隻は繋留できる。戦艦を入港させることさえできる大きさだ。

《ワスプ》の中央スクリーンには前方の映像が映し出され、補助スクリーンにはステーションのカメラから中継された、接近してくる艦の姿が映っていた。おれは水兵たちの動きに感銘を受けた。艦をドッキングさせるための複雑な手順を、手慣れた様子でこなしている。

艦はゆっくりと、姿勢制御ロケットだけで位置を微調整し、ドッキング・ポートに接続して完全に停止した。モニター上には、各種のチューブを接続するために接近してくる、十台ほどのボットと宇宙服姿の二、三人の技師が見えた。チューブは艦が軌道上にいるあいだに燃料などを補給するためのものだ。航行計画によれば、《ワスプ》は四十八時間後には出航することになっていた。軍艦の給油と弾薬補給にかかる時間を考えれば、超特急といっていい。だが、今は戦争中だ。

おれは《ワスプ》乗員に別れを告げ、艦長のもてなしに心のこもった謝辞を述べた。エレベーターでドッキング・ポータルに降り、従卒のウォレン軍曹と合流した。軍曹はもうおれの荷物をホバー・スレッドに載せて、出発準備を整えていた。歩いてチューブを通過し、ステーションのアクセス・ゲートに着く。軍用区域なので、民間人旅行者を待ち受けている保安チェックと税関は関係なかった。

出迎えの将校がいて惑星に案内されるものと思っていたが、思いがけないことに、待っていたのは地球側代表団だった。ドッキング・ポータルを出ると礼装軍服の儀仗兵二個分隊が左右に整列しておれの歩く道を作り、代表団の将校六人と報道陣が待ち受けていた。おれはたちまち居心地が悪くなり、踵《きびす》を返して《ワスプ》に逃げ帰りたい衝動と戦わなくてはならなかった。そのとき人混みの中に、くしゃくしゃのブロンドの髪をゆるいポニーテイルにした頭がちらりと見えた。

こんなところで何をしてるんだ？　とっくに地球に着いていると思ったのに。記者やカメラマンや仰々しい代表団の存在は、瞬時に頭から消え失せた。《ワスプ》に逃げ帰りたいという衝動も。人混みをかき分けてセーラに近づこうとしたとき、おれのなかのケイン少佐が、代表団に挨拶するのが先だと言っておれを制止した。〝お節介め〟と思ったものの、おれはしぶしぶもう一人の自分の意見に従い、居ずまいを正した。

立ち並ぶ将校たちに近づき、きびきびと敬礼し、一人ひとりと握手する。列の終わりが近づき、大佐から中尉に移ろうとしたとき、人混みのあいだにようやくはっきりとセーラの顔を確認できた。その目を見つめ、おれに向けられた笑みを見ると、理性が吹っ飛んだ。

そのとき、小さな演壇が見えた。恐ろしいことに、何か挨拶をすることになっているようだと認識する。戦闘時の反射神経が働き、おれはまっすぐ演壇に歩み寄ると、自信満々の英雄の声でこう言っていた。

「思いがけず過分な歓迎をいただき、感謝に堪えません」少し間を置き、思慮深く見えるよう心がけながら、懸命に話すことを考える。「長らく離れていた地球に戻ってこられてどれほど幸せか、口では言いあらわせないほどです」

嘘ではあるが、社交的な嘘だ。

「わたしは大きな栄誉を受ける将校としてここに立っていますが、それはわたしだけの栄誉ではありません。生死を問わず、既知の宇宙で勇敢に戦った、すべての海兵隊員を代表しているのです」

小さな拍手と喝采があった。そうだ、おまえたちはすべての海兵隊員に拍手喝采すべきだ。彼らこそ本当の英雄なのだから。

「早く地上に降りたくてうずうずしています」またしても嘘だ。「九年間離れていた故郷を見たいのです。ですから、こんな短いコメントですが、ご容赦ください。ありがとうございました。これで失礼します。主治医にキスをしたいので」

いや、最後の一言はよけいだった。本心ではあったが。おれは群衆をかき分け、記者たちからの質問はすべて無視した。だが、いい映像は撮れたと思う。到着ゲートのまん中で、少佐が大尉にキスしたのだ。なかなかの見ものだったに違いない。

セーラはおれを強く長く抱きしめて、会えない時間も二人の関係を変えたりしなかったことがすぐにわかった。どちらも身体を離したくなかったが、しぶしぶながら、将校らしくふるまう必要があるのを思い出した。とにかく今は。二人いっしょにステーション内移送車に乗りこむ。この車は八人乗りで、おれのあとをついてくる一団は六台を占有した。

おれはセーラと再会した興奮で、荷物のことをすっかり忘れていた。だが、すばやくうしろを振り向くと、三台めにウォレン軍曹が荷物を積みこんでいた。よし、これでもっと大切なことを心配できる。セーラとおれは先頭の車に隣り合ってすわり、シャトルのドッキング・エリアに着くまでの短い時間、抑えた小声で熱心に語り合った。

車は地球行きシャトルの搭乗エリアに直接乗りつけ、数分後には搭乗が終わり、ハーネスで身体を固定され、地表までの短い旅となった。三日前からステーションでおれを待っていたセーラは旅程表に目を通していて、着陸したらもっと大がかりな歓迎団が待っていると警告してくれた。ほかの誰かから聞かされるよりはましだったが、おれはかなり辟易した顔をしたらしい。セーラはその表情を見て小さく笑った。彼女は政治に対するおれの意見を知っている。自分の意見を表明したことはなかったが、彼女なりのやや穏当な立場で、おれに同意しているはずだった。

降下は静かで――実際、快適なほどだった。戦場に兵士を降ろすシャトルではないのだ。政府高官の多くは、これでもまだ高価なスーツを嘔吐物で汚す危険を抱えている。シャトルには窓があり、ファイナル・アプローチではワシボルト複合都市圏の偉容がよく見えた。この巨大都市圏はかつてのワシントンとボルチモアの近郊八地区を連結して造られたもので、その範囲は直径五十キロにも及び、たがいに高速磁気列車で結ばれている。超高層ビルが林立する、壁に囲まれた各地区のあいだには、目路のかぎりに腐ったスラムの広大な海が広がっていた。

老朽化したビルと基本物資の生産工場がどこまでも続く地域での生活は、おれが経験したのと同じくらいひどいものなのだろうか。おれと同じような子供たちがいったいどれくらい、あそこで暴力と貧困の中、恐怖でいっぱいの人生を送っているのか。そのほとんどはどこかの裏通りか処刑室で生涯を終え、おれのように救い出される者はごくわずかだろうと思えた。

ワシボルトはニューヨークの何倍も大きい。米国と西側連合両方の政治の中心で、五百万人もの政府職員が働き、巨大なゲットーで暮らす人々の数は想像もつかない。

シャトルが向きを変えると、チェサピーク湾の絶景が見えた。向かうのは都市の東にあるトランス宇宙港だ。この名称は西側連合初代大統領にちなんでいる。離発着数は世界一で、着陸が許可されるまで、都市上空を三回も旋回させられたことにもそれはあらわれていた。シャトルは機動ジェットをふかしながら静かに高度を落とし、最後の五十メートルをゆっくりと降下した。巨大なドッキング・ベイの二枚扉が左右に開き、着陸ポータルが出現する。機体が停止すると乗降チューブが伸びてきて、おれたちはその中を歩いてコンコースに向かった。

そこは洒落にならない人混みだった。立錐の余地なく人があふれ、並べられた椅子には高級なスーツをまとった、いかにも尊大そうな連中がすわっている。乗降チューブを出たところには一段高い演壇が設けられ、おれたちの席が用意されていた。

シャトルに乗ってきたのは七人だ。セーラとおれ以外には、海兵隊員がもう一人、小隊の最後の一人になっても戦いつづけた志願兵、海軍将校が二人、民兵大佐、それに兵站の専門家が一人いた。

誰の話も短かった。おれも例によってしぶしぶ挨拶し、できるだけいい印象を与えようと心がけながら、装甲服があればヘクターにおれの声でスピーチをさせるのにと思っていた(声は本当にそっくりで――誰も気づかないだろう)。挨拶は短く切り上げたのだが、山ほど質問が飛んできた。強襲の前の心構えとか、戦場で戦うのはどんな気分かとか。どんな気分だと思うんだ、まぬけ。二、三発撃ちこんでやるから、どんなに楽しかったか感想を言ってみろ。

一方、おれと違ってセーラはすばらしかった。驚くほどの話し上手で、病院船からアームストロングとアトランタの医療センターまで、海兵隊の医療態勢がどうなっているかを説明すると、その場の全員が魅了されていた。すべての目が彼女に注がれている。それは彼女が美しいからというだけでなく、その言葉に情熱が感じられるせいでもあった。おれはその場の誰よりもセーラをよく知っていたが、それでもやはり魅了された。身体を治してくれたことには感謝していたし、熱烈な恋に落ちる寸前でもあった（実はもう恋に落ちていたのに、自分ではまだ認めていなかった）が、彼女の話を聞いていると、本当に数百人、あるいは数千人の命を救ってきたのだということが実感できた。

挨拶と質疑応答が終わって解放されたときには、二時間以上が過ぎていた。おれたちは用意された贅沢な輸送機でウィラード・ホテルに向かった。ホテルは高さ約千メートルの、銀色の金属とガラスでできた巨大な建物だった。五層構造で、上の層ほど小さく、段差の部分にはルーフ・デッキが設けられている。それぞれの層が独立したホテルになっていて、最下層は一般向けの高級ホテルだが、いちばん上のVIP階層がどれほど贅沢な造りなのか、想像もつかなかった。

ウィラード・ホテルはワシボルトのDC地区に三つか四つある、抜きんでて高い超高層ビルのひとつだった。DC地区自体が高層ビルのジャングルで、高さごとにモノレールで結ばれている。輸送機はホテルに向かい、驚いたことに、下から四層めのドッキング・エリアに滑りこんだ。最上層ではないが、予想以上の高さだ。叙勲された少佐としてのおれは、一家まるごと荒野に追放されて死ぬに任されたころのおれに比べ、政治家たちにとって使い道があるようだった。

セーラとおれは並んですわっていたが、ほとんど話をしなかった。地球への帰還はおれにとって楽なことではなく、一種のVIP扱いされることの偽善が息苦しさに拍車をかけた。おれはこの社会のもっとも醜い側面を知っている――ちょっとした贅沢をさせれば、それを忘れるとでも思っているのか？　セーラも同じように黙りこんでいて、たぶんおれと同じように、彼女なりの葛藤があるのだろうと思えた。おれの子供時代のことはほとんど話していないし、彼女のほうも自分の過去にはあまり触れようとしない。おれより五歳年上で、二度の小規模な強襲作戦に参加したあと、適性検査に基づいて医療訓練にまわされたことは聞いたが、おれの知っている彼女の過去はそこまでだった。

輸送機が停止し、おれたちはホテルのロビーに案内されて、コンシェルジェの出迎えを受けた。向こうは七人全員に歓迎の意を述べ、ポケット・サイズの装置を手わたした――滞在中の案内をしてくれる携帯用AIだ。部屋に戻る道がわからなくなったら、AIに尋ねればいい。午前三時にチーズバーガーとチョコレート・ケーキが欲しくなった？　AIに言えば注文してくれる。使える費用の制限はほとんどなく、食べ物でも娯楽でもサービスでも、望むものはなんでも提供されるという。合理的な限度内で、ということだが、もちろんおれにその限度を試してみる気などなかった。

部屋に着いたときには午後十時をまわっていて、誰もがくたくただった。部屋はおれの一家が住んでいたアパートメントよりも広いスイート・ルームだ。食事を注文しようとAIに相談しかけたとき、ドアのチャイムが鳴った。立ち上がろうとしたが、その前にAIがドアを開けるかと尋ねてきた。ああ、と答えると、ドアがスライドして開き、廊下に美しいブロンドの女性が立っていた。

「わたしの部屋はすきま風がひどいの」セーラはいたずらっぽい笑みを浮かべた。「こっちに間借りしてもいい?」

どちらが先に笑いだしたのかわからない。彼女を招き入れ、二人で夕食を注文した。翌日の朝食も。

その日はほぼずっと二人きりで過ごした。夜には出席すべきレセプションが予定されていたが、それまでは何をしようと自由だ。おれたちは現役の将校にしては不体裁なほど遅く起き出し、おれが食べた中でもっとも高価な朝食をともにしたあと、外出してワシボルトを見てまわることにした。AIは通貨交換ネットワークに接続していて、店でもレストランでもどこでも、たっぷり金を使うことができるのがわかった。おれたちは高速エレベーターで地上に降り、街路にさまよい出た。

ホテル周辺は高級市民専用ゾーンで、マンハッタンのA地区のようなものだった。雰囲気のいいカフェや店がそこらじゅうにある。どれもおれがはじめて目にするものだ。こんな生活をしている人間がいるなんて、信じられなかった。

地区内はいくつかの区画に分かれていて、おれたちが立ち入れるところも、立ち入れないところもあった。政治家養成学校のキャンパスには入れないのでその前を通り過ぎ、DC地区に隣接するジョージタウン地区に向かった。ヨシが話していた場所のどれかが見つからないかと思ったのだ。そう難しいことではなかった。AIに場所を尋ねれば、歩きながら教えてくれる。メニューを見るか、評判を聞きたいか、予約するかとも尋ねてきた。ヘクターはこのコンシェルジェAIに少し態度を教わったほうがいい。

昼食はヨシの好きなバーガー・ショップで摂ることにした。おれはごく普通のチーズバーガーを注文し、セーラは厚切りベーコンに溶けたブルーチーズと何かのソースをかけた、巨大なバーガーを頼んだ。彼女はそれを実にきれいに食べつくし、ナプキンに手を触れさえしなかったと思う。

四時になるとAIが、ホテルに戻ってレセプションの準備をしろとうながした。部屋に戻ると――セーラも支度のため自室に戻ったので、残念ながら一人で――従卒が新品の紺の礼装軍服を用意して待っていた。おれはシャワーを浴び、子供のころ以来はじめて、他人の手を借りて服を着た。

軍服はすばらしく、きちんとアイロンがかけられ、身体にぴったりだった。勲章をすべて胸につけて礼装をするのは、これがはじめてだった。なんとばかげた格好だ――さまざまなメダルやリボンで、胸がきらきら輝いている。やれやれ。今夜、ここにもうひとつ勲章が増えるのだ。どこにつけるというんだ？　もう背中くらいしかあいてないぞ。短剣は磨き上げられ、鏡に映ったそれに光が反射して、まぶしいくらいだった。

麗々しく飾られた勲章を見ていると、そのひとつひとつにどれだけの部下の命がこめられているかを思わずにはいられなかった。青い絹のリボンと小さなプラチナの塊が、十人の兵士の命に見合うのか？　あるいは二十人の？　勲章の授与を名誉に思うべきなのだろうが、おれは少し吐き気を覚えた。

将校がおれを呼びに来て、待っている輸送機に先導した。セーラは先に来てじっと待っていた。短剣まで含めて、おれと同じ軍服姿だ。今は軍医だが、二度の強襲に参加している。海兵隊では、一度戦士として戦った者はずっと戦士として扱われる。その姿はすばらしかった。職業的なクールさに満ちて、しかも美しい。髪はきつく編んで頭のまわりに固め、おれと同じくまぬけな白い帽子をかぶっている。いちおう海兵隊の正装の一部ということになっているが、大統領のレセプションにでも出席するのでないかぎり、たいていは無視されている存在だ。

海軍の礼装軍服はおれたちのよりさらに華美で、上着は黒く見えるほど濃い紺、それがボタンとモールで飾り立てられている。ズボンは輝くような白で、きっちりと折り目がつき、磨き上げた黒いブーツの中にたくしこまれている。帽子はおれたちのほどまぬけではない、上着と同じ色のベレー帽だった。

大統領宮殿に向かう輸送機の中で、地球側の軍の儀典将校の一団から式次第の説明があった。そう、そのとおり、儀典将校だ。海兵隊にそんなばかげた連中が存在せず、借りてこなくてはならなかったことを、おれは嬉しく思った。

とにかく何もかもがばかばかしくて、おれはじっと説明を聞いていることができず、しょっちゅう注意がそれた。セーラはまるでおれの心を読んだかのように、おれが完全に上の空になるたび、肘で脇腹をつついた。もちろん、政治家たちはこれがおれたちの名誉になると思っている。地球の偉いかたがたに注目されて感激するはずだと。おれたちが彼らのために戦っていると信じこんでいるのだ。いいことを教えてやろう。おれが戦う理由があんたたちだけだとしたら、次に会ったイェニチェリは頭を吹っ飛ばすんじゃなく、あんたたちの家まで連れていってやるよ。

大統領宮殿はホテルから道をまっすぐ行った、かつてのホワイトハウスの敷地内にあった。ホワイトハウスは二百年前まで米国大統領の住居だったが、二〇六五年の食糧暴動で破壊された。大統領宮殿は巨大な建造物で、富の象徴だ。五キロも離れればネズミを食っている人々がいることを思うと、その贅沢さに気分が悪くなる。本館は幅五百メートル、高さ五十メートルの、ガラスと輝く白大理石で造られた長方形の建物だった。その周囲に細い塔がいくつも立っている。高さはどれも、少なくとも二百メートルはあった。

輸送機は三カ所の保安ゲートでチェックされ、最終的に巨大なガラス製ドームの前に着陸した。中には何百という明かりがきらめいている。着陸場は石質の素材で舗装され、何かの図柄が描かれているようだが、近すぎるし夜なのでよくわからなかった。輸送機はほかにもあり、どれも贅沢な見た目で、そこから飾り立てた男女が吐き出されていた。到着する者の多くは何人もの使用人を従えているようだ。

輸送機を降りると大統領親衛隊の分遣隊に迎えられた。地球の陸軍のエリート部隊で、まっ赤な上着にまっ白なズボンという華美ないでたちだが、戦闘になったらおれの部下一個分隊の相手にもならないだろう。

仰々しい歓迎のあと、巨大ドームの中へと案内される。そこが宮殿での式典の主会場だった。こちらは総勢二十人、いずれも地球外の軍関係者だ。数分間待たされたあと、一人ずつ紹介があり、そのたびに万雷の拍手を浴びる。

おれたちは一列になって進んでいき、居並んだ政治家たちと次々に握手しなくてはならなかった。何もかも、肌が粟立つ思いだったが、おれは期待されているとおりに行動した。ここではおれは無慈悲な殺人マシンで、西側連合を守るため、部下ばかりか自分の身まで犠牲にしてきた男だ。あまり感情を表に出す必要はないだろう。最低限の尊敬の念があればそれでいい。少なくとも、そんなふうに見えさえすれば。

居並ぶ政治家の最後の一人は、西側連合大統領フランシス・ヘリン・オリヴァーその人だった。十二年にわたって大統領の職にあり、舞台裏での暗躍に長け、政治家階級内部で起きることに対処する能力が高いことを証明している。もちろん、今は昔と違い、大衆の意見は権力基盤にとって重要な要素ではない。それでも選挙という体裁だけは維持されていた。

長く続く戦争は激しさを増し、かかる費用は天文学的だ。おれたちがここにいる理由のひとつは、その金で何を買ったかを見せるためだと思えた。中流階級はだいたいにおいて従順で、問題を起こすのを恐れているが、多少の歓心を買っておいても損はない。戦争の英雄というのは、入植地が産出するオスミウムやイリジウムや超ウラン元素の必要性よりも大衆に理解しやすい。

レセプションはおれが見た中でもっとも豪勢なもので、数えきれないほどの料理が出た。テーブルに案内されたときにはむっとした——おれは戦闘部隊と同じ席で、セーラは支援要員を集めたほうの席だったのだ。同じ巨大な丸テーブルについてはいるが、場所はほとんど反対側だった。それでもセーラはずっと保っている氷の女王のイメージを裏切るようなすばらしい笑みを、ときどきおれに投げてくれた。

食事のあと、儀典将校の一人が受勲の用意をするようにと言いにきた。おれはゆっくりと立ち上がり、自分のしたくないことを肉体に無理強いしながら将校についていった。最後にちらりと、テーブルの前のセーラの顔を見る——おれを力づけようと無理に浮かべた笑みを見て、たぶん彼女はこの世界で……あらゆる世界で……唯一、おれがどれほどこれを嫌がっているかを理解している人間だろうという思いが湧き上がった。

おれはドーム中央の、一段高い演壇に案内された。大統領が親衛隊将校に囲まれて立っている。儀典将校から、大統領の前に立ったら敬礼し、次に握手をするよう言われていたので、おれはそのとおりにした。大統領の演説のあいだは気をつけの姿勢で待機する。話の内容は連合の自由と繁栄を維持するために戦った〝勇敢な男女〟についてだった。そのあとおれの話に移り、アキレス作戦とコロンビアとグリーゼ250とエリドゥの描写があった。おれの負傷のこと、可能なかぎり最大限の医療を受けたこと、そしてそのときの医療チームの主治医だった医師がここにいることを述べる。大統領はセーラに合図し、立ち上がるようながして、拍手しはじめた。ドーム内の全員がそれに続いた。セーラはややとまどった様子だったが、それがわかるのは彼女をよく知るおれだけだろう——おれ以外の全員には、礼儀正しく一礼して腰をおろす彼女の態度に、一点の瑕瑾《かきん》も見出せなかったはずだ。

おれのことを〝海兵隊史上、この年齢でもっとも多く勲章を授与された士官〟と呼んだあと、大統領は小さな黒い箱を開き、勲章を取り出した。大統領栄誉勲章は連合の軍人に贈られる最高位の勲章で、受勲者にはさまざまな特典が与えられる。ホルム准将は第二次辺境戦争でこれを受勲し、今その弟子が同じ勲章を授けられたわけだ。セーラを別にすれば、准将は今いちばんここにいてもらいたい人物だった。だが、出発前に簡潔な言葉で言われたとおり、誰かが戦争を戦わなくてはならない。

おれがやや前屈みになると、大統領は青と白のリボンのついた勲章をおれの首にかけた。そのあとおれともう一度握手し、向きを変え、拍手している部屋じゅうの人々に手を振った。大統領はおれの献身に感謝を述べ、脇にどいて、挨拶をするようながした。おれはこの避けようのない事態を前に一礼し、できるだけ短い挨拶でこの場を切り抜けようとした。最初に大統領に礼を言い、そのあとはほぼすべての時間を、ともに戦った者たち、とりわけ、もうこの場に来ることのできない者たちへの感謝に費やした。少なくともその部分は心からの言葉だ。連合そのものを褒めそやすことはできなかった――偽善的になるにしても限度はある――ので、あちこちの惑星の入植者のこと、彼らがいかに戦い、偉大な新世界の建設に努力しているかを語った。最後に、今こうして話しているあいだもどこか遠い場所で戦っている部隊のことに触れ、できるだけ早く部下たちのところに戻り、少しでも早くこの戦争を終結させたいと言って話を終える。おれは大きな拍手の中で（教えられたとおり）もう一度大統領に敬礼し、テーブルの自分の席に戻った。

これですぐに退出できるのではないかとはかない希望を抱いたが、結局は長い夜になった。戦争をはじめ、本人たちも理解していないさまざまなことがらに関する政治的たわごとを、延々と聞かされつづけたのだ。大酒を飲める者たちが羨ましく、本気で彼らの陣営に加わろうかと思った。ただ、おれが挨拶をしているあいだにセーラがおれのとなりの人と席を替わっていて、それからはセーラといっしょにいられた。輸送機でホテルに帰ることには二人ともくたくたになっていた。いっしょにおれの部屋に戻り、崩れるようにベッドに倒れこんだ。ただしその前に、翌日の正午までは絶対に誰にも邪魔をさせるなと、AIを脅しつけておくのは忘れなかった。

ワシボルトにはさらに何日か滞在し、そのあいだはほぼずっといっしょに過ごせた。ただ、出席しなくてはならない行事がいくつかあり、ネット配信向けのインタビューもあった。そのあとは連合の主な都市をめぐるツアーだった。一ヵ所に数日ずつ滞在し、現地のさまざまな行事に参加するのだ。大統領レセプションほど疲れるものはなかったものの、ロンドンのパーティはかなりの僅差だった。

おれたちは多くの都市を訪問したが、どこも気が滅入るほどよく似ていた。贅沢三昧のVIPが住む隔離された中央区画、中流階級が疑問も感じず決まりきった生活を送る、もっと広くてそこそこ居心地のいい区画。だが、圧倒的に気が滅入るのは、それらを取り囲む広大な、腐りかけたスラムだった。そこでは何もかも奪われた人々が、なんの希望もないまま、絶望のうちに日々を懸命に生きている。

おれとセーラはいっしょになることもあったが、別々の場所に連れていかれることも多かった。いっしょに過ごせる時間はすばらしかったが、そうでないときはほとんど耐えられないほどだった。できるだけ考えないようにはしていたが、おれの大隊がどこか外縁部で戦っていて、おれだけがそこにいないとわかっているのだ。みんなじゅうぶんに訓練を積み、優れた指揮官もついているが、おれがその場にいないのは明らかに間違っていた。セーラがいればましだったが、彼女がいないと、ベッドの中で夜通しそのことばかり考えた。

最後の訪問地はニューヨークだった。〝故郷〟に帰るのはあまりいい気分ではなかったが、セーラがいっしょだとわかって興奮してもいた。おれはシドニーで開かれたオセアニア大統領のレセプションから直行し、セーラはワシボルトに戻っていくつか病院を訪問したあと、ニューヨーク入りする予定だ。おれは朝方ニューヨークに着き、セーラが午後三時の磁気列車で着くと知って、途中のフォート・タイロン中央駅まで迎えにいった。ホテルで会うことになると思っていた彼女は、おれの姿を見て驚いていた。まっすぐおれに駆け寄ってきて、最初はここで会えたのを喜んでいるのだと思った。だが、セーラはおれにしがみつき、ずっと離そうとしなかった。驚いたことに、身体がぶるぶると震えている。これほど取り乱した彼女を見るのははじめてだった。

どうしたんだと尋ねても、疲れているだけとしか答えない。それが嘘なのはわかったし、彼女もおれが嘘を見抜いているとわかっていたが、おれたちはどちらも、しばらくそのことに触れないようにした。少し落ち着いたところで、どうでもいいおしゃべりをした。列車がマンハッタン保護区に向かうあいだ、セーラはほとんど外を見ようとしなかった。ただまっすぐ前を向いて、前の席の背もたれを見つめている。

数分でマンハッタン北部の荒地を抜け、保護区に入った。二十分後にはホテルに着いていた。おれはセーラの手を握り、彼女の部屋に寄りもせず、まっすぐおれの部屋に入った。セーラは無言でベッドにすわり、ガラスのような目で無表情に宙を見つめていた。とうとうおれは口を開いた。

「何を悩んでいるのか、話したくないなら話さなくていい。どうすれば力になれるかだけ教えてくれ」

おれを見上げる彼女の顔には、愛と絶望、感謝と無力感があらわれていた。その目が潤みはじめ、たちまち涙が頬を流れ落ちた。

「ここに戻ってくるのがつらかっただけよ」なんとか涙を抑えようとするが、うまくいかないようだ。「わたしたち、過去の話をしたことがなかったわね。わたしのはひどい話なの」

おれは片手を彼女の頬に置き、その目を見つめた。

「これはそのせいなのか？　何があったにせよ、過去のことだ。おれの話だって本当にひどいもんだけど、あれはもうおれたちじゃないんだ」

セーラはしばらく黙りこんでいたが、やがて話しはじめた。そうなると止まらなくなった。あの日、彼女は誰にも明かしたことのない、二度と明かすことのない話をおれにしてくれた。

セーラが十四歳のとき、高位の政治家の三十歳になる息子が、家族といっしょにいた彼女に目をつけた。セーラの父親は政治家から、娘をA地区に住まわせ、自分が後見人として世話をしてやろうとの申し出を受けた。だが、父親は最初の提案を断り、それに続く強権的な申し出にも応じなかった。するとある日、セーラの一家はテロを計画した容疑で逮捕され、父母と八歳の妹はアパートメントから引きずり出されて拘束された。セーラはA地区に連れていかれ、政治家の息子の監視下に置かれた。その夜、言うことを聞こうとしない彼女を、息子は三度にわたりレイプした。

セーラは何週間も小さな部屋に監禁され、息子は気が向くとやってきて、思うがままに彼女を虐待した。ある日、セーラを殴ってレイプしたあと、ポケットから筆記用尖筆が落ちたことに男は気づかなかった。次に男がやってきたとき、セーラはその首に尖筆を突き刺し、助けが来る前に相手が確実に出血多量で死ぬよう、ぐりぐりとひねりまわした。

男のパスキーを使って建物とA地区から逃げ出したセーラは、大がかりな探索網をかいくぐり、どうにか保護区からも脱出した。彼女は逃げつづけ、ぎりぎりで生き延びながら、なんとか追っ手の目を逃れていった。都市圏のあいだにあるのは見捨てられた郊外と、開墾された農地くらいのものだ。かつて膨大な人口を抱えていた郊外は公共サービスが廃止され、今ではわずかな世捨て人や犯罪者が身をひそめているだけだった。

まったくの幸運で、セーラは放棄された町に一家族だけが暮らす大きな家に行き着いた。一家は彼女を受け入れ、食べ物と居場所を与えてくれた。父親はフィラデルフィアの飛び地で医師をしていたが、何かの理由で逃げ出さなくてはならなくなった人物だった。セーラの脊髄インプラントはその男が除去してくれた。おれは首の小さな傷を何回も見たことがあって、いつも何だろうと思っていた。

数ヵ月が過ぎたある日、その家が連邦警察に急襲された。セーラは自分を追ってきたものと思ったが、捕まったのは医師だった。警察はインプラントを除去したセーラに気づかず、地元の浮浪者だと思っただけだった。彼女はレイプされ、家の玄関ポーチに置き去りにされた。

セーラはその後も数ヵ月のあいだ放浪を続けた。おれが獲物を漁っていた郊外の地獄ではなく、都市圏のあいだの無人地帯をさまよっていたようだ。朽ち果てたゴーストタウンや、汚染された産業地帯のなれの果ての荒地などをうろついて、まったくの偶然で、海兵隊が訓練に使っている地域に入りこんだ。三年めの訓練生の一団が発見したとき、彼女は餓死しかけ、喉の渇きに狂乱し、病気になっていた。訓練生たちは彼女を基地に連れ帰った。セーラはそこで健康を回復し、十六歳になるまで滞在を許され、入隊のチャンスを与えられた。あとはおれも知っているとおりだ。二度の強襲作戦に二等兵として参加したあと、医療訓練プログラムに異動した。

すべてを聞き終えたあと、おれは両腕を彼女の身体にまわしたまま黙ってすわっていた。どのくらいそうしていたかわからないが、数時間は経っていただろう。次に言葉を交わしたとき、外はもう暗くなっていた。おれたちはひと晩語り明かし、夜が明けるころにはおれも自分の身の上をすべて打ち明けていた。誰かに話したのはそのときがはじめてだ。

朝になるとおれたちはホテルを出て、A地区の検問所を通過し、マンハッタン保護区の一般地区に入った。おれはウォレン軍曹を呼び出した。役に立つ男だということはもうわかっていたので、ニューヨークでの予定をすべてキャンセルし、すぐに立ち去る許可を取ってくるよう依頼した。おれたちが約束を反故にしたことで誰かがかんかんになるだろうが、くそくらえ、という言葉くらいでは、おれの気持ちをいくらも言いあらわせないだろう。小さな公園のベンチにすわっていると、ウォレンから連絡が入った。

「少佐、予定をすべてキャンセルし、今日じゅうにワシボルトに戻る移動許可を得ました。許可が出たんで、こっちがびっくりですよ。大統領勲章受章者の影響力はたいしたもんです。ほかに何かありますか？」

「よくやった、クリス。あとは荷物をホテルからワシボルトの滞在先に送るよう手配してくれ。そうそう、向こうで泊まるホテルの手配も頼む」

きびきびした返事が返ってきた。「了解しました。任せてください」

「それと、クリス……ありがとう。大切なことだったんだ」

「なんでも言いつけてください、サー」

「手配が終わったら、あとはおまえの好きにしろ。ここに残ってもいいし、休暇の残り期間をどこかで過ごしてもいい。あのばかげた勲章が役に立つと思ったら、わたしの名前を出して構わない」

「ありがとうございます、サー。感謝します、サー」

こうしてセーラとおれは、かつて二人の故郷だったニューヨーク市で眠れない一夜を過ごし、二度と戻らないと決めて立ち去った。二時間後にはワシボルト行きの磁気列車に乗り、その日はヨシの行きつけの店で夕食にした。

翌朝には二人とも悪魔をそれぞれの魂の奥の隔離所に押しこみ、おおむね普段どおりに戻った。おれたちは以前よりもさらに親しくなった。地球に来るとき、おれは不安になっていた。何年も会わなかったことがどんなふうに影響するだろうかと。だが、今ではおれもセーラもわかっていた。時間も、距離も、戦争も、きびしさも——そのどれもが——おれたちのあいだに割って入ることなどできないと。

ツアーが終われば一カ月の休暇で、おれたち二人とも、地球にはもううんざりだった。

だからアトランティアに行くことにした。そこには海兵隊の巨大なレクリエーション施設がある。地球以外ならどこでもよかった。

軌道シャトルに乗りこんだおれたちは、もう地球に来ることはないと思っていた。おれはそうではなかったが。もう一度、想像もつかない状況で再訪することになるのだ。だが、セーラは生まれた惑星に二度と戻ることはなく、おれの知るかぎり、ろくに思い出すこともなかったはずだ。

12

カシオペア座エータ星系第二惑星（ηカシオペイアエⅡ）
第一軍団集合エリア

戦争は十年続いた。おれが基礎訓練を終え、〈カーソンの世界〉を強襲してから十年だ。怒った獣のようなガキが、海兵隊員の手で早すぎる死から救出されて十六年。その海兵隊員は、新兵になったそのガキから五百メートルしか離れていない場所で死んだ。二人はまったく別の経路をたどって、同じ惑星に行き着いていた。

十年の戦争で、おれたちは打ちのめされて撤退を余儀なくされ、再編成して懸命に戦いに戻り、敵を防戦一方に追いこんだ。おれが士官学校を卒業してからの四年間に、おれたちはカリフ国の領土を奪取し、形勢を逆転した。というか、少なくともスコアをイーヴンに戻した。

それでも敵は戦争の初期に征服したこちらの世界をまるごとひとつ占拠していて、おれたちはそれをなんとかしようとしていた。第一軍団は西側連合が宇宙で編成した中で、過去最大の部隊だった。米国海兵隊第一および第二師団、英国海兵隊師団、カナダ第一宇宙旅団、それにオセアニア強襲連隊の合同軍だ。兵員数四万五千以上、全員がシャーマン作戦に参加し、失った星系を取り戻す任務に就く。第一軍団を指揮するのは前にもおれが部下として戦った海兵隊員、おれが地獄まで付き合っても構わないと思っている、新たに昇進したエライアス・ジャクソン・ホルム中将だった。

おれが地球で笑顔を絶やさず、胃の中身をぶちまけないよう努めながら政治家や官僚の相手をしているあいだに、ホルム准将は第一軍団の組織化と訓練を進めていた。〝尻尾〟と外縁部の作戦で成功を収めた准将は、いわば白紙の小切手を手にしたようなものだった。彼はそれを利用し、集められるかぎりの古参兵を新たな攻撃作戦に編入した。

その結果、多くの星系の防衛が新兵に任されることになった。それでも重要な惑星にはなるべく古参の兵士を配置したり、年季を重ねた指揮官を置いたりした。新たに征服した辺境の惑星の防御には力を入れなかった。外縁部作戦は陽動で、敵の目を奪われた星系の奪還に向けさせるためのものだった。奪った惑星を実際に確保しておくつもりはなかったのだ。あまりにも遠くて、連合の支援基地から離れすぎているから。カリフ国が本気になって奪還を狙ってくれば、こちらが緒戦で奪われた惑星の防衛は手薄になるだろう。

状況は複雑さを増し、さらに拡大する様相を呈していた。さまざまな外交活動やスパイ活動がくり広げられたが、おれたちにはその方面の情報はあまり入ってこなかった。少なくとも、その情報に基づいた活動が開始されるまでは。

環太平洋共同体《PRC》との同盟は実を結びはじめていた。ＰＲＣは予備役を動員し、中央アジア合同体《CAC》を多忙にさせた。ＣＡＣの惑星を次々と攻撃し、補給路を襲い、連合への新たな攻撃の余裕をなくさせたのだ。ＣＡＣは兵員数でＰＲＣを上まわるが、ＰＲＣは技術力に優れていた。ＣＡＣを上まわるのはもちろん、分野によっては西側連合さえ凌駕《りょうが》している。長期にわたって一対一で戦ったらＰＲＣに勝ち目はないだろうが、同盟関係の一員としてＣＡＣを大いに悩ませるには打ってつけだった。個人的には、おれはヨシオ・アオキ少佐の活躍を伝える報告を楽しんだ。ヨシはＰＲＣの英雄として急速に有名になっていた。いい将校であり、いい友人でもある彼には、ぜひがんばってもらいたい。

欧州連邦と中欧同盟のあいだでも戦端が開かれたが、今のところは別の戦争といっていい。一方に味方すればもう一方と戦争になるので、まだどこも本気でどちらかに肩入れはしていないが、いずれこちらの戦争と融合するのは確実だと思えた。この戦争のせいで中将のコニャックの入荷は困難になるだろうが、当面はそれがおれたちにとって唯一の影響だった。

むしろ情報部が心配しているのは、南米帝国の動向だった。これまでは敵よりもわれわれと共同行動を取ることのほうが多かったが、帝国が本当に欲しがっている星系は、多くが連合のものだった。カリフ国としては、そんな星系を報酬として与えると簡単に約束できる。情報部の報告では、もう敵側につく寸前だったのが、今回のわれわれの勝利で二の足を踏んでいる状況らしい。それでもいずれ対立することになる不安要素はたくさんあり、そうなった場合、こちらには相手にする余力が残っていなかった。帝国は斜陽ぎみで、列強の一角にかろうじてとどまっているにすぎない。そのため、宇宙での存在感をなんとしても拡大したいと思っていた。帝国は辺境への出口をほかの列強にすべて押さえられ、事実上、宇宙で孤立している状況なのだ。未探査の宙域に進出するには、どこかの植民惑星を奪うしかない。帝国の版図から見て、それには連合の星系のほうが位置的に都合がよかった。おれは外交や情報の専門家ではないが、貪欲と功利主義がいずれほかの条件を凌駕するのではないかと思えた。

連合が外交の主導権を握っている分野もあった――火星連盟を陣営に引き入れようとしているのだ。火星連盟はわれわれと密接に連携し、カリフ国やCACの側についたことはなかったが、中立を保つことに固執していた。長年のあいだに何度か小競り合いはあったものの、第一次と第二次の辺境戦争からはどうにか距離を置いていた。第三次辺境戦争に引きずりこまれるつもりもないだろうが、パワー・バランスがカリフ国とCAC側に大きく傾くのを座視するよりは、参戦を選ぶのではないかという気もした。もちろん、おれの意見は単なる私見だ。外交のことなど何も知らないのだから。

だが、外交も同盟も関係なく、第一軍団は連合の入植者を解放するために組織された。もう七、八年も敵の支配下にある人々もいて、彼らを軛《くびき》から解き放つのは遅すぎるくらいだ。この認識は第一軍団の全員に、ホルム中将から最下位の新兵にまで共有されていると思う。

第一軍団の集合地点は、少なくともおれたちの一部にとっては、感慨深い場所だった。侵攻に都合のいいワープゲートが存在するのがカシオペア座エータ星系だったので、輸送の目的地はまたしても惑星コロンビアになったのだ。もちろん、今回の状況は以前よりずっとましだが。艦からウェストン郊外に降り立つと、妙な気分だった。前にここにいたのがついこのあいだのように感じる。あれから六年だ。本当に六年も経ったのか？

着陸場のはずれまで無言で歩き、遠い丘の連なりを眺めると、おれはもの思いに沈んだ。そこにもここにも幽霊がいた。あとに残していった友人たちの幽霊だ。おれが死に追いやった者たちの。「戻ってきたぞ、みんな」真顔でそうつぶやく。だが、自己省察はすぐに中断された。従卒が近づいてきて、中将がただちに会いたいとのことです、と伝えてきたのだ。やれやれ、まだ十二歳くらいじゃないか。それに、どうしてそんなきらきらした目でおれを見る？　本物の英雄がそこらじゅうにいるんだぞ、坊や。おれに目がくらむようじゃ、もっと経験を積む必要があるな。

コロンビアの住人は忙しく働いてきたようだ。おれたちはこの世界を荒廃させたが、今はもうほとんど戦闘前の状態まで回復していた。新しい建物の多くは以前の建物よりも大きく、品質も高そうだった。もちろん、立入禁止地域は存在する。十六発もの核弾頭が使われたのだ。だが、どれも戦術核で、威力は十二キロトンくらいだった。それなら除染は可能だし、実際、進展してもいた。

防衛力も劇的に改善された。大型軌道要塞二基が惑星を防護し、それぞれが大規模な重火器施設と攻撃衛星網を展開している。敵艦隊がコロンビアに接近したら、対応に追われることになるだろう。民兵組織も強化され、正規軍も配備されて、常時千百名の職業軍人が待機している。強化された民兵も含め、コロンビアには三千五百名を超える、優れた装備の、練度の高い部隊が常駐していた。

従卒はおれを中将のところまで運ぶため、車を用意していた。おれはそれに飛び乗り、少年の運転で中央司令本部に向かった。ウェストン周辺の平原は一大軍事キャンプになっていた。仮設シェルターや駐車車輛がずらりと並び、何千名もの兵士が行進し、演習し、訓練を受けている。周囲をよく見たかったので、おれは少し手前で車を止めさせ、徒歩で中将のいる司令本部に向かった。

おれは軍曹としてコロンビアを離れ、少佐として戻ってきた。忙しいキャンプの中を歩きながらも、その違いにはなかなか慣れなかった。行き合う誰もが敬礼してくるのだ。もちろん、おれも新兵のときは、少佐なんて相手は死ぬほど怖かった。それでもやはり違和感は消えない。

司令本部は長さが五十メートル以上ありそうな可搬構築物だった。ホルムはドアのすぐ外に立ち、三人の将校に矢継ぎ早に指示を出していた。おれは声を殺して笑いながら近づいていった。三人は中将のスピードに追いつくのに苦労している。会うのは一年ぶりだったが、一目見ただけで以前のままだとわかった。おれに気づいたとき、その顔に小さな笑みが浮かんだように思えた。ホルムは手早く指示を終え、三人を解放した。おれは少し離れたところで足を止め、中将に最高の敬礼をした。

「ケイン少佐、命令により出頭しました、サー！」

答礼は同じようにきびきびしたものだったが、口調は温かく、親しみがこもっていた。

「コロンビアへようこそ、少佐。この場所にはいささかなじみがあるはずだな」そう言ってドアを指さす。「オフィスで積もる話をしよう」

あとについて建物の中に入ると、将校や下士官がデスクを並べてワークステーションにかじりついていた。中将は銀の星が三つついた大きな白いドアを開け、中に入れと手振りで示した。ドアが閉まるとおれたちは握手し、ホルムはおれの背中を叩いた。

「エリック、よく戻ってきた。長かったな」

「戻れて嬉しく思います、サー。もちろん、長くなったのは中将が自分を外縁部侵攻作戦に同道せず、あの政治的泥沼に突っこんだせいですが」

ホルムは笑いながら反論した。

「きみが英雄的な行動でつねに目立っていなければ、勲章集めのために前線から送り返す必要などなかったんだ」そこでおれが手にした小さな箱に気づいたようだった。「それはなんだ？」

おれはほとんど忘れかけていた箱を手わたした。

「地球土産です。欧州連邦と中欧同盟がまた戦争を始めたので、しばらくは手に入らなくなると思いまして」

ホルムは箱を開け、小さなクリスタルのボトルを取り出した。あの晩、いっしょに空けたボトルと同じものだ。一カ月分の給料が吹っ飛んだ。

ホルムの声がかすかにひび割れ、感銘を受けているのがわかった。

「ありがとう、エリック。本当によく戻ってきてくれた」

ホルムはデスクの向こうにまわって腰をおろし、おれに来客用の椅子を勧めた。ボトルをデスクの上に置き、椅子の背にもたれる。

おれも腰をおろし、わずかな沈黙のあと、到着してからずっと気になっていたことを尋ねた。

「わたしの大隊はどうしていますか、サー？　作戦に従軍したのは知っていますが、詳しい報告を聞いていなくて」

「ジャックスがうまくまとめているよ、エリック。〝尻尾〟での戦闘のあと、外縁部の戦闘には予備大隊として配備した。穴埋めが何度かあったが、損耗率二十パーセント以下で切り抜けた。四度の戦闘があったことを考えれば、上々の数字だ」

おれはほっと安堵の息をついた。

「ジャックスはすばらしい士官です。自分の部隊を任せられる者は、ほかに考えられません」

ホルムは小さくいたずらっぽい笑みを浮かべた。

「ジャックスの指揮はみごとだったので、そのまま大隊を任せようと思う。すでに昇進は申請してある」引き出しから小さな箱を取り出す。「少佐の階級章はここにある。本人はまだ知らないがね。きみから話すのがいいだろう」

おれはまだよく呑みこめずにいた。ジャックスの昇進に異論はないし、祝福したい気分だが、自分の大隊を手放すことになるとは思わなかった。少し気分が悪くなった。

ホルムはにやにやしながらおれを見ている。おれの気持ちを読んだのだろう。

「落ち着け、エリック、あの大隊はきみのものだ。取り上げたりはしない。別の大隊も任せるというだけだ。きみは連隊を指揮することになる」

向こうはおもしろがるような顔でこっちを見ている。おれは衝撃のあまり言葉が出ず、ただ聞いていた。

「きみの階級章もこのデスクの中にある。もうきみのものだが、よかったら公にするのは少しあとにしたい。きみの昇進はそれでなくても異例の速さで、知ってのとおり、記録的だ。だからすぐに昇進させるのではなく、何カ月か待ってからにしようと思う」

おれはようやく言葉を押し出した。

「ホルム中将、なんと言っていいのかわかりません。もちろん、いちばんいいと思うようにしてください、サー。いま聞いた話は忘れます。自分は少佐でじゅうぶん満足です」

これは本気だった。今の階級でさえ分不相応だと思っていて、この上さらに昇進するなど考えられない。だが、ホルムはかぶりを振った。

「これは当然の評価だ、エリック。それに、すでに決まったことでもある。きみは第三連隊の指揮官だ。大佐の職責を負い、強襲作戦で着陸するまでには、ここにある階級章をつけてもらう。これは命令だ」

ホルムはしばらくデスクを見つめ、顔を上げておれを見た。ふたたび親しみのこもった笑みを浮かべる。

「悪い旅ではなかったはずだな。美しい軍医殿はどうだった？」

おれは思わず相好を崩した。

「すばらしいですよ。あの泥沼に耐えられたのは彼女のおかげです。しかし、いったいどうしてわかったんです、中将？」

ホルムは横目でおれを見た。「部下が何を必要としているか、知っておくのは上官の務めだ。そうでなければ、わたしはたいした指揮官ではないということになる」

二人で声を合わせて笑ったあと、おれは真顔に戻った。

「本当に感謝しています、サー。今度の旅まで、医者と患者という関係を離れていっしょにいられた時間はほんの二、三日しかありませんでした。もう長いこと会っていなくて、ともに過ごす時間を作れたことに、どれほど大きな意味があったことか」

ホルムの笑みが大きくなった。

「それなら、もうひとつ驚くことがあるぞ。彼女は今ここに向かっている。実はこのデスクの中にはもうひとつ少佐の階級章があって、そこには彼女の名前が刻まれている。今回の作戦の医療支援部隊で、副部隊長を務めてもらうことになっているんだ」

おれは嬉しさを隠そうとしたが、中将はすぐに見抜いて、笑いだしそうになった。

「あまり興奮するなよ、エリック。きみとは別の艦だし、軍医は忙しいだろう。きみはもっと忙しくなる。遠距離恋愛中の恋人同士のデートではないからな。地球の旅はそうだったらしいが。もちろん、きみがまた身体の半分を吹っ飛ばされれば、もう一度手足を生やす手伝いをしてくれるだろうがね」

おれたちはしばらく世間話をしたが、話題はすぐに作戦の内容に戻った。どちらも仕事の話をしていないと気がすまない性格なのだ。ホルムは基本戦略を説明し、それが終わると本当の悩みを打ち明けた。

「グリーゼ250のステーションを奪取したきみの奇襲攻撃は、われわれにとって大きな勝利だった。それが〝尻尾〟と外縁部の作戦につながり、こちらをさんざん痛めつけてくれた敵を、同じように痛めつけることができた。戦略的な意味はもちろん、士気への影響は計り知れない。

だが、今回の作戦に影を落としているのも、やはりこの戦勝の影響なのだ。グリーゼを通れなくなった敵は〝尻尾〟に入れず、外縁部に出るにはほかの経路もあるが、遠まわりになるので兵站の再構築に時間がかかる。グリーゼは厳重に防備されているので、敵も奪回の試みを放棄したようだ。つまり現在、敵には大量の部隊が余っている。

緒戦で奪われた入植地は、すでに八、九年のあいだ敵の支配下にある。われわれがグリーゼで六カ月のあいだにやったことを考えれば、敵がどれほどの防備を固めているか想像がつくだろう。今回の作戦では、情報部もろくに敵状をつかんでいない。グリーゼや外縁部に投入されなかった敵部隊が、占領した世界で塹壕を掘って待ち受けているのではないかと思える」

ホルムは適切な言葉を探すかのように、しばらく言葉を切った。

「エリック、この作戦では誰もが思う以上に激しい戦闘があるだろう。だからもっとも信頼できる有能な将校たちに、最善をつくしてもらう必要があるのだ。きみのことは頼りにしている。だから何か不安や疑念があったら、すぐに打ち明けてもらいたい。きみの勘が必要だ。敵について悪い夢を見たというくらいのことでも、迷わず教えてくれ」

おれは本当に本心を告げてもいいのかとためらった。だが、ホルムには誠実に対応したい。

「疑念には同感です。スズメバチの巣に突っこむことになるでしょうし、作戦の範囲はあまりにも広大です。すべての目標を制圧することはできないかもしれません。大きな増援があれば別ですが、そんなものは期待できませんから」

そこまで言って、しばらく黙りこんだ。思っていることをすべて話していいのだろうか。

「中将、もしも自分が敵の指揮官なら占領した世界をどうするか、ずっと考えていました。これまでの年月で、重火器を搬入し、要塞を建設できたでしょう。われわれがこの戦争で学んだ教訓を、敵も生かすはずです。なぜこんな広範な作戦計画を立てたのか、疑問に感じます。脅されて認めさせられたとは思えませんが、しばらく考えて、わかったような気がします」

ホルムは顔を上げ、まっすぐにおれの目を見つめた。

「なぜだと思うのかね?」

「困難な作戦ではありますが、実行しないというのは倫理的に言いわけが立たないからです。入植地には住民がいます。最初のとき、われわれは彼らを守れませんでした。解放を試みる機会があるのに、それをしないで放っておくという生き方は、中将にはできないでしょう。自分も同様です」

しばらくはどちらも黙りこんだ。おれはこう付け加えた。

「もちろん、敵が占領したのがワシボルトだったら、気にせずに放っておきますが」

ホルムは笑いをこらえようとしたが、耐えきれずに噴き出した。

「やれやれ、少佐、きみはわれらが誠実で仕事熱心な政治家諸氏に、もっと敬意を払うべきだな」

笑いで緊張は一時的にゆるんだが、中将の心の内にはほかの思いもあり、おれはそれがなんなのかわかっていた。

「もうひとつ、南米帝国の動向が気になるのではありませんか?」

それはおれが気にしていることでもあった。

「そのとおりだ」ホルムが答えた。「帝国がこの嵐の中に飛びこんでくると思えてならない。考えてもみたまえ。彼らもばかではない。この戦争は宇宙での活動を飛躍的に増加させている。外縁部に出られるワープゲートを持たない帝国が、ほかの列強の勢力拡張を、指をくわえて見ていると思うか? いずれ何かするに決まっている。冷厳な事実として、われわれから奪える星系のほうが、カリフ国やCACから奪える星系よりも、彼らにとってははるかに使い勝手がいい。帝国が参入してくるとしたら、間違いなく奇襲だろう。連合が誇る外交官や情報部員は、不意を突かれて右往左往することになる」

「われわれの戦力はシャーマン作戦とグリーゼ250に集中し、ほかはすべて手薄になっています」

「そのとおり。まさにその点が問題なのだ。たとえ襲ってくるとわかっても、どう迎え撃てばいいのかわからない。占領された星系を解放する努力もせずに、ずるずると敵に支配させておくわけにはいかない。だが、ほかに割けるほどの戦力もない。すでに動員できる者はすべて動員しているし、海軍はわれわれ以上に薄く伸び広がっている。たとえシャーマン作戦が成功しても、犠牲が大きすぎて、次の脅威には対抗できないだろう。戦争を一からやりなおすことになりかねない」

そのとおりだった。だが、ほかにどうしようもないのも事実だ。正直なところ、ホルムは今やあらゆる重荷を一人で背負っていて、ただ誰かに話をしたかっただけだろうと思えた。ここまでの努力を考えれば、誰かがちょっと力づけるくらいのことはあってもいいはずだ。

「中将、堂々巡りをしても意味はありません。シャーマン作戦は進めるしかなく、できることはすべてやりました。あとはこの作戦の成功に尽力し、同時に目を見開いているしかありません。別の脅威が生じて、計画の変更や部隊の再配置が必要になったら、しなくてはならないことをするだけです。いつだってそうです」

ホルムは感謝するようにほほ笑み、くだけた敬礼をした。

「第一軍団にようこそ、少佐。シャーマン作戦は九日後に開始される。宿舎で待機したまえ。きみが連隊を掌握するにはそれだけの時間が必要だろう。部隊編成は自由にやっていい。昇進でも異動でも――なんであれ――わたしに言えば、ただちに承認する」

ホルムは立ち上がり、今度はきっちりと敬礼した。わたしもきびきびと敬礼を返した。

ホルムは片手を差し出し、握手をして、おれを送り出した。外の部屋にいた司令官付将校の一人に、おれを連隊のところに案内するよう命じる。少尉は飛び上がって姿勢を正し、おれについてくるよう言った。建物を出て車に乗りこみ、少尉の運転で第三連隊のいる場所までキャンプ内を走る。連隊のキャンプは大隊別に二つに分かれていた。その中間に連隊の支給品がまとめられ、司令部が置かれている。車は司令エリアの中央にある大きなシェルターの前に停止した。

「こちらです、ケイン少佐」おれは少尉の名前を胸のプレートから読み取ろうともしなかった。やれやれ、この地位の薄い空気に慣れてきているのだろうか。「お荷物はすぐに届けさせます。また、司令スタッフに少佐の到着を知らせます。ほかにやっておくことはありますか、サー？」

「いや、ない。それだけだ」

おれはまだ若い士官に恭順されるのに慣れていなかった。それでも気力を奮い立たせ、精いっぱい少佐らしい態度を取った。

「以上だ」

司令部の建物に入り、中を見まわす。おれには寝室と居間からなる続き部屋と、会議室付きのオフィスが与えられていた。ぜひシャワーを浴びたいと思っているところに、ＡＩが声をかけてきた。連隊長付将校がドアの外で面会を求めているという。

一時間後にまた来るよう伝えろとＡＩに言いかけ、気が変わった。おれはデスクに近づき、「開けろ」と指示した。

ドアがスライドして開き、ぱりっとした軍服を着た、長身で黒髪の女性将校が入ってきて、うやうやしく敬礼した。

「アン・デラコート少尉です、サー。連隊長付将校に任命されました」

おれは敬礼を返し――そろそろうんざりしてきた――椅子を勧めた。

「よろしく頼む、少尉」

しばらくは儀礼的な挨拶が続いた。少尉の態度は敬意に満ちていた。そのあと四十五分かけて、日常の物事をどう運ぶか、スケジュールをどう管理するか、朝食は何がいいかといったことまで協議した。少尉は知的でまじめな若い将校で、自分の仕事をきっちりこなしたいと考えているようだった。

最終的に話を打ち切って、あとは後刻ということにした。副連隊長とジャックスと各大隊長を一時間後に集合させるよう指示し、まずは熱いシャワーを浴びることにする。最後にサンドイッチでも用意させようと、こう言った。

「少尉、全員分の夕食を準備してくれ。九十分後だ」

少尉は了解し、駆けだしていった。四十分後、コロンビアにある湯の半分を使いきったおれは洗いたての軍服に着替え、多少は人間に戻った気分でデスクについた。ワークステーションの画面で人事書類を眺める。デラコート少尉が連隊の兵員全員の書類をアップロードしてくれていた。ジャックスのファイルは読むまでもない。半分はおれが書いたものだろう。あの男なら信頼できる。

副連隊長はリズ・チェルズニー少佐という、おれよりも十年長く勤務している女性だった。守備隊の任務がほとんどだったため、戦争で実力を発揮する機会に恵まれなかった。少尉時代も大尉時代も戦闘に参加しないまま、〝尻尾〟侵攻作戦で中隊を指揮し、外縁部では大隊を任され、たちまち戦果を挙げて少佐に昇進した。

第二大隊の指揮官はジャクソン・キャンター少佐という。外縁部で中隊を率い、作戦中のすべての戦闘に参加して、最終的に副大隊長代行を務めて少佐に昇進した。

どちらも書類上は問題なさそうで、数分後には本人に会い、その印象が裏づけられた。おたがいを知り合うあいだにサンドイッチでもつまもうと思っていたのだが、デラコート少尉はちゃんとした料理を用意してきた。コロンビア産のシーフード、極上のスープ、おれの舌には地球からの輸入品に感じられるすばらしいステーキ。おれの連隊長付将校は食料調達に長けているようだ。これはとても役に立つだろう。

食べながら連隊編成について討論し、会合が終わったときには、おれたちは将校の集まりからひとつのチームに変わっていた。雰囲気もよく、部隊としていい仕事ができるだろうという自信も深まった。唯一の不安は、今の階級で実際に戦場を経験しているのがジャックスしかいない点だった――ほかは全員、一階級昇進しているのだ。おれも二階級昇進している。そのジャックスでさえ、以前は大隊長代行であり――彼が大隊長として指揮するのは今回がはじめてだ。上層部だけではなかった。連隊に十人いる大尉のうち、八人までが新たに昇進した者たちだった。十年に及ぶ戦争で死傷者リストが膨大に膨れ上がっている現状では、しかたのないことだが。

この最初の会合は四時間かかり、予定よりもだいぶ長くなってしまった。全員が退出するとおれは寝台に近づき、気絶するように眠りこんだ。四十時間ぶりの睡眠だ。横になった瞬間、もう眠りこんでいた。

翌週は連隊の組織と構成に手を入れた。ホルムから昇進でも異動でも好きにやれと言われていたので、大量の書類を送りつけた。中将は約束どおり、すぐにすべての書類に署名してくれた。おれは各部隊の経験レベルをできるだけ平均化しようとしたが、例外を二つ設けた。まず、一中隊にだけ古参兵を多く配置した。激戦地に向かわせるエリート部隊という位置づけで、ジャックスの第一中隊がそれに当たる。

また、おれは何度か白兵戦を経験した。最初はグリーゼ250、そのあと二つの衛星、最後にエリドゥでも。ナイフでの戦闘は戦い方が異なる。おれは別の中隊に白兵戦の経験者を集め、近接戦闘の訓練、とりわけナイフを使った戦いの訓練をたっぷりと積ませた。鉱山や地下要塞を攻撃することになった場合、この中隊が先頭を切ることになる。

補給品リスト、演習報告書、訓練進捗状況表、そのほか無数の書類に目を通すのもおれの仕事だった。連隊長はいつ戦うんだ？　書類仕事が忙しくて、戦場に行く暇なんてないじゃないか。ワークステーションに縛りつけられるのはおれの望みではなかったが、ある程度まではそれが現実だった。

第三連隊には千四百二名の兵員がいる。おれはその一人ひとりに責任を負っていた。千四百着の装甲服、数千挺の武器、数百万発の弾薬、それに食糧、衣服、医薬品、そのほかこの規模の部隊が必要とするあらゆる機能。そのすべてに対処する必要がある。だが、気分はよかった。有能な将校たちがおれのまわりを固めているのだ。たとえ彼らが昇進したばかりで、今の職責の経験がないとしても。部隊の士気は高く、ホルム中将は第一軍団に、連合史上最高の装備をそろえると確約している。

おれがここに至るまでの道のりは、普通なら考えられないものだった。だが、おれはその道を通って故郷に戻ってきた。それはずっと前からわかっていたことで、そのための保証も得ていた。だからこそ地球で、蛆虫のような政治家どもに囲まれた数カ月を耐えることもできたのだ。やつらは何世代もかけて地球を蝕み、残忍なシステムを作り上げ、それがおれの最初の家族を破壊した。だが、今、おれの家族はここにいる。それを誰にも傷つけさせるつもりはなかった。そのためには、ともに地獄に行って戻ってくることも辞さない。いつもそこにいて、おれを待っているのがわかっているから。

最終準備段階の数週間は瞬く間に過ぎ、積載が始まった。四万五千名の人員と武器、装備、補給品を軌道に上げるのは大仕事だった。おれは演習場に立ち、永遠に続くかと思えるシャトルの離陸と帰還を見守りつづけた。

おれの連隊は三隻のエクスカリバー級新造大型強襲艦を割り当てられ、乗艦は最後に近いあたりだった。おれは部隊が立ち去ったあとのがらんとした平原を見まわし、遠くに見えるウェストンと、新たにビルが建設されている騒々しい現場を眺めた。最後にもう一度だけ、おれが生きた人間としてはいちばん死に近づいた、あの稜線に目を向ける。

おれは第三連隊の中で最後にシャトルに乗りこんだ。見納めにもう一度背後を眺め、シャトルのベイまで斜路を登る。うしろで斜路が閉じた。十分後にシャトルは離陸し、三十分後には軌道上で強襲艦とのドッキングを待っていた。

おれの心はすでに敵の上にあり、考えることは単純明快だった。

首を洗って待っていろ。

訳者あとがき

本書はJay Allanの宇宙戦争ＳＦシリーズCrimson Worldsの第一作、*Marines*（System 7 Publishing）の全訳である。

舞台は二十三世紀、人類は特定の星系間を結ぶワープ・ゲートの発見により、銀河系全域への進出を果たしていた。その一方、地球は過去の戦争によって疲弊し、世界は〝列強〟と呼ばれる八つのブロックに分割されて、地球での戦闘は全面的に禁止されている。これに火星を拠点とする一勢力を加え、九大列強が宇宙での覇権を競っていた。ワープ・ゲートの存在する星系は戦略的要衝となるため、激しい争奪戦が繰り広げられることになる。

そんな惑星争奪戦に投入された海兵隊の新兵エリック・ケインが、死線をくぐりながら苛酷な戦場を生き延びていく物語が始まる……

作中、Yoshi Aokiという日本人が登場するが、どうも作者はヨシが姓、アオキが名というふうに理解しているらしい。欧米式に姓と名をひっくり返した表記を、日本式に姓が先に来ていると誤解したものだろう。さすがにそのままだと違和感が強いので、アオキ・ヨシオという名前で、愛称がヨシ、ということにさせていただいた。

また、西側連合の軍艦で《イオウジマ》というのが登場する。言うまでもなく太平洋戦争の激戦地〝硫黄島〟から取った艦名だが、現在ではこの島名の読み方は「いおうとう」で統一されている。島民は「いおうとう」と呼んでいたが、戦前の地図が「イオウジマ」となっていたため、米軍もIwojimaと表記したという事情があるそうだ。どうしたものかと考えたが、ここは原文のまま《イオウジマ》とすることにした。

以下、著者に関する情報を少し。

著者のジェイ・アランはニューヨーク市在住。子供のころからのSF／ファンタジー・ファンで、ミリタリーSFやディストピアSF、エピック（叙事詩）ファンタジーなど、とくに荒々しい話が好きだとのこと。読書歴は長いが、フィクションの創作に手を染めたのは比較的最近で、それまではノンフィクション作品を書いていたようだ。

創作では背景世界の構築とアクションを重視しているといい、本書を読んでも、派手な戦闘場面もさることながら、舞台となる二十三世紀までの歴史や、戦争の原因となる世界情勢が綿密に作り込まれていることがうかがえる。

趣味が読書なのは当然として、ほかにも旅行、ランニング、ハイキングと、アウトドア志向が強いようだ。作家としては、読者の声を重視すべしという意見で、「読者の声に耳を傾けるのをやめたら、作家としての成長も止まってしまう」とまで言っている。

現在のところ、著者がもっとも力を入れているのがこの《真紅の戦場》シリーズで、本篇九作のほか、登場人物それぞれの生い立ちを描いた前日譚が三作刊行され、これを一冊にまとめた合本も出ている。

Portal Warsシリーズの二冊はやはり宇宙ミリタリーSFだが、こちらは異星人との戦いを描いたもの。

Shattered Statesシリーズはディストピアで、中篇が一冊だけ刊行されている。Trail of Tearsという続刊の予定もあったようだが、刊行が確認できなかった。あまり評判もよくなかったようで、初期の習作といったところかもしれない。

二〇一五年刊行予定となっている二冊は、《真紅の戦場》と同じ世界を別の側面から描いているようだ。*Mercs*は戦場を転々とする傭兵の物語、*Into the Darkness*のほうはCrimson Worlds Refugeesという新シリーズ名がつけられている。

ほかにアーサー王の父、ユーサー・ペンドラゴンを主人公にしたPendragon Chronicles（ペンドラゴン年代記）というファンタジー・シリーズが一冊だけ刊行されている。

《真紅の戦場》シリーズ

Marines（本書）　二〇一二
The Cost of Victory　二〇一二
A Little Rebellion　二〇一三
The First Imperium　二〇一三
The Line Must Hold　二〇一三
To Hell's Heart　二〇一三
The Shadow Legions　二〇一四
Even Legends Die　二〇一四
The Fall　二〇一四

Crimson Worlds Prequels（《真紅の戦場》前日譚）

Tombstone　二〇一三
Bitter Glory　二〇一三
The Gates of Hell　二〇一四
War Stories　二〇一四（既刊三冊の合本）

Portal Wars
　Gehenna Dawn　二〇一三
　The Ten Thousand　二〇一四
Shattered States
　The Last Veteran　二〇一二
Crimson Worlds Refugees
　Into the Darkness　二〇一五年六月刊行予定
Mercs　二〇一五年三月刊行予定
Pendragon Chronicles
　The Dragon's Banner　二〇一三

こうして並べてみると、わずか三年で長篇を十本以上も上梓していることになる（前日譚シリーズは中長篇）。書きためていたものを続けて刊行したのではないかとも思ったが、著者のブログ（http://jayallanwrites.blogspot.jp）を見ると、そういうわけでもないらしい。この勢いがどこまで続くのか、ほかのシリーズはどうなるのか、いろいろと興味深いものがある。

本書《真紅の戦場》シリーズの続刊も引きつづき翻訳していければと思っています。読者のみなさまにも、ご声援よろしくお願いします。

訳者略歴　1956年生，1979年静岡大学人文学部卒，英米文学翻訳家　訳書『共和国の戦士』ケント，『スター・トレジャー』ハラー，《宇宙英雄ローダン》シリーズ担当巻（以上早川書房刊）他多数

HM=Hayakawa Mystery
SF=Science Fiction
JA=Japanese Author
NV=Novel
NF=Nonfiction
FT=Fantasy

真紅《しんく》の戦場《せんじょう》

最強戦士《さいきょうせんし》の誕生《たんじょう》

〈SF1987〉

二〇一五年一月二十日　印刷
二〇一五年一月二十五日　発行
（定価はカバーに表示してあります）

著者　ジェイ・アラン
訳者　嶋《しま》田《だ》洋《よう》一《いち》
発行者　早川浩
発行所　株式会社早川書房

郵便番号　一〇一－〇〇四六
東京都千代田区神田多町二ノ二
電話　〇三－三二五二－三一一一（大代表）
振替　〇〇一六〇－三－四七七九九
http://www.hayakawa-online.co.jp

乱丁・落丁本は小社制作部宛お送り下さい。
送料小社負担にてお取りかえいたします。

印刷・株式会社亨有堂印刷所　製本・株式会社フォーネット社
Printed and bound in Japan
ISBN978-4-15-011987-4 C0197

本書は活字が大きく読みやすい〈トールサイズ〉です。